POBRE GEORGE

Paula Fox

POBRE GEORGE

Tradução de
MARIA ALICE MÁXIMO

EDITORA RECORD
RIO DE JANEIRO • SÃO PAULO
2009

CIP-Brasil. Catalogação-na-fonte
Sindicato Nacional dos Editores de Livros, RJ.

F863p   Fox, Paula
     Pobre George / Paula Fox; tradução Maria Alice Máximo. – Rio de Janeiro: Record, 2009.

     Tradução de: Poor George
     ISBN 978-85-01-07862-9

     1. Delinqüentes juvenis – Ficção. 2. Ficção americana. I. Máximo, Maria Alice. II. Título.

08-5432   CDD – 813
                               CDU – 821.111(73)-3

Título original inglês:
POOR GEORGE

A tradutora agradece a colaboração de Antônio Máximo

Copyright © 1967 Paula Fox

Editoração eletrônica: Abreu's System
Capa: Rafael Saraiva
Imagem de capa: René Burri / Magnum Photos

Todos os direitos reservados. Proibida a reprodução, no todo ou em parte, através de quaisquer meios.

Direitos exclusivos de publicação em língua portuguesa somente para o Brasil adquiridos pela
EDITORA RECORD LTDA.
Rua Argentina 171 – Rio de Janeiro, RJ – 20921-380 – Tel.: 2585-2000
que se reserva a propriedade literária desta tradução

Impresso no Brasil

ISBN 978-85-01-07862-9

PEDIDOS PELO REEMBOLSO POSTAL
Caixa Postal 23.052
Rio de Janeiro, RJ – 20922-970

EDITORA AFILIADA

Para Martin

Sensação familiar de ruína
Introdução por Jonathan Lethem

"A quem interessa ouvir isso?"

Essa é uma pergunta terrivelmente concisa e perturbadora, feita por George, o personagem-título do livro que você tem nas mãos. A pergunta é como um minúsculo furo de alfinete em uma superfície escura pelo qual passa um pontinho de luz: a única passagem que lhe será oferecida. Aconselho-o a fazer uso dela como puder e a ver o que há para ver.

Para início de conversa, esta é uma introdução que me parece desnecessária. Até que ponto autores ou livros precisam ser bons para serem reapresentados? Até que ponto precisam ser bons para serem trazidos de volta pelo esforço dedicado de editores e de autores (todos os demais somos apenas leitores, na verdade), puxando-os contra a incessante corrente de novos títulos? Estou aqui apenas para dizer-lhes que Paula Fox é uma escritora muito, mas muito boa mesmo.

É difícil ir muito mais além em um texto crítico de obra tão densa, tão diferente de tudo mais, tão contida em si mesma como *Pobre George*. O crítico que se sente como um inseto a zumbir na superfície de uma pastilha para a garganta. A pastilha, sem dúvida, deve ser engolida e absorvida, o que o inseto não pode fazer. Se for engolida e absorvida, porém — como já fiz três vezes com este livro em intervalos de poucos meses —, a essência passa a fazer parte do corpo do leitor.

O que quero dizer, ao dar voltas à minha mesa de trabalho tentando decidir o que lhe falar sobre *Pobre George*, é que o livro já faz parte de mim como uma pele. Essa pele é bastante sensível à rejeição de uma pessoa pela sociedade, à rejeição de uma pessoa por si mesma, a confissões mórbidas disfarçadas em conversas sem importância e, acima de tudo, a falsas posturas de inocência em relações humanas. Paula Fox escreve sobre essas coisas com uma precisão quase avassaladora. E, se essa não é uma pele na qual eu me sinta à vontade, talvez me tenha feito compreender melhor por que uma escritora excelente como Fox pode ter permanecido tanto tempo tão próxima do reconhecimento e da fama inegavelmente merecidos, sem, contudo, os atingir. Não é de surpreender que veja sua obra rejeitada um autor com o dom de revelar o que costuma ser escamoteado nas relações humanas. Não há nisso justiça, mas uma certa inevitabilidade.

Então quem é esse tal George que quer saber quem se interessa? É um professor, um marido, um bom samaritano — em suma, um Zé-ninguém, se me permite a expressão. George pode ser alguém que tenta inutilmente desempenhar o papel de pai de um jovem, e também pode ser alguém com um calcanhar-de-Aquiles no que concerne a desejos bissexuais não admitidos. Da mesma forma, há ainda outros desejos, dele próprio e daqueles a quem ele ama, que merecem um olhar mais atento. Na verdade, porém, a chave para a compreensão do pobre George — que ele não saiba disso — *é o fato de ele ser feito de frases maravilhosas*. São frases maravilhosas que levam o leitor a se interessar por ele. Uma inteligência literária brilhante cintila por toda parte através das barras da prisão de George — na verdade, pode-se dizer que as próprias barras são feitas de ofuscantes feixes de luz da sensibilidade literária. Veja, por exemplo:

> Ele precisava convencer Ernest de — de quê mesmo? Convencê-lo de que tinha havido toda uma história antes, de que ele não surgira do nada em um planeta sem vida, precariamente recoberto de calçadas que conduzem a lugar nenhum.

Ou:

> Quando ela fica em silêncio, seu silêncio é profundo, pensou George, e descobriu-se interessado nela. Ela vomita o que tem a dizer e então se retrai, como um bicho habitante da lama.

Ou:

> Naquela paisagem vazia onde apenas as duas árvores e o barracão decadente davam alguma sombra, eles se aproximaram um do outro e, em um abraço desajeitado, deixaram-se cair na terra inóspita, os rostos apertados no ombro um do outro como dois nadadores esforçando-se desesperadamente para atingir praias opostas.

A pergunta aqui é: *quem se interessa por frases como essas?* George certamente não. George apenas chega ao limiar da percepção e logo se retrai. Falta-lhe a sutileza das frases que o esculpem como personagem e que descrevem as barras de sua prisão. Mais que isso — o que é desconcertante e crucial —, ele não é tão inteligente quanto as falas que lhe são dadas a proferir. Fox lhe confere o humor ácido dos demais personagens, mas sua língua é mais perspicaz do que ele mesmo em sua trajetória diária, monótona e perseverante, através de si mesmo e da vida. George observa sua mulher a chorar:

> No seu rosto havia uma lágrima grande e luminosa; deslumbrado com o brilho daquela lágrima, ele ficou a vê-la rolar até desaparecer sob o queixo da mulher. Talvez estivesse louco, pensou. O peso... o peso de todas as coisas era assombroso.

Eu me arriscaria a dizer que o peso sob o qual George vive arqueado é o do significado inescapável das coisas para alguém que vive procurando negá-lo.

Retorno à parte de mim que se sente como um inseto a arranhar a superfície deste livro e ela me lembra de informá-lo que *Pobre George* tem humor. Não que além de tudo tenha humor, mas a história contém um humor essencial, do mesmo veio perverso do humor de Kafka e de Flannery O'Connor. Tem-se as fotografias de Diane Arbus em forma de texto quando Fox apresenta os seres humanos como marionetes mal manipuladas:

> Quatro rapazes passaram por ele. Eram diferentes em seus tipos físicos, mas seus rostos

tinham a mesma expressão soturna. Eram magros, malvestidos, carregavam livros, e seus braços e pernas pareciam fixados sem qualquer consideração pela simetria. — Já vi como é o futuro: ele passa caminhando — disse George. Nesse exato momento um dos rapazes se voltou para Lila, fixando o olhar em seus seios proeminentes. Não havia expressão alguma em seu rosto.

Outra passagem:

A mulher, de cabelos ruivos e volumosos, sacudia um menino pequeno cuja cabeça estava envolvida por um capacete transparente semelhante a uma bolha. Nele estava escrito "Explorador Espacial". De dentro da bolha, o menino lançava um olhar indiferente como o de um peixe. Um negro cego, com sua bengala branca a explorar a calçada à frente, hesitou e parou. A mulher lançou um olhar furioso em sua direção e em seguida pôs-se a bater no capacete com os nós dos dedos.

Um outro instinto de inseto ao qual não vou resistir é o de comparar *Pobre George* a outra obra-prima de Fox, *Desesperados*, ainda que o faça apenas para interessar aqueles que já leram este livro e que contribuíram para o merecido relançamento do qual você, caro leitor, agora faz parte. *Pobre George* foi o primeiro romance de Fox publicado;

Desesperados foi o segundo. Percebi ecos de um outro: Ernest, de *Pobre George*, faz pensar no arisco gato vira-lata de *Desesperados* e nos saqueadores que profanaram a casa de campo, enquanto Walling, de *Pobre George*, assemelha-se a Charlie Russel, de *Desesperados*, como um observador irreverente e irritante que contrasta com o protagonista tenso e formal. O que *Pobre George* faz e que *Desesperados* não se permite fazer é explodir. Tem-se a impressão de que Fox experimentou uma e outra resolução em seus dois primeiros romances: apertou os parafusos em *Desesperados* e deixou que as rodas se soltassem em *Pobre George*. O resultado é que *Pobre George* provoca, de alguma forma, maior sensação de desconcerto e de alívio — este no sentido restrito de alívio de tensão

No meu entender, toda aquela explosão confusa e engraçada que transforma a história em um drama assumido nas últimas sessenta páginas coloca *Pobre George* ao lado de romances mais ou menos contemporâneos escritos por Thomas Berger, Charles Webb, L. J. Davis e Bruce Jay Friedman. E, ao me fazer lembrar de todos eles em conjunto, este livro me permitiu compreender, pela primeira vez, a dificuldade dos críticos literários da década de 1960 em encontrar um rótulo para um certo sabor da ficção americana daquela época. O rótulo de "humor negro", encontrado por alguns, é absolutamente inepto. Na verdade, não sei bem por que levanto aqui essa questão, a não ser pelo fato de *Pobre George* ser um livro de sua época, e dos bons. E porque nele não encontro um certo clima de condenação inevitável do homem a um destino sem grandeza, clima este encontrado nas obras dos romancistas acima mencionados, bem como em filmes como *Três mulheres*, de Robert Altman, e *Choose me*, de Alan Rudolph, e também nas canções de Randy Newman da mesma época.

Quem se dispõe a ler? Eu nunca tinha ouvido falar de Paula Fox, exceto como autora de livros para crianças, até o dia em que um editor me fez ler *Desesperados*, três anos atrás. Três anos depois, ela é uma das minhas autoras prediletas, uma influência em minha própria obra. Como você deve estar à procura de contexto agora como eu estava então, eu seria pouco generoso se não repetisse aqui alguma das coisas que Jonathan Franzer e Andrea Barrett afirmam em suas elegantes introduções a *Desesperados* e a *The Widow's Children* [Os filhos da viúva] (este, o quarto romance de Fox, republicado em 1999): esses livros foram verdadeiramente aclamados pela crítica da época. Fox foi, e ainda é, merecidamente comparada a Tchekhov e Melville, a Muriel Spark e a Nathanael West, a Batman e Robin. Ela é mais do que uma boa escritora. É uma excelente escritora. Se é espantoso constatar como certas obras podem ser aclamadas e depois esquecidas (ou rejeitadas), é também surpreendente verificar que elas podem ser resgatadas e restituídas ao leitor. Creio que Paula Fox está se tornando o exemplo mais estimulante desse resgate a partir de uma obra absolutamente fora do prelo desde o fenômeno Dawn Powell. Mas, na verdade, não é pelo que lhe digo, nem por Paula, nem por George que você deve ler este livro. É por você mesmo.

Capítulo Um

A quem interessa ouvir isso?

A ninguém, respondeu George Mecklin a si mesmo. Ele havia colocado sua cadeira em um lugar que lhe permitia ver, por cima das cabeças dos outros professores, uma janela que, por breves instantes, emoldurava os transeuntes da Ninety-eighth Street. A reunião começara às 3h. Agora já passava das 4h. Alguém recolheu a ponta de uma caneta esferográfica, emitindo um estalido seco. Alguém acendeu um cigarro. Alguém tossiu. Haviam terminado o assunto da conferência de início do ano letivo. O diretor, Harrison Ballot, debruçou-se sobre suas anotações. Seus braços curtos e suas mãos gorduchas apoiavam-se, imóveis, a cada lado dos papéis sobre a mesa à sua frente.

Acima dos escuros prédios que se alinhavam na calçada oposta à escola, George podia ver uma nesga de céu cor de sebo. Os prédios pareciam suspensos em um meio viscoso e cinzento. Estaria chovendo?

— Se fosse apenas no ensino médio — começou Ballot, olhando por cima das cabeças do seu corpo docente —, mas ocorre também na escola fundamental. A quinta série está absolutamente infestada disso.

— Disso o quê? — perguntou Harvey Walling, um professor de matemática.

O crânio pelado de Ballot enrugou-se como se algo dentro dele estivesse se movendo.

— O quê? De que você acha que estou falando? De consulta indevida. É disso que estou falando.

— Cola — disse uma mulher de cabelos curtos do departamento de inglês.

— Há gradações — disse Ballot conciliador.

— Blablabla — retrucou a mulher. Ela parecia aborrecida.

George voltou a olhar pela janela. Dois homens escuros, mirrados e de pescoços finos, cujas cabeças pareciam efígies apoiadas em pedaços de pau, passaram apressadamente. Porto-riquenhos? Em seguida uma enorme mulher descabelada surgiu e logo desapareceu, parecendo aflita.

A sala estava abafada. George se levantou, foi até a janela e abriu uma fresta. A mulher de cabelos ruivos e volumosos sacudiu um menino pequeno cuja cabeça estava envolvida por um capacete transparente semelhante a uma bolha. Nele estava escrito "Explorador Espacial". De dentro dele, o menino lançava um olhar indiferente como o de um peixe. Um negro cego, com sua bengala branca a explorar a calçada à frente, hesitou e parou. A mulher lançou um olhar furioso em sua direção e em seguida se pôs a bater no capacete com os nós dos dedos. O cego deu um passo à frente e seu pé aterrissou em uma tampa de lata de lixo. Confuso, ele parou e ficou pensativo. No mesmo instante, o menino arrancou o capacete e o atirou na rua. A mulher aplicou um tapa na cara magra e azulada da criança e correu atrás do capacete, enquanto o menino chorava com uma das mãos no rosto e a outra apertada contra o lado da coxa. O negro pôs-se a caminhar novamente. Umas gotas esparsas de chuva começavam a escorrer pelo vidro da janela, como se o elemento no qual a cidade estivera suspensa estivesse derretendo. George retornou à sua cadeira.

— Precisamos pôr fim a isso — dizia Ballot.

— Mas como? Diga como! — exclamou Lawrence Rubin, que ensinava história nas últimas séries, complementando sua intervenção com um tapa na mesa. Ninguém gostava dele e ninguém respondeu sua pergunta. Walling, sentado em frente a George, cofiava as pontas de seus bigodes negros. Usava um colete de camurça vermelha. George se perguntou se seria para atrair mulheres. Tinha ouvido dizer que Walling pintava quadros.

Já quase a cochilar, George percebeu que uma comissão estava sendo organizada: haveria uma assembléia especial; membros do conselho de estudantes precisariam ser ouvidos e orientados; Ballot escreveria um editorial para o jornal da escola. Rubin afundou-se na cadeira.

— Toda a nação está corrompida — disse ele, dirigindo-se ao teto. Walling corrigia abertamente trabalhos de matemática que estavam sobre a mesa. George esforçou-se por se interessar pelo que estava sendo dito. Em seguida olhou para o próprio peito para verificar que gravata estava usando.

Havia outros assuntos na pauta: a escolha da peça a ser encenada pelos alunos da última série; um relatório sobre as máquinas automáticas de vender maçãs na sala de recreação (estavam quebradas); uma descrição do laboratório de línguas recém-instalado, antiga aspiração do diretor do departamento de línguas. O tempo arrastou lentamente os ponteiros do relógio na parede da sala. E aí acabou.

Com metade do paletó ainda por vestir, George dirigiu-se rapidamente para a porta. Ballot lá estava, curvando-se como um diácono, com um leve sorriso no rosto de gato velho, enquanto os professores saíam, um a um. Com um dedo gordo, tocou o braço de George.

— Como vai o campo?
— Bem — respondeu George.

Rubin forçou a passagem entre eles contraindo os lábios grossos antes de dizer qualquer coisa, e George escapou para o corredor.

Desceu a Columbus Avenue até a Eighty-ninth Street, onde sua irmã Lila morava em um apartamento de dois cômodos no segundo andar de um prédio antigo. Por trás dos grande edifícios residenciais que davam para o Central Park, a rua tinha um ar de decadência e tristeza. A chuva começou a cair forte nas fachadas de tijolos escurecidos, nas latas de lixo destampadas, nos depósitos de cinza, dando-lhes uma tonalidade rosada, no calçamento cinzento onde excrementos de cães se liquefaziam lentamente e escorriam para os ralos.

A cada lado da entrada do prédio de Lila, duas jardineiras de cimento exibiam pregos enferrujados enterrados a intervalos regulares de duas polegadas. Quando George tocou a campainha de baixo, um gato balofo que estava sentado na quina de uma das jardineiras esticou subitamente a pata e arranhou-se em um prego. George e o gato olharam-se com curiosidade e a porta se abriu.

Lila Gillis abriu a porta de seu apartamento depois de olhar cuidadosamente pelo visor para o corredor escuro. O lenço que tinha na cabeça escorregou para os ombros.

— Você! Que surpresa! Entre. Já sei que só dispõe de cinco minutos, não? Claude, me larga! — Ela tentou se livrar do filho de 7 anos que se agarrou à sua cintura. Mal ela conseguiu soltar os dedos do menino, ele se agarrou à sua saia. A cabeça de Claude estava coberta com um saco de papel. Ele não emitia som algum em sua luta para agarrar-se a ela.

— Eu disponho de mais do que cinco minutos — disse George ao entrar na sala.

— Acabamos de chegar do mercado. — Ela conseguiu soltar-se do menino.

— "Claude, Claude..." — chamou George. O menino sacudiu a cabeça encapuzada com papel. — Você gostaria de ganhar um capacete espacial de plástico?

— É melhor você comprar um para mim — disse Lila. — Como sempre, tudo aqui está por um fio.

George acendeu o abajur de haste flexível que se agarrava à estante de livros com sua garra enferrujada. A luz iluminou o frontispício de mármore da lareira desativada. O caminhão vermelho do menino estava estacionado ali. O resto da sala estava ensombreado, e no ar um cheiro de poeira revelava que as janelas estavam fechadas havia muito tempo.

— Meu trabalho acaba dentro de uma semana. Disseram-me isso hoje — disse Lila. Ele se voltou para ela. — Não me olhe assim — disse ela com um sorriso. — Não fui despedida. O trabalho simplesmente acabou.

— Vai ser melhor para você.

— Você sempre me diz isso sobre uma coisa ou outra, não é mesmo?

— Você precisa de um emprego de verdade.

— Aceita um chá? Esta sala está insuportável, não?

— Você está sempre envolvida com gente que cuida de doidos.

— Doidos? Saúde mental está na ordem do dia. Eu escrevi lindas cartas para loucos cheios de dinheiro pedindo doações para loucos pobres. Mas campanhas acabam. Os generais retornam a seus escritórios empoeirados.

— Você devia se casar novamente.

— Vou fazer um chá.

Claude tinha os braços esticados à frente e balançava as mãos para cima e para baixo como se fossem luvas cheias de algodão.

— Pare com isso! — disse Lila rispidamente. O menino correu para o quarto. George percebeu que Lila o observava. Será que ela sabia de sua repugnância pelo sobrinho?

— E o que você acha de um trabalho de meio expediente lecionando? Você sempre gostou de trabalhos manuais. Podia ensinar.

Ela fez uma careta.

— Sucata e cola?

Ele deve ter demonstrado descontentamento, porque ela esticou os braços subitamente, com as palmas das mãos para cima, como que pedindo trégua. Ele se lembrou de quando eram crianças. Depois que batia nele, Lila sempre fazia aquele gesto. Ele se sentou.

Ela deixou os braços caírem e ficou de pé olhando para ele.

— Estou ficando velha — disse. — Penso no passado o tempo todo. Todas as manhãs acordo pensando nas homilias da mamãe. Ela sempre falava em cuidar das coisas. Você se lembra de como ela cobria tudo? A casa toda era coberta de paninhos. Mas tudo acaba se gastando mesmo, não é? Ela deve ter se preocupado muito com a morte. Você acha que ela se preocupava?

— Não faço a menor idéia. Você está precisando de dinheiro?

Ela ficou em silêncio.

— Posso lhe dar um cheque de 50 dólares agora mesmo.

Claude retornou. Tinha tirado o saco de papel da cabeça. Seu rosto pequeno e claro tinha uma expressão de desdém, como se o que ele visse, agora que podia ver, lhe fosse absolutamente desagradável.

— Eu dou um jeito — disse Lila. — Você precisa dos seus trocados.

— Venha falar comigo, Claude — disse George.

Claude agarrou-se à mãe.

— Suco! — pediu ele.

— Então me solte. — Sem soltar a mãe, Claude a empurrou para a minúscula cozinha.

— Assim você não deixa sua mãe andar — disse George.

— Deixa pra lá — disse Lila.

Quando ela se curvou para entregar o copo ao menino, o grande nó de cabelo castanho preso na nuca de Lila se desfez. Sua pele era clara e pálida. Os traços do rosto de George eram um pouco abrutalhados, mas os dela eram finos e delicados. Mesmo assim a irmã lhe parecia pouco atraente. Ela encheu de água uma panelinha e colocou-a no queimador do fogão. Ele subitamente a achou muito desagradável. A saia dela tinha uma parte rasgada e ela se curvava sobre o fogão como uma velha.

— O que você acha de ensinar? Posso me informar por aí.

— Está bem — disse ela sem se voltar para ele. — Se você quiser.

— Pelo amor de Deus!

O menino se pôs a correr de um lado a outro da sala, gritando:

— *Alors!* — Lila se voltou e ficou olhando o filho, indiferente.

— Ensinam francês a eles na escola episcopal. Pelo menos é isso que dizem — disse ela.

Claude pegou o caminhão vermelho e pôs-se a sacudi-lo.

— *Alors* para você também — disse Lila.

Enquanto tomavam o chá, Lila perguntou a George o que ele achava da vida em sua nova casa afastada da área urbana. Era evidente que ela não estava interessada.

— Emma não se sente solitária lá, sozinha o dia todo?

— Ela detestava a cidade.

— Mesmo assim...

— Ela vem à cidade.

— Oh, aqueles domingos no campo! Como eu detestava aquilo quando morávamos em Huntington. Às vezes iam pessoas nos visitar e, quando estavam de saída, me dava vontade de suplicar que me levassem com elas.

— Só estamos lá há um mês — disse George. — Ainda não tivemos tempo de nos decepcionar. — Ao pensar em sua mulher, ele ficou em silêncio. Imaginou-a sentada em algum lugar da casa. Sentada, Emma parecia distante de tudo. Em pensamento, ele lhe disse que se levantasse. Era estranho que ele não conseguisse visualizá-la de pé. Claude fazia girar as rodas de seu caminhão.

— Você está planejando alguma coisa para mim? — perguntou Lila. Ela lhe sorriu como se tivesse pena dos pobres planos dele.

— Apareça lá no próximo fim de semana — disse George. — Vamos pensar em alguma coisa. — Ele se pôs de pé e tirou 10 dólares da carteira. — Fique com isso — disse.

— Você não aceita mais nada? Um pedaço de queijo?

— Tenho que pegar o trem.

Lila esticou o braço e ele colocou a nota na mão dela. Junto à porta, parou. A não ser pelo círculo de luz projetado pelo abajur que ele acendera, a sala estava escura. Claude atirou nele o caminhão. Lila tirou um pé do sapato. Que fariam eles quando a porta fosse fechada? Tocou no braço da irmã. Gostaria de poder ajudá-la.

— Você nunca pensa na mamãe? — perguntou ela, triste.
— Às vezes — respondeu ele.
— Eu me lembro de tudo que aconteceu comigo até os 10 anos de idade — disse ela. — Mas não muito depois disso.

Ele não soube o que dizer.

O trem cheirava a mofo. Movia-se lentamente por uma paisagem desolada acima da qual um céu anoitecendo parecia pulsar lentamente. George pensou na mãe e se perguntou como a lembrança que Lila tinha dela podia ser tão diferente da sua. No inverno no qual George tinha 8 anos e Lila, 13, o Sr. Mecklin morrera de um ataque cardíaco. Ele estava tirando a neve que se acumulara na passagem da casa para a rua. George e a mãe o observavam enquanto ele tirava a neve com a pá e a atirava para o alto. Subitamente, o Sr. Mecklin se apoiou no cabo da pá como se fosse descansar. Em seguida, caiu para a frente.

Sua mãe estava segurando uma agulha de crochê. Teria ela realmente a enterrado na outra mão no instante em que o pai dele caiu? Teria ela, de fato, deixado de falar com ele desde aquele instante em que os dois olhavam juntos pela janela até ficar velha e doente? Um corpo caído na neve como uma árvore, uma ferida feita em si mesma, uma casa silenciosa, os colegas da escola que passaram uma ou duas semanas olhando para ele como se nunca o tivessem visto antes... Foi assim mesmo que tudo se passou? Lila não saberia dizer. Não podia contar com sua ajuda, porque, de onde quer que começasse, acabaria sempre em si mesma.

Em seus últimos anos de vida, a Sra. Mecklin foi acometida de catarata em ambos os olhos. Por trás de óculos especiais, seus olhos exageradamente ampliados pareciam ver tudo com desdém e azedume. O último presente que ele lhe dera havia sido um baralho especial cujos símbolos ampliados possibilitavam que ela jogasse paciência. Ela trapaceava abertamente. Quando Lila ia visitá-la, ela costumava deixar que o baralho escorregasse de seu colo para o chão e ficava apreciando, com um sorriso irônico enquanto Lila catava as cartas.

Certa noite, Lila apareceu para mostrar um anel de noivado de brilhantes. Estava morando sozinha em Nova York e não gostava da longa viagem de metrô e depois de ônibus até a Warburton Avenue, em Yonkers. Impaciente e irritada, ela simplesmente aproximou o anel do nariz da mãe para que esta o visse. Disse, como que se queixando, que precisou cobrir a mão no metrô para evitar que alguém lhe quisesse roubar o anel. A Sra. Mecklin saiu do seu silêncio e disse:

— Se você tem tanto medo que ele seja roubado, por que não o engole? — George viu então um brilho de medo nos olhos velhos e doentes da Sra. Mecklin. — Traga um copo d'água, por favor, George — pediu ela humildemente. Ele teve pena da mãe naquele momento.

O anel de brilhantes foi, na verdade, o que de melhor Lila chegou a ter na vida. Depois de lhe dar o anel e de casar-se com ela, seu marido, Philip, mergulhou definitivamente em um estado de melancolia, com a idéia fixa de fazer com que sua vida se tornasse à prova de qualquer desastre. Como era o representante em Nova York de uma agência de seguros de Vermont, Philip via risco de acidentes em quase tudo.

George sempre teve vontade de ajudar Lila. Nunca, porém, conseguira fazer muito por ela a não ser destrancar a porta depois da meia-noite quando ela, no final da adolescência, começou a voltar para casa de madrugada, agitada e desarrumada. Nessas ocasiões ela segurava com a mão fria e úmida a de George ao subirem a escada no escuro e passar pelo quarto da mãe.

Com um estremecimento prolongado, o trem parou na estação de Harmon. No estacionamento, o Ford de segunda mão de George o aguardava sob uma camada de poeira de carvão.

A caminho de casa ele se esqueceu de Lila. Tudo que via o ajudava a distrair-se: as árvores desfolhadas, as rochas escurecidas pela chuva, a casinha decadente de madeira em cujo interior mal iluminado ele percebeu o brilho de uma lâmpada nua, o riacho que corria paralelamente à estrada, um menino com uma capa impermeável amarela empurrando uma bicicleta ladeira acima. No meio do lago, um homem em uma canoa debruçado sobre uma vara de pescar. Um cachorro preto atravessou correndo na frente do carro e saltou na água, pondo-se então a nadar em linha reta para a canoa, como se fosse uma linha de chumbo deixada cair no lago cinzento. George parou o carro mas não desligou o motor. A cauda do cachorro chicoteava na água. George podia ouvir o ruído de suas patas no casco do barco quando ele tentava subir. Subitamente o pescador pôs os braços para fora da canoa e, erguendo o animal, colocou-o dentro dela. O cão sacudiu a água do pêlo ruidosamente, fazendo balançar a canoa. O homem se curvou para a frente e pôs seu chapéu na cabeça do animal. George ouviu sua risada e os latidos do cão em resposta.

Aquela cena não lhe saiu da cabeça no pequeno percurso que ainda faria até sua casa. Ele invejou a solidão daquele homem. Seria possível cultivar o prazer da solidão? Ele lia muito, mas somente quando Emma estava por perto. Se ela saísse, sua atenção se dissipava. Ele se julgava uma pessoa essencialmente sociável; até mesmo seus sonhos eram cheios de conversas e de rostos apenas percebidos.

George fez uma curva à esquerda onde a estrada do lago cruzava a Abraham's Lane e em seguida subiu uma ladeira pouco íngreme, passando pela casa dos Palladino, uma grande casa em estilo colonial com persianas verdes em todas as janelas. Poucos metros adiante ficava a pequena casa dos Mecklin. Para além desta, espalhado em uma ampla encosta, via-se um pomar de macieiras. Ele entrou com o carro na garagem dupla ao redor da qual a pequena casa havia sido construída.

Desligou o motor e permaneceu sentado por alguns instantes, com o olhar perdido no pára-brisa, a respiração leve. O silêncio absoluto pareceu-lhe voluptuoso; sua vida permaneceu suspensa naquele breve momento pálido e vazio. Então, como se a noite que chegava se anunciasse com um ruído, George ouviu o bater simultâneo de muitas asas. Voltou-se e viu, pelo vidro traseiro, uma revoada de corvos que, deixando o pomar, formavam uma linha negra contra o céu já sem cor.

Quando George saiu do carro, uma leve rajada de vento fez voarem folhas de jornais velhos que estavam empilhadas em um cesto num canto da garagem; o vento estremeceu as teias de aranha empoeiradas que se formaram entre a escadinha de madeira e a janela, levando até ele um cheiro de primavera. Foi uma sensação apenas sugerida — um vento úmido, um cheiro de terra molhada. Sozinho, parado na garagem, ele foi tomado de um sentimento bom, ainda que superficial e vago, como se alguma coisa boa pudesse lhe acontecer — sentimento inusitado para um homem sempre vagamente oprimido.

A porta dos fundos estava aberta.

— Emma?

Não houve resposta. Talvez ela estivesse dormindo. Talvez até tivesse saído para caminhar um pouco. Ele apertou uma torneira que pingava na cozinha. Quando entrou na sala, pareceu-lhe ouvir o rádio tocando baixinho no andar de cima e chamou por Emma novamente. Como não houve resposta, ele abriu sua pasta e tirou de dentro um exemplar gasto de *Moby Dick*, junto com um punhado de cadernos azuis nos quais estavam escritas as respostas de um teste que ele dera aos alunos de inglês da nona série. A maioria deles teria escrito três páginas sobre o simbolismo da baleia branca. A maioria não teria lido o livro. Ele mesmo não gostava da história; a obsessão com a vingança lhe parecia algo estranho. Pôs o livro e os cadernos na mesinha de jogo que usava como mesa de trabalho. A baleia não era branca — teria ficado pálida de exaustão por ser tão perseguida por um autocrata da Nova Inglaterra.

Quando começou a subir a escada, sentiu uma leve fisgada na nuca. Sentiu também as pernas mais pesadas. O que estaria acontecendo? Ele se firmou no corrimão e subiu até o pequeno saguão no alto da escada. Já ia entrando no banheiro quando percebeu um leve movimento da porta do quarto que não era usado. Seu coração pôs-se a bater com força. Ele se sentiu tonto e, ao ouvir a própria respiração pesada, foi tomado de terror.

Quis correr. O pânico, porém, impediu-o de sair do lugar onde estava.

— Quem está aí? — perguntou ele com uma voz gutural. Em seguida deu um grito e lançou-se sobre a porta, empurrando-a até que a resistência de um corpo o impediu de empurrar mais. Pôs-se então a chutar violentamente a porta, gritando para quem estava ali que saísse. — Pelo amor de Deus!... saia daí!

— Você está quebrando minha cabeça! — exclamou uma voz.

George recuou. Alguém assoou o nariz. Ele aguardou. Em seguida, desamassando um chapéu achatado, um rapaz de uns 18 ou 19 anos surgiu lentamente de trás da porta. Os dois se olharam fixamente e então o jovem fez cara de amuado exibindo o chapéu.

— Olhe isso! Só tem poucos dias de uso.

— Não se mova — disse George.

— Quem está se movendo? Sabe quanto me custou este chapéu? Está todo amassado!

— Sente-se!

O rapaz se sentou na beira da cama, sempre a girar o chapéu em seus dedos curtos e rudes.

— Quem é você?

O rapaz colocou o chapéu na cama e ficou olhando para ele.

— Como se chama?
— Ernest.
— Ernest o quê?

O jovem encolheu os ombros.

— E se eu chamar a polícia?

— Chame.

— Isso vale a pena? Arriscar-se desse jeito?

— Arriscar-me a quê?

— A ser levado pela polícia.

Ernest sorriu.

— Você sempre deixa a porta da sua casa destrancada?

— Posso chamar a polícia para levar você — disse George. Suas pernas haviam parado de tremer.

— Eu não roubei nada.

— Já ouviu falar em arrombamento?

— Eu não arrombei nada. Só entrei.

George deu-lhe um tapa no ombro. O rapaz caiu de costas na cama e encolheu as pernas. Perturbado, George olhou-o bem de perto. Ernest devolveu-lhe um olhar sem expressão. Depois baixou as pernas lentamente.

— Fora daqui! — gritou George. O rapaz se pôs de pé.

— Fora!

— Quantas vezes preciso repetir? Já disse... não roubei nada daqui. Eu nunca roubo. Eu gosto de ver as casas das pessoas por dentro quando elas não estão. É só isso.

Foi só então que ele se lembrou de Emma, que poderia estar presa em um armário, morta, violentada. Essa idéia passou a mover-se assustadoramente em sua mente como as folhas de uma planta submersa. George correu para a porta. Ernest foi atrás dele.

— Ela saiu — disse o rapaz. — Foi para o pomar. Aí eu entrei.

George apontou para a escada. Ernest começou a descer.

— Já estive em todas as casas perto do lago — disse ele rapidamente. — Como a daqueles seus vizinhos dali... A mulher é um luxo só. Só faz beber e se divertir o tempo todo. Foi de lá a única coisa que roubei na vida. Um bilhete que a namorada escreveu pra ele. Quer saber o que estava escrito? Eu sei de cor. — O rapaz parou e se voltou para George.

— Isso é uma indignidade.

— Conhece os Devlin? Eles guardam gim em garrafas de pedra... lá tem mais de mil discos. Eles devem muito dinheiro... mais do que você tem.

George ergueu a mão espalmada. O rapaz se desviou.

— Não quero ouvir mais nada.

No pé da escada, Ernest balançou-se segurando o corrimão. Depois olhou, pensativo, para uma parte lascada da madeira.

— Você ligou o rádio?

— Liguei — disse Ernest sorrindo.

— Sente-se — ordenou George muito sério. Ernest deixou-se cair, indolente, em uma poltrona.

— Por que não está na escola?

— A esta hora do dia?

— Você não tem noção do que está fazendo, tem?

— Eu não o quê? — Ernest pegou um cigarro de um maço já quase no fim que estava na mesinha ao lado. Viu que George o olhava. Ficou com a mão parada no ar por alguns segundos até que George, com um gesto da mão, mandou que ele prosseguisse. Ernest tirou um fósforo do bolso e acendeu-o com a unha do polegar.

— Que escola você freqüenta?

— Me reprovaram no ano passado. Por isso não vou mais lá.

— Quantos anos tem, 19?
— Quase 18.
— E o serviço militar?
O rapaz mostrou-se levemente interessado.
— Que serviço militar?
— O exército.
— Que exército? — perguntou ele. Levantou-se. — E aí, você vai fazer alguma coisa? — Pôs o chapéu na cabeça.
— Porque eu já estou de saída.
— Você mora com seus pais?
— O cara bebe como uma gambá. Pode dar queixa de mim a ele... ele não vai fazer nada mesmo.
— Espere...
— Quer saber? Estou velho demais para freqüentar escola. Por que você está olhando assim para o meu chapéu? Escute aqui... eu estou *a fim mesmo* de ir embora agora.

Mas George não queria deixá-lo partir. Ficou de pé na frente de Ernest, bloqueando sua passagem para a cozinha. Estava sendo tomado de uma sensação extraordinária; sentia uma euforia nervosa e tinha dificuldade em conter-se.

— Eu sou professor — disse ele. Ernest olhou-o, impassível. — Você vai acabar sendo apanhado! — gritou George.

— Você já me apanhou.

A euforia de George era tanta que o impeliu para a frente. O rapaz recuou.

— Você precisa terminar seus estudos — disse George, dando-se conta da intensidade da própria voz. Temeroso de assustar o jovem, ele tentou falar com mais tranqüilidade.
— Hoje em dia não se chega a lugar algum sem estudo. Já não é mais como antigamente. Eu posso ajudá-lo. Posso en-

sinar-lhe atalhos. Em que foi que você se deu mal? Escute bem, Ernest, a educação é o passaporte, é a chave para...

Ernest escutava algo, mas não o que George dizia, e sacudiu a cabeça de maneira quase imperceptível. Seu olhar continuava vago, mas seu corpo expressava uma espécie de prontidão nervosa. Os cabelos e olhos escuros e o tom ligeiramente âmbar de sua pele davam-lhe uma aparência impenetrável. Ele era quase belo, pensou George. Seus traços eram clássicos e bem talhados como os dos santos de madeira em nichos na catedral. A boca de lábios estreitos era delicadamente desenhada e o rosto era longo e fino. Mas subitamente a expressão de seu rosto se transformou. Como ele ficou diferente! Seus lábios se estreitaram ainda mais e suas pálpebras de lince assumiram uma expressão misteriosa e ainda mais inacessível.

Ernest passou por George e encaminhou-se para a porta da cozinha, mas imediatamente recuou e escondeu atrás de si o cigarro que fumava. Emma estava entrando.

Ela parou junto à porta, olhando ora para George, ora para o rapaz.

— Onde é que você estava? — perguntou George apressadamente. — Foi caminhar?

— Fui. Caminhei um pouco — disse Emma sem desviar os olhos de Ernest.

— Fez pouco sol hoje, não?

— Choveu esta manhã.

— A reunião demorou mais do que eu esperava. Depois passei pela casa de Lila para vê-la.

Ernest levou o cigarro aos lábios, inalou profundamente a fumaça e depois soprou para o alto. Por que fez aquilo? O momento pareceu longo demais.

— Este aqui é Ernest, Emma — disse George por fim. — Ele precisa de ajuda nos estudos.

Emma olhou desconcertada; depois balançou a cabeça, despiu a jaqueta que estava usando e deixou-a cair no sofá. Ernest ficou olhando.

— Está molhada — disse ele sem se dirigir a nenhum dos dois em especial.

— Depois seca — disse Emma.

Ela se encaminhou para a escada. Ernest foi em direção à porta e George o seguiu. Emma poderia ter sido mais delicada. Afinal de contas... era um garoto que estava ali. Às vezes ele achava que a frieza dela não era tanto um disfarce de alguma coisa, mas algo em si, um vazio. Não havia nada de tão estranho na presença de Ernest ali que justificasse a maneira grosseira como ela se portava.

Ernest parou junto à porta da cozinha, com a mão na maçaneta.

— É melhor você deixar de fazer isso de uma vez por todas — disse George em voz baixa. Ernest riu em silêncio.

— Não tem graça nenhuma. Alguém pode acabar entregando você à polícia.

Ernest olhou para ele pensativo.

— Esta foi a primeira vez que fui apanhado — murmurou.

— Você não me ouviu chegar com o carro? — perguntou George.

— Já era tarde demais. Pensei que pudesse pular pela janela para o telhado da varanda. Mas a janela estava emperrada. — Ele encolheu os ombros. — Sei lá. — A maçaneta girou em sua mão. George percebeu que o rapaz de fato queria ir embora dali. Sentiu-se irritado e exausto.

— Como posso ter certeza de que você não roubou nada? — perguntou ele asperamente. Ernest, sem deixar de olhar para George, virou pelo avesso os forros de seus bolsos, um por um. Uma pedrinha caiu no chão. Em seguida exibiu as mãos, abrindo os dedos lentamente. Na palma de uma delas havia duas moedinhas de 5 centavos.

— É melhor você parar de entrar nas casas das pessoas — disse George.

— Por que você não contou a ela? — perguntou Ernest. George abaixou-se para pegar a pedrinha. Algo naquela curiosidade impessoal da voz de Ernest o havia feito corar. E ele se sentia envergonhado por ter forçado o rapaz a virar os bolsos pelo avesso. Ficou sem saber o que dizer, com a pedrinha na mão.

— Se você quiser ajuda, se pensar seriamente em concluir seus estudos, verei o que posso fazer.

— Se é isso que você quer...

— Se é isso que *eu* quero! Tudo bem. Vou entrar em contato com você depois que souber dos meus horários. Qual o seu sobrenome? Onde você mora?

— Pode deixar que eu venho aqui. Se você não estiver, vou embora.

— Assim não vai dar certo.

— Olha, quer saber? Não vou mesmo conseguir terminar o curso — disse Ernest com indiferença. — Não perca seu tempo.

— Quantas vezes por semana você pode vir?

Ernest não respondeu. Abriu a porta uns dois centímetros e olhou para fora cuidadosamente.

— Não quer tentar?

— Já vou indo.

— Meu nome é George Mecklin.

— É... eu sei... — Ernest abriu a porta e saiu para a garagem.

Enquanto George observava da janela da sala o rapaz se afastar, pensou que seu nome estaria em uma dúzia de coisas espalhadas pela casa que Ernest deveria ter visto. Ligou então o interruptor e uma luz pálida iluminou a sala. George sentiu frio e uma vaga aflição. Ouvia os passos de Emma no andar de cima, mas subitamente não os ouviu mais. Ela o olhava do alto da escada.

— Você deixou o rádio ligado? — perguntou ela. Ele olhou para a pedrinha que ainda estava segurando. Era melada, como uma jujuba.

— Acho que sim — respondeu. Ela continuava a olhar fixamente para ele. Deve estar pensando no que eu disse, pensou George, porque sabe que nunca deixo o rádio ligado. Ele deixou que a pedrinha caísse atrás do aquecedor.

— Não sei que roupa vestir hoje à noite — disse ela.

Ele se apressou em sugerir-lhe um vestido. Não tinha vontade de ouvi-la especificar as opções em tom monótono para assegurar-lhe de que não o repreendia pelo estado de seu guarda-roupa.

— Esse não — disse ela. — O tecido já está brilhando de tão gasto.

— Nós só vamos ao cinema — disse ele. Ela o deixou folheando as páginas de um caderno azul. "*Moby Dick* é um clássico americano porque..." Ele deixou cair o caderno, sentindo-se repelido pela caligrafia gorda e vaidosa, com suas letras maiúsculas anatômicas. Só podia ser de Mary Lou Whimple, cujo sorriso constante de ironia infantil o obrigava a ser especialmente cuidadoso ao corrigir seus trabalhos.

Ele começara a sentir ódio dela. É necessário ser justo com pessoas a quem se odeia. Deixou o caderno cair de volta na mesa.

A noite chegara com uma escuridão úmida. Uma luz tênue brilhava na casa dos Palladino, um navio em alto-mar em noite de nevoeiro. Sua própria sala de estar pareceu-lhe de extremo mau gosto. George ficou ouvindo o silêncio daquela área afastada da cidade. Os incidentes daquele dia se agruparam em sua mente como uma charada que aguardava enunciado — o negro cego, o cão nadador, o colete de camurça vermelha de Walling, os sorrisos dissimulados de derrota de Lila, o instante em que, sem mais nem menos, ele sentiu que poderia ser feliz. E Ernest.

Decidiu pensar em dinheiro, assunto que certamente se sobrepunha a todos os outros. Passariam a dispor de um pouco mais dali por diante, apesar de Emma só trabalhar agora três vezes por semana em Columbia, onde era auxiliar de biblioteca. O motivo declarado para ela deixar de trabalhar em tempo integral era poder voltar a estudar e completar o curso de bibliotecária. Mas, na verdade, o que vinha preocupando a ambos era o fato de ela viver constantemente fatigada. Emma dizia que precisava descansar se algum dia planejassem ter um filho. Havia concluído que, de uma forma ou de outra, *saberiam* quando estivessem prontos para isso.

O carro implicaria uma despesa maior agora, com um consumo maior de combustível e mais manutenção, mas ele economizaria no seguro. Em um pedaço de papel amarelo que George mantinha no bolso interno do paletó, transferindo-o para qualquer dos três que estivesse usando, ele havia avaliado sua nova situação financeira na manhã seguinte à de sua mudança, quando deixaram a cidade pela zona rural. Com números pequenos, em colunas retas, o sinal de dólar escrito com tinta verde, ele havia previsto todas as eventualidades. Aquele pedacinho de papel lhe dava grande satisfação. Era uma prova de ordem nas finanças. Bem, o papel cobria todas as eventualidades, mas o dinheiro, não.

Os móveis estavam em péssimas condições. Eles tinham planejado recuperar o que fosse recuperável e jogar fora o que havia sido herdado ou emprestado, mas acabaram por empilhar tudo no caminhão de mudança. Emma cobriu com uma manta de lã púrpura um rasgão no forro da poltrona. Ela começou a fazer, mas nunca chegou a terminar, várias almofadas para a sala — as beiradas por costurar permitiam que os enchimentos ficassem à vista, enfiados de qualquer maneira. Tinha também pedido emprestada uma lixadeira elétrica com a qual começara a tirar a pintura preta de uma mesinha, mas desistira ao chegar às pernas arredondadas. Tudo em sua casa tinha a aparência precária das coisas por serem terminadas ou consertadas. Em um canto havia uma cesta cheia de pedaços de tecido com os quais Emma planejara fazer uma colcha de retalhos. Duas partes de um gravador — a terceira desaparecera na mudança — encontravam-se sobre um pequeno livro de bolso das melodias de Handel, e uma cesta de palha do tipo vendido em lojas japonesas estava no centro da mesinha em frente ao sofá. O único objeto dentro dela era um amuleto asteca verdadeiramente abominável, na opinião de George. Emma foi quem o encontrou no chão em umas férias de um mês que passaram em Zacatecas. Ela costumava parar diante da mesinha e pegar, indiferente, aquela figura. Segundo ela, era seu único suvenir autêntico. George olhava com irritação aquela pequena imagem com um sorriso de pedra maligno dirigido ao teto. Tivera esperanças de que aquilo se perdesse na mudança.

Com as mãos nos bolsos e os ombros curvados, George apertou a testa de encontro à janela. Por que tudo ali era tão decadente? Somando o que os dois recebiam, certamente haveria o suficiente para uma vida simples em uma casinha arrumada. Emma dizia que eles viviam como se os anos da depressão não tivessem terminado. Mas não seria a aparência decadente da casa um problema de menor importância? Seria algo que devia realmente *ocupar o pensamento*?

Subitamente se imaginou atirando fora tudo o que possuíam, varrendo bem cada canto da casa, deixando apenas o ar fresco do campo ocupar seus quatro cômodos. Então, assustado diante da idéia de uma casa vazia — o que seria deles sem aquelas coisas abomináveis que tinham acumulado? —, subiu a escada correndo.

Emma estava deitada na cama lendo uma edição de bolso de Simenon enrolada em seu roupão felpudo. Interrompeu a leitura por alguns segundos e olhou para ele. George pegou uma camisa limpa no gaveteiro e retirou de dentro o papelão da tinturaria.

— Onde foi que você o encontrou? — perguntou ela.

— Foi ele quem me encontrou — respondeu George. Imediatamente sua descoberta de Ernest, a sensação do corpo atrás da porta quando ele se comprimiu contra ela, lhe pareceu mais vívida do que então.

— De onde ele veio?
— Peekskill, eu acho.
— Veio andando até aqui?
— São só uns 2 ou 3 quilômetros.
— Como foi que ele soube que você é professor?

— As pessoas sabem de tudo na zona rural.
— George, vamos passar um ano no México.
— Está bem.
— Então estamos combinados?
— Algum dia nós vamos.
— Por favor, me fale daquele rapaz.
— Ele abandonou a escola. Repetiu a última série.
— Ele estava lá fora quando você chegou? Eu não o vi quando saí.

Ele se sentou na cama e procurou os pés dela por baixo do roupão. Ela os deixou ficar em suas mãos, frios, estreitos e inertes.

— Você está preocupada com alguma coisa?

Ela puxou os pés e se sentou empertigada. O livro caiu no chão.

— Estava tudo tão estranho hoje — disse ela. — Tudo tão vazio. Não consegui fazer quase nada. A casa me deixou assustada. Não sei por quê. Não sei... Eu vi um corvo e pensei no outono... tudo tão cinzento. — O rosto dela parecia aflito. Ele a perdoou em silêncio por sua falta de delicadeza com Ernest.

— Por que não fez uma visita aos Palladino?

— Eles vivem enfiados naquela casa. Ela nunca sai, e ele sai de manhã com a roupa toda amassada como se tivesse dormido já vestido. Ela põe as crianças no degrau do lado de fora da casa como se fossem garrafas vazias de leite e depois tranca a porta. As crianças são tão estranhas!... Ficam lá sentadas nos degraus com umas coisinhas nas mãos, brinquedos, suponho, que trocam uma com a outra até que ela abra a porta e as deixe entrar novamente.

No dia em que eles, George e Emma, se mudaram, o Sr. Palladino caminhou lentamente até a calçada deles e perguntou, com certa delicadeza, se podia ajudar em alguma coisa. Parecia pouco à vontade. Talvez se sentisse um intruso. George tentou decifrar aquele seu sorriso sem jeito e o curioso ar de insegurança. O vizinho usava um terno de veludo marrom-claro e sua camisa estava um pouco encardida. Ele fez um acordo com George — dando continuidade, dissera ele, ao acordo que tinha com os antigos inquilinos da casa: ele usaria metade da garagem com seu carro e se propunha a pagar alguns dólares por mês pelo uso do espaço. George recusou o dinheiro e Palladino, com um sinal de cabeça, demonstrou que já esperava a recusa.

— Ele me pareceu um bom sujeito — disse George.

Emma irritou-se.

— Bom sujeito? Um ator... um conquistador barato.

— Como é que você sabe dessas coisas?

— Minnie Devlin me contou — disse ela.

— Minnie Devlin fala mal da própria sombra... zomba de todo mundo.

— Ela não zombou. Seja como for, basta olhar para a cara dele. Uma cara de ator, de gente que leva uma vida desregrada.

Ele olhou surpreso para ela.

— O que é que há com você? — perguntou.

Ela deu uma risada forçada.

— Não gosto de homens bonitinhos.

Foi Minnie quem encontrou aquela casa para os Mecklin. Emma a conhecera em Chicago, mas não manteve muito contato com ela depois. Logo que terminou a faculdade, participou por pouco tempo de um grupo de teatro amador que

Minnie estava organizando. Pouco depois que Emma foi para Nova York, Minnie escreveu dizendo que tinha abandonado o teatro e se casara novamente. Um ano depois Emma recebeu um cartão que anunciava o nascimento de Trevor, com 4,5 quilos. "É uma mostra do que o sangue camponês é capaz de produzir", escrevera Minnie no cartão, um tanto prematuramente. No ano anterior ela surgira em Nova York. Chicago não era grande o suficiente para Charlie Devlin. Os Mecklin ainda não o conheciam. Ele estava freqüentemente fora da cidade à procura de pessoas para seu programa de rádio, 'Gente Feliz'. Minnie disse que estava criando uma agência de talentos. George a considerou uma pessoa chata e de mau caráter, mas Emma a achava engraçada. Quando ela telefonou para falar sobre a casinha na zona rural, George acabou por concordar com Emma, ainda que com certa relutância, que valera a pena manter contato com ela. No fim de semana seguinte eles finalmente conheceriam Charlie. O casal Devlin daria uma festa no sábado.

Gim holandês e dívidas se acumulando.

— Que cara é essa?

George assustou-se, como se ela tivesse lido seus pensamentos. Mas se a Sra. Palladino não saía de casa, como foi que Ernest entrou lá? George pôs-se de pé abruptamente, empurrou o sofá para um canto e fechou a cortina da janela que dava para a casa dos Palladino.

— Você a leva muito a sério — disse Emma. — Ela é apenas uma pessoa engraçada.

— O que foi que você fez durante o dia? — perguntou ele. Pensava no vizinho, nos bolsos de sua roupa no armário bisbilhotados por Ernest, no caráter de Joe Palladino dissecado cruelmente pela sarcástica Minnie.

— Classifiquei os temperos. Estavam imundos. As tampas dos recipientes ainda estavam pegajosas com a gordura da cidade.

— Você os classificou?

— Por ordem alfabética — disse ela. Ele achou graça. Ela não gostou. Ele pensou que ela tivesse dito aquilo para ilustrar o tédio do dia. — Achei isto no pomar — disse ela, enfiando a mão no bolso do roupão e de lá tirando uma pistola d'água vermelha, com o cano quebrado. — Estou falando sério. Um dia e tanto, não?

— Leva algum tempo. Moramos na cidade tempo demais. Espere até que chegue a primavera.

— Quando eu estava no pomar — prosseguiu Emma —, um velho surgiu de repente por trás de mim.

Haveria um plano para invadir sua casa?, perguntou-se George.

— Ele devia estar me observando já havia algum tempo. Quando olhei para trás, lá estava ele pendurado em um galho de árvore, sorrindo.

— Talvez seja bom comprarmos um cachorro.

— Ele era débil mental — disse ela. — Só murmurou alguma coisa, eu assenti em silêncio e ele desapareceu. Talvez tenha sido só imaginação minha! — Ela deu uma risada nervosa e ele se voltou do armário e ficou olhando para ela. Emma não havia mudado muito fisicamente desde que a conhecera. Conservava aquele seu jeito de menina pálida de cabelos negros que ela prendia frouxamente na altura da nuca. Às vezes quando, impaciente, ela amarrava os cabelos com um cordão qualquer, vestia uma saia de algodão e calçava tênis, parecia, para ele, uma dessas garotas pálidas que vagam pela periferia do mundo boêmio de qualquer cidade, sofrendo tão intensamente em silêncio sua falta de paradeiro que chegam a parecer heróicas.

Quando se vestia para trabalhar ou para sair à noite, ela ficava bem diferente: bem-arrumada, compenetrada, distante. Sentava-se sem se encostar nele, com os pés delicados e magros pousados lado a lado no chão.

— Você está engordando — disse ela. Ele se vestia lentamente, pensando nela, aliviado por ela parecer ter se esquecido de Ernest. Ernest... qual seria seu sobrenome? Ele olhou para o espelho que Emma pregara na parede. Sua cabeça ficava de fora, a não ser que ele se abaixasse. Ela tinha razão. Ele sempre fora meio corpulento, mas agora sua barriga se projetava levemente. Ele não queria ser gordo.

Deu um suspiro. Quando jovem, jamais havia pensado como seria aos 34. Mais seis anos, e teria 40. Abotoou a camisa apressadamente.

— Como está Lila?

— Está bem. — Não tinha por que dizer a ela que Lila havia perdido o emprego. Sem demonstrar interesse, ela tentaria descobrir com quanto George pretendia ajudar a irmã.

— Eu a convidei para vir aqui no próximo fim de semana. Você não se importa, não é?

— Por que me importaria? Se ela se esquecesse de trazer Claude eu ficaria ainda mais entusiasmada.

— O menino não é tão ruim assim.

— O quê? O menino é doido. Se não for, então faz o que faz de propósito. Seja como for...

Ela começou a se vestir e por algum tempo ficaram em silêncio, andando pelo quarto para pegar o que necessitavam.

Logo estavam prontos, um diante do outro junto à porta do quarto, ele com seu terno escuro e ela com seu vestido preto. Ainda temos tempo para tudo, pensou ele.

A casa dos Palladino estava toda apagada quando passaram por ela.

— Todos dormem — disse ele.

— Todos mortos — disse Emma.

O carro seguiu pela Abraham's Lane em direção a Peekskill.

— Não gostei daquele rapaz — disse ela.

— Você nem o conheceu.

— E você? Conheceu? Não entendo como ele chegou lá... nem por quê.

— Não, eu não o conheço. Como posso julgá-lo?

— Ora... tem gente que presta e gente que não presta.

Uma rajada de vento espalhou folhas que o farol alto do carro iluminou.

— Preste atenção a isso! — disse George. O vento trazia novamente o odor de terra molhada.

Pararam em um restaurante da estrada. O prédio tinha a forma de um moinho e vários carros estavam estacionados à sua volta. Quando caminhavam em direção à entrada, viram, em uma réstia de luz amarela que vinha da janela, uma boneca com os bracinhos roliços erguidos, os olhinhos brilhantes e parte do corpo enterrada no chão de pedrinhas do estacionamento.

— Socorro! — gemeu Emma. — Os árabes me deixaram aqui para morrer! — George achou graça, e algo sério que o preocupava se dissipou de sua mente. Deu um beijo no pescoço de menina da sua mulher.

Por trás dos cardápios de papelão, seus olhos pulavam rapidamente dos pratos principais para os preços. A garçonete ficou aguardando junto à mesa; seus braços vermelhos saltavam, gordos, das mangas do uniforme como se faltasse pouco para rebentá-las. As toalhas individuais de plástico, o abajurzinho resistente, o cardápio encardido e pretensioso, a garçonete com expressão de paciência forçada e aquele pote de ketchup entupido eram elementos constantes de uma cena à qual sempre retornavam. De que modo descrever todas aquelas noites em que saíam para se divertir da mesma maneira sem referência àquelas manifestações tangíveis de tédio e hábito?

Em meio ao entulho impessoal do mundo que os cercava, Emma e George se sentiam próximos. Restaurantes baratos, carros decadentes, uma zona rural devastada e a se esvair nas auto-estradas que a retalham, e a feiúra vulgar da vida moderna davam, de certa forma, uma qualidade moral ao fato de estarem juntos. Nas noites em que saíam juntos, sentiam-se mais próximos: lamentavam, juntos, todas essas coisas.

Mais tarde, depois do cinema, recordavam-se de filmes que haviam visto quando crianças. O carro deixou a auto-estrada e entrou na estrada secundária. George esticou o braço e a tocou. À luz tênue do painel, viu sua mão rosada segurar um joelho dela. Subitamente, sentiu um jato d'água no rosto e viu, surpreso, que Emma ria baixinho, com a pistola d'água na mão. Ele enxugou o rosto com as costas da mão. O riso dela explodiu, alto.

— Por que fez isso?
— Pensei que você fosse achar graça.
— Por que fez isso?
— Ora, pelo amor de Deus...
— E agora? O que espera que eu faça?
— Que se enxugue... Desculpe, mas você está com o rosto todo molhado.

— Foi você quem molhou.

Ela tirou da bolsa um lenço de papel e passou no rosto dele de qualquer maneira.

— Eu não tinha intenção... — disse ela. — Coloquei água antes de sairmos. Não funciona muito bem.

— Você tinha uma intenção na hora em que colocou água. Qual era?

— Ora, nada... nada.

— É, estou vendo. Essa era a última coisa que eu podia esperar.

— Eu nem sabia bem o que ia fazer com isso — disse ela já impaciente. — Que diabo! Já disse que sinto muito.

— Tudo bem. Eu sinto muito também por ter ficado com raiva.

— Você ficou? — perguntou ela. — Ficou com raiva?

A essa altura já estavam chegando em casa. À sua frente viram a sala de estar toda acesa.

— Você deixou as luzes acesas?

— Não me lembro — disse George, lembrando-se nitidamente de as ter apagado ao sair. — É, precisamos comprar logo as cortinas.

Ele entrou à frente dela pela porta da cozinha e chegou à sala. Ernest estava deitado de costas no sofá, dormindo. Havia um bilhete em seu peito; um canto do papel estava preso a um botão de sua camisa. "Meu pai me trancou do lado de fora", leu George. "Vou embora cedo. Obrigado."

George ficou olhando fixamente para ele. Por um instante pareceu-lhe que o rapaz estava morto, marcado como um cadáver não identificado em um desastre. Ouviu-o então respirar. Sua presença, seu hálito, seu odor pareciam se espalhar pela sala.

Os pés descalços dos tênis estavam cruzados de maneira insolente e precavida. Perplexo, George sentiu-se a ponto de chorar.

Emma aproximou-se e pôs a pistola d'água em sua mão.

— Você pode precisar disso — disse ela, irônica. George apagou as luzes. Emma ficou parada no início da escada, olhando para o topo. Esperava. George passou por ela e pegou um cobertor no armário do quarto de hóspedes. Desceu, passou por Emma novamente, cobriu Ernest com o cobertor.

Ela não disse uma única palavra até que os dois se encontrassem deitados lado a lado.

— E agora? — perguntou ela, afastando-se dele. George teve a impressão de que ela já estava quase fora da cama, apoiando-se com uma das mãos no chão. Ele respirou fundo, soltando o ar lentamente. Não sabia responder.

Será que Ernest teria visto nele a salvação? George sorriu no escuro diante da própria presunção. Mudou de posição o mais cuidadosamente que pôde, como se houvesse por perto uma presença hostil e sua salvação dependesse do silêncio.

Na espessa escuridão — não havia lua naquela noite —, ele abriu bem os olhos. Onde estaria aquele menino agora? Estaria dormindo com seu capacete na cabeça? E a ruiva desgrenhada que o observara de maneira estranha? E o cego, onde estaria? Por que continuava vivendo? Será que a própria cegueira lhe daria um propósito?

— George? — sussurrou Emma.

Ele se virou de costas para ela. Estava tomando uma decisão. Ouviu Ernest movimentar-se em seu sono inquieto lá embaixo. Depois fechou os olhos.

Capítulo Dois

Do sono, George passou diretamente ao estado de alerta. Viu o céu pelas janelas do quarto. Era um céu infinitamente pálido. Parecia equilibrar-se sobre algo — ou sobre nada. Teve a sensação de que a luz do dia o penetrava.

Emma já havia se levantado. Um lenço de papel cor-de-rosa estava caído no chão. Com os olhos fixos nele, o olhar perdido, ele saiu da cama lentamente. Foi quando já estava de pé, a ponto de pegar o papel, que se lembrou de Ernest.

Mas Ernest já havia partido. O cobertor com que George o cobrira estava caído, junto ao sofá; o bilhete amassado, sobre a mesa.

— Ele comeu uma maçã — disse Emma da cozinha e surgiu à porta da sala segurando o que sobrara pelo talo, entre dois dedos. George dobrou o cobertor.

— Não vai buscar o jornal? — perguntou ela.

— Vamos tentar sobreviver sem ele esta semana.

— Eu posso sobreviver... é só pelas palavras cruzadas. O café acabou?

A bainha do roupão de Emma estava desfeita de um lado. Ele ficou alisando o cobertor e olhando para os pés descalços dela. O combinado era que ela prepararia o café-da-manhã durante a semana, e isso levava à expectativa de que ele faria o café nos fins de semana. Ela queria tomar café para começar a fumar. Os pés dela tinham um tom acinzentado. Seu olhar foi subindo pelo corpo da mulher. Ela estava levemente inclinada; tinha os lábios tensos. Seus olhares se confrontaram. Ele se esforçou para dar nome à incômoda sensação que se estabeleceu entre eles naquele instante. Era preciso encontrar a palavra. Sentia-se imobilizado, sem saída, com um cobertor velho dobrado no braço, incapaz de encontrar alguma coisa para dizer e sentindo a agonia da indecisão. Indecisão a respeito de *quê* ele não sabia dizer. Permaneceu ali imóvel, arrancando bolinhas de lã do cobertor. Ela piscou os olhos levemente.

— Você notou como o céu está esquisito hoje? — perguntou ele, surpreso com o tom irreconhecível da própria voz.

— Ele sempre me parece esquisito.

— Tem uma coloração de pérola — disse ele. — Uma cor de nada... Vá se sentar, que eu frito um ovo para você. Vá... você parece que não dormiu muito bem. Depois a gente sai para buscar o jornal. Certo?

Ela concordou, triste, com um aceno de cabeça.

— Sorria! — disse ele. Ela exibiu os dentes.

Teria sido um domingo como os outros, mas não foi. A melancolia de Emma se tornou mais profunda. George movia-se pela casa sem atenção, esbarrando nos móveis e esquecendo-se do que ia fazer ao passar de um cômodo para outro. As horas se arrastavam. Ele queria logo tomar banho, dormir. Queria que chegasse logo a segunda-feira.

Culpava-se pela tristeza do dia. Havia sido ambíguo em relação a Ernest. Sim, o problema era esse. Não tinha negado a ela, como sempre, uma informação importante? Não era por esse motivo que as escaramuças entre eles se davam tão longe do campo de batalha? Deu-se conta de que olhava para ela com a tensão de quem avalia sua capacidade de tolerância. As palavras se juntavam em frases desinteressantes, perdiam o sentido e dissolviam-se em incoerência. George permaneceu sentado, sem fazer coisa alguma, apesar do crescente sentimento de que deveria encarar a segunda-feira com suas aulas preparadas. Emma, de má vontade, desempacotou mais uma caixa de livros, deixando que escorregassem para o chão e lá ficassem.

Ela preparou o almoço e comeu apenas uma fatia de tomate enquanto o observava a empanturrar-se — ele sentiu um impulso incontrolável de parecer tão desagradável quanto o olhar dela lhe dizia que era. Não demora, pensou ele, e ela vai falar sobre dinheiro ou lembrá-lo de que não tinha comprado a tinta para a cozinha ou, com um jeito estudado de quem aborda um assunto por acaso, atacaria Lila e a preocupação que George tinha com a irmã.

Se alguém acendesse um fósforo, esta casa iria pelos ares, disse ele à sua imagem no espelho do banheiro e em seguida se cortou com o aparelho de barbear. Um pedacinho da pele ficou levantado a maior parte do dia até que Emma, com um sorriso cheio de desdém, o comprimiu com o dedo.

— Que diabo está acontecendo com você? Diga logo...
— Diga logo, diga logo — repetiu ela impassível.
— Ou então acabe com isso...
— É que... — disse ela, sem prosseguir.
— Emma... por favor! — Mas ele tampouco conseguiu prosseguir.

A sombra de Ernest permanecia entre eles como se tivesse substância.

No final da tarde, ele tentou fazer amor com ela. Os raios inclinados do sol incidindo sobre as poças d'água no tapete verde de grama o levaram a pensar que poderiam exorcizar aquele dia perdido. Ela se despiu cuidadosamente, como uma boa menina, e deitou-se atravessada na cama. Um sacrifício humano. Embora ela não olhasse para ele nem dissesse coisa alguma, ele sentiu um vago medo, como se a mulher pudesse agredi-lo fisicamente.

Consciente de que seu corpo, acima do peso desejável, não provocaria desejo, ele se deixou cair pesadamente ao lado dela. Ela começou a chorar baixinho. Até que enfim. Ele a acariciou com delicadeza. Com uma sensação de alívio, sem desejo, manteve-a abraçada até que ela parasse de chorar.

— Eu estou interessado em ajudar Ernest... sabe? Na escola, alguma coisa já se perdeu para sempre... se é que chegou realmente a existir... É um sentimento de que algo pode ser feito. É difícil dizer. Eu mesmo ainda não sei o que é.

— Psiu! — sussurrou ela. — Não fale.

Seria possível pensar sem palavras?, perguntou-se ele.

Houve uma crise na escola naquela semana. Um aluno pediu a Harvey Walling que assinasse uma petição dirigida às Nações Unidas solicitando uma moção de censura aos Estados Unidos por sua política em relação a Cuba. Walling rasgou a petição e deixou-a cair no chão do corredor, aos pés do aluno e, ainda por cima, ordenou-lhe que catasse os pedaços. Minutos depois Larry Rubin, autor da petição, saltou sobre Walling quando este passava diante de sua sala e, segundo Walling, tentou estrangulá-lo com sua própria gravata.

A maior parte dos professores fingiu não ter tomado conhecimento do incidente. Uma professora de inglês, Helen Finney, comentou com George que a escola estava se deteriorando quando dois professores se atracavam no corredor por questões daquela natureza.

— Será que nos tornamos animais? — perguntou ela, aflita. Seus lábios eram recobertos por uma espessa camada de batom. Usava um vestido de malha de um tom feio, vermelho. George sorriu, porque ela parecia mais mineral do que animal; havia uma expressão dura em sua cara de menina velha, à exceção da boca grande com os lábios muito pintados. Apesar de George a conhecer havia seis anos, observava poucas mudanças em sua aparência — como uma crescente predileção pelas cores violentas e inadequadas de seus vestidos. Notara também que seu cabelo acinzentado ficava cada vez mais ralo. Solteironas. Mas sua aparência seria diferente se ela tivesse se casado? Será que ele a *conhecia* realmente?

— Alguém deve levar uma repreensão — disse ela com voz trêmula. Suas mãos brincavam com o laço do vestido. Uma alça tinha o dobro do tamanho da outra. Espelhos nem sempre mostram tudo; provavelmente ela não tinha notado. Ele se deu conta de que a olhava fixamente e que ela estava nervosa.

— A coisa vai acabar se acalmando — disse ele. — As pessoas fingem estar mais aflitas do que na verdade estão, não acha?

— Fingem estar *menos* — disse ela com uma inesperada severidade. — Você está redondamente enganado, George.

Na hora do almoço Rubin ajeitou as calças puxando para cima seu cinto de corda e sentou-se ruidosamente à mesa. Foi logo expondo sua tese enquanto se servia de bolo de carne e fruta em conserva. Era absolutamente necessário, disse ele, que os alunos se envolvessem com as questões do mundo lá fora — afinal de contas, era o mundo onde viviam, não?

— Não — disse Caslow, professor de latim, calmamente. Rubin enfiou o garfo em um pedaço de bolo de carne que caiu de volta no prato no instante em que ele abria a boca para recebê-lo. George observou que a gravata de Rubin estava torta. Provavelmente ele a torcera de propósito diante do espelho. Era uma gravata ideológica. Impaciente consigo mesmo, George levantou-se da mesa e saiu. Por que observava tanto as minúcias das roupas dos outros? Todas as pessoas para quem tinha olhado naquele dia lhe pareceram terrivelmente solitárias. Figuras suspensas no espaço. Teria mesmo imaginado que aquelas pessoas existiam apenas nos espelhos de seus quartos? Como saber? À exceção de Caslow, com quem compartilhava um pequeno escritório, ele não tinha feito amigos na escola.

— Aquele sujeito horrível e sua revolução não são a melhor causa com a qual nossas crianças devam se identificar — disse Ballot a George já no fim daquele mesmo dia, acrescentando que Fidel Castro ficaria melhor se raspasse a barba. Uma barba tinha a mesma natureza de uma farda, e, pessoalmente, ele era contra tais símbolos. Ballot deve ter exposto esse ponto de vista a Rubin, pois este disse a todo mundo que se dispusesse a ouvi-lo que só o mais sinistro dos reacionários poderia ver na barba de Castro algo além da mais inocente das vaidades humanas.

No final do último tempo, Walling entrou na sala onde George acabara de dar aula. Era a primeira vez, nos três anos em que estava na escola, que Walling lhe dirigia mais do que um aceno de cabeça ao se cruzarem.

— Vou acabar com aquele sujeito antes do fim do ano! Quanto você quer apostar que ele não paga mensalidade ao partido?

George, surpreso com a visita inesperada — se é que se tratava de uma visita —, não respondeu de pronto.

— E então? O que me diz?

— As crianças gostam dele — disse George finalmente.

— Ele molestou uma aluna da última série no ano passado.

— Quem acredita em meninas dessa idade?

— Eu acredito — disse Walling. — Até nas que mentem. — Ele pegou um livro de poesia na mesa de George e em seguida o deixou cair de volta sem olhar o título. — Eu detecto um certo sentimentalismo em você — disse ele. — Quero que saiba que não sou contra ações políticas. Não acredito nelas, naturalmente. Mas não sou contra. Mas veja bem... quando encontro um desses sujeitinhos metidos a sebo, que se acham os maiorais, donos do mundo... que ainda outro dia liam histórias da carochinha, se meterem a defender causas políticas...

— Céus! — exclamou George. — São apenas meninos, Walling!

— Uns grandes merdas! — exclamou Walling. — Todos meninos ricos!

— E o que você quer que eles façam?

— Quero que aprendam latim e grego e trigonometria. Se forem muito bons, algum dia talvez possam aprender algumas coisas sobre direitos humanos. Você confunde capacidade de ler com capacidade de discernir. Eles se julgam grandes coisas... pensam que têm grandes idéias. Um pouco de humildade, pelo amor de Deus! Um pouco de modéstia!

— É só uma questão de tempo — disse George.

— Não há tempo algum — retrucou Walling. — Precisamos pôr um fim às atividades desse Rubin. Ele não será recontratado este ano se eu puder impedir. Ballot não é tão idiota, você sabe, pelo menos na defesa dos seus interesses. Rubin não tem estabilidade! Ele que vá fazer agitação em outro galinheiro. Vai acabar encontrando umas velhas gagás para protegê-lo. Vai convencer uma escola qualquer de terceira categoria a aceitá-lo para não ser considerada ultrapassada. E vão detestá-lo mais do que nós o detestamos.

— Eu não detesto o Rubin! — exclamou George, pegando o outro de surpresa. Walling eriçou-se como um gato.

De vez em quando, no decorrer da semana, George percebia que Walling o observava disfarçadamente como se estivesse tentando formar uma opinião a seu respeito. Mas na sexta-feira Walling já parecia ter perdido o interesse em George e ficou sentado na sala dos professores sem olhar para ninguém, alisando a camurça de seu colete vermelho. George falou com Caslow a respeito de Ernest, sem mencionar as circunstâncias em que o conheceu. Caslow não se surpreendeu com o fato de George interessar-se por alguém assim.

— Há algo frustrante em lecionar num lugar como este — disse ele. — Se a pessoa não se esforçar por fazer alguma coisa que valha a pena de vez em quando, ela começa, pelo menos *eu* começo, a se sentir como um garçom a conduzir os fregueses para uma mesa que não é a melhor.

George repetiu essas palavras de Caslow para Emma, mas ela ficou em silêncio absoluto. Ele desistiu do assunto. Não faça marolas, disse a si mesmo. Se o clima não está receptivo, pelo menos está neutro.

Ele se encontrou com Rubin várias vezes nos corredores e no refeitório, e Rubin falou com ele cordialmente, como sempre. George sentiu uma pontada de remorso. Deveria ter defendido o colega com mais veemência. Na sexta-feira houve uma breve reunião sobre o problema da cola. Comparadas as anotações, chegou-se à conclusão de que a cola era tão utilizada nas últimas séries, principalmente nas aulas de ciências, que a questão era se alguém estaria estudando alguma coisa, a não ser alguns esforçados que forneciam as respostas aos demais alunos. Somente Walling não relatou problema algum. Não compareceu à reunião, mas mandou uma nota: "Ninguém cola em minhas turmas porque não o permito." Ballot exibiu um exemplar do jornal da escola. Era uma edição especial destinada, dizia o editorial na primeira página, a aplacar as sensibilidades do corpo docente. Seguiu-se uma discussão arrastada sobre consulta criteriosa e consulta desonesta.

Ballot disse que teriam de instituir o uso de inspetores.

— Pelo amor de Deus, chamemos cola de cola! — disse Caslow.

— Eu consideraria isso uma derrota — disse Ballot em tom de repreensão. Nada aconteceu.

Na sexta-feira George telefonou para Lila a fim de saber se ela queria ir com ele naquela tarde, mas ela disse que não estaria pronta a tempo. Ela e o filho iriam no sábado de manhã.

— Você conseguiu alguma coisa? — perguntou ele.

— Recentemente?

— Que diabo está havendo com todo mundo? Ninguém mais entende o que eu digo?

— Desculpe — disse Lila com humildade. — Eu só estava tentando fazer graça. Não, ainda não consegui emprego. Pensei que você estivesse procurando alguma coisa para mim na escola. — O telefone fez um ruído e em seguida uma voz de criança gritou em seu ouvido:

— Alô tio Bobo! — disse a voz. — Tio Bobo, tio Burro...
— George ouviu um som abafado.

— Claude está eufórico hoje — disse Lila. — Desculpe.

— Não procurei me informar porque achei que você não estava interessada — disse George.

— Vamos falar sobre isso amanhã, combinado? Quer que eu leve alguma coisa?

— Não. Há um bom trem por volta das dez horas.

— Está bem.

— Então encontro com vocês lá.

Quando desligou o telefone, George ouviu que alguém batia à sua porta. Mandou que entrasse e a porta se abriu de supetão. Henry Sheldon, um aluno da penúltima série, surgiu diante dele com uma expressão de insolência misturada com um certo temor.

— Dispõe de um minuto, professor?

— Não muito mais que isso.

— Queria perguntar sobre meu trabalho.

— O que tem seu trabalho?

— É que eu acho que merecia mais que um C.

— Tem o direito de achar o que quiser.

— Mostrei meu trabalho a algumas pessoas...

— E elas gostaram dele mais do que eu?

— Acharam que sua nota foi injusta. Um amigo de meu pai, que é jornalista, disse que o trabalho merecia pelo menos um B.

— Não se pode agradar a todos, Henry.

— Minha mãe está muito aborrecida, professor. Está preocupada com meu conceito para ser admitido na universidade.

O senhor sabe como é. Já estou tendo problemas com matemática, e ela diz que, se eu não me der bem em inglês, não vou ter chance.

— Chance de quê?

— Ora, professor, o senhor sabe de quê. — Henry deu um sorriso levemente indecente e George teve a impressão de que ele estava a ponto de lhe exibir um fotografia pornográfica.

— Você vai ter que apresentar trabalhos melhores se quiser ter notas melhores.

— Mas o que eu disse de Lawrence foi exatamente o que o senhor disse.

— Você não leu o livro. Baseou-se apenas no que eu disse nas aulas.

— Como é que o senhor pode ter certeza de que não li? Eu li, sim. Como pode afirmar isso? Como pode...

— Você não leu o livro. O seu trabalho é um apanhado de coisas de que se lembrou de minhas aulas. Leu o resumo da história em algum lugar e depois escreveu aquela mixórdia indescritível. A verdade, Henry, é que lhe dei uma nota maior do que a que você merecia.

— O senhor quer me escutar? Eu *preciso* de uma nota melhor!

— Não será desta vez.

— Por que o senhor acha que sua opinião é melhor que a de um jornalista?

— Escute aqui, tenho que pegar um trem daqui a pouco.

Henry sorriu subitamente. Encostou-se na parede sacudindo de leve o trabalho enrolado. O sorriso foi ficando cada vez mais aberto, até que os dentes protuberantes lhe surgissem entre os lábios. George vestiu o casaco e pegou sua pasta.

— Preciso trancar a sala — disse ele. Henry se desencostou da parede e deu alguns passos, lentamente, saindo da sala. Parou, então, e voltou-se para George, encarando-o. Uma lágrima lhe escorreu pelo rosto e entrou pelo canto da boca. Imediatamente, ele golpeou o próprio rosto com o rolo de papel, deu as costas a George e saiu apressado corredor afora.

Já não dava mais tempo para pegar o metrô. George tomou um táxi até a Grand Central Station, que, ao atravessar correndo, lhe pareceu mais ruidosa do que nunca. Exausto, deixou-se cair em um assento junto a uma janela do trem. Acordou com a luz vermelha do sol de fim de tarde iluminando a forração verde dos bancos. O boné do condutor surgiu diante de seus olhos quando este o sacudiu levemente.

— Harmon. Harmon — disse ele.

O estacionamento, iluminado por aquele céu cor de flamingo, pareceu-lhe irreal. George tirou o casaco e atirou-o no banco de trás. Quase fazia calor. Logo chegaria abril e ele teria uma semana de férias. Recostou-se no banco do carro e ligou o motor.

Teria se equivocado em relação a Henry? Será que o menino lera o romance sem o compreender? Não deveriam ler Lawrence naquela idade, provavelmente. "Por que o senhor acha que sua opinião é melhor..."

— Sim, Henry lhe dissera isso. Meu Deus! Eu deixei que ele dissesse isso! — exclamou George em voz alta. — *Deixei que ele dissesse isso!*

A caminho de casa, George nada viu. Pensava apenas em sua própria maneira equivocada de agir. Parecia-lhe agora que agira como um tolo com Walling. No íntimo, não concordava com ele? Será que ele mesmo não era capaz de temerariamente, envolver crianças de 14 anos em discussões políticas? Não detestava aquela atitude de seus alunos, metidos a entender de tudo quando havia ainda muito a aprender? Não tinha também zombado de Rubin como todo mundo? Não invejava a autoridade que Walling tinha sobre seus alunos? Jamais passaria pela cabeça de Henry discutir uma nota com Walling.

Estava tão imerso em seus pensamentos que entrou pela porta da cozinha e foi até a sala sem tirar os olhos das pontas de seus sapatos.

— George!

Havia algo de insidioso na maneira como Henry batera no próprio rosto com o rolo de papel que fizera com seu trabalho. Parecia uma espécie de ameaça...

— George, seu amiguinho esteve de volta hoje.

Só então se deu conta da presença de Emma sentada perto da janela com uma xícara de café no parapeito, ao alcance da mão. Tinha as pernas cruzadas, em atitude tensa. Ele se surpreendeu com o jeito agressivo como ela o olhava.

— Estou cansado — disse ele, achando que ela estivesse decidida a provocá-lo. George pôs a pasta sobre a mesinha de jogos, jogou o casaco no sofá e sentou-se diante de Emma. A tensão com que ela mantinha as pernas cruzadas se desfez um pouco.

— Ernest? — perguntou ele.

Ela concordou com um aceno de cabeça.

— Custei para me livrar dele. Eu fiquei assustada, George.

— Assustada com o quê?

— Você parece não dar importância a isso — disse ela com tristeza. Ela estava triste? Ele se importava com a tristeza dela... mas será que se importava o suficiente para descobrir-lhe a causa? Para catar os pedacinhos do quebra-cabeça e encaixá-los de maneira que ela, também, pudesse ver o motivo de sua tristeza? Se não se dispunha a isso, era porque não acreditava nela, pensou.

— Quer uma xícara de café? — perguntou ela.

Grato por um gesto qualquer de boa vontade que lhe era feito, ele se apressou em aceitar. Com um suspiro — de autocomiseração ou de enfado? — ela se levantou e foi para a cozinha. Voltou e entregou-lhe uma xícara pela metade.

— O café que tinha era só este — disse ela.

— O que ele queria?

— Disse que estava à sua procura. Ficou por aí, andando por perto da casa, olhando para cá o tempo todo, como uma assombração. Toda vez que eu olhava, lá estava ele espiando por uma janela, com aquela cara branca de meter medo. Foi horrível! Eu disse a ele que você só chegaria tarde hoje. Ele me ofereceu um cigarro num instante em que saí de casa. Bati a porta da cozinha com tanta força que a chave até caiu. Esta droga de casinha de boneca... Tive a impressão de que ele poderia entrar a qualquer instante e me trancar em um armário. Quando comecei a lavar a louça, ele bateu com os dedos na janela e apontou para seu cigarro. Acendi o fogo numa ponta de guardanapo de papel, abri a janela e empurrei rapidamente o guardanapo para ele. Ele riu tanto, George, que até caiu sentado.

— Você poderia ter dado almoço a ele. Poderia ter acendido o cigarro dele. Poderia ter agido de acordo com a sua idade.

Emma deu um grito.

— Meu Deus! Meu Deus! Você nunca está do meu lado!

— Estou, sim. E pare de gritar, está bem? Você transformou aquele menino em uma ameaça! Ele veio à minha procura... e o que encontrou foi um bebê chorão! Olha, não quero falar sobre isso, agora não, Emma. — George foi para o andar de cima.

Passado algum tempo, ela subiu também e parou à porta do quarto.

— Você mentiu — disse ela calmamente. — Mentiu como sempre faz, omitindo uma coisa aqui, outra ali, não foi? Ele estava dentro de casa quando você o encontrou naquele dia. A Sra. Palladino disse que viu quando ele entrou na casa, logo que eu saí para caminhar. Ela pensou que o conhecêssemos. Se você não tivesse mentido, eu não teria ficado assustada.

Ele não tinha como se defender. Desculpou-se por ter agido daquela maneira. Ela encolheu os ombros. Talvez, algum dia, ele falasse com ela sobre seus planos, disse ela... Ele quis saber como se dera a conversa dela com a Sra. Palladino. A contragosto, de início, ela contou como havia sido sua visita.

Quando George saiu para o trabalho naquela manhã, ela se deixou ficar, por algum tempo, abraçada ao tronco de uma árvore. Tinha tanto sono, disse ela, que poderia cair no chão e dormir ali mesmo. A casa dos Palladino, branca e silenciosa, estava iluminada pela luz do sol. Parecia vazia. Uma porta bateu com força e o Sr. Palladino surgiu, encaminhando-se para a garagem.

— Ah... — suspirou ele. — Já está ficando mais quente, não?

Havia uma longa marca de arranhão em seu rosto. Ele nada disse para desviar a atenção de Emma daquilo. Ficou parado diante dela, em atitude um tanto humilde, enquanto ela o olhava fixamente. Os cabelos ralos do vizinho pareceram-lhe cabelos de boneca. Ele parecia estar muito preocupado. Emma perguntou-lhe se ele estava atuando em alguma peça em cartaz. Ele não se mostrou surpreso com o fato de ela saber de sua profissão de ator.

— Brecht — respondeu ele. — E já estou cansado da peça.

— Ainda assim, é ótimo... que esteja trabalhando.

— É apenas um trabalho experimental — disse ele. — Não me pagam por ele.

O vizinho sorriu e despediu-se dela tocando as pontas dos dedos na testa, como um gesto de saudação militar, entrou na garagem e saiu com o carro. Ela se sentiu uma tola ali de pé, acenando adeus para ele. Quando já não mais ouvia o som do motor, dirigiu-se à casa dele, oprimida pelas consciência de que tinha muitas coisas a fazer na própria casa, coisas que sempre adiava desde que se mudaram para lá. Hoje ela havia tomado a decisão de fazer tudo. Mas tão logo resolvera atacar a sujeira do chão com um escovão, mudara de idéia ao pensar no que teria que fazer com os móveis. Era sempre assim — decisão seguida de indecisão. Então uma janela se entreabriu na casa dos Palladino e uma boneca de pano foi atirada pela fresta por uma mãozinha de criança. Em seguida Emma ouviu o som de um tapa e o grito revoltado de uma criança. Um segundo depois a Sra. Palladino surgiu na janela, com os cabelos longos e desgrenhados emoldurando seu rosto comprido. Com um gesto altivo, ordenou a Emma que se aproximasse.

O pedido de "por favor" chegou quase inaudível, um gorgolejar que parecia não ter nenhum conexão com aquela mulher de aparência devastada. Duas cabecinhas se enfiaram também pela janela e dois pares de olhos assustados se fixaram em Emma lá embaixo. Era grande sua curiosidade de ver aquela casa por dentro, mas ela hesitou. Pegou, então, a boneca de pano e ergueu-a. Mas já então a janela estava fechada. Ela se encaminhou para a porta dos fundos e ficou aguardando. Como ninguém chegasse para mandá-la entrar, ela empurrou a porta e se viu em uma cozinha escura e fria que cheirava a picles e a uísque. As duas menininhas e a mãe estavam de pé junto ao fogão, de braços dados. Emma colocou a boneca na mesa coberta por uma toalha de oleado na qual estavam os restos de um café-da-manhã anárquico. Uma dúzia de pratos se espalhavam pela mesa por entre cascas de ovos, temperos, molhos e muitas xícaras de café. Uma das crianças deu uma risadinha; Emma viu que ambas estavam nuas. A mais velha se aproximou rapidamente da mesa e pegou um picles grande que começou a comer. A outra riu e começou a saltar de um pé para o outro, sacudindo os cabelos despenteados. A Sra. Palladino saiu do canto onde estava e tocou de leve no braço de Emma.

— Fique — suplicou ela. — Eu tenho uma máquina horrível que faz 24 xícaras de café. É o que nos alimenta durante muitos dias. Foi presente de casamento. Não consigo fazer com que ela faça menos. Você vai tomar um café comigo, não vai?

A sala era tão caótica quanto a cozinha. Garrafas vazias, roupas, pratos e livros, brinquedos, sapatos, pedaços de pano, talos de frutas, caixas, uma escova de cabelo, carretéis vazios, uma lata de tinta branca seca com uma mosca morta presa na nata que se formara, farelos de pão e vários suplementos de teatro de jornais amontoados em pilhas e espalhados por toda parte. Emma não conseguiu controlar um acesso de riso. Ria sem parar, tentando, sem fôlego, desculpar-se. As crianças se puseram a rir também, a andar com destreza por entre todas aquelas coisas espalhadas pela sala. A Sra. Palladino, sentada em meio a uma pilha de roupas, sorria também, um sorriso um tanto triste.

— Sheila tem mania de jogar coisas pela janela — disse ela. — E eu não saio de casa a não ser por absoluta necessidade.

— Não sei o que há comigo — disse Emma engasgada com o riso.

— Não é nada. Não se preocupe. Não precisa parar de rir — disse a Sra. Palladino, melancólica. — São muito poucas as coisas que nos fazem rir. Mary, vá buscar café para nós. — A menina mais velha, que aparentava ter uns 7 anos, havia encontrado uma saia de lã em algum lugar e a estava abotoando no seu corpinho sem cintura. Fez uma mesura solene diante da mãe e foi para a cozinha.

As duas mulheres se olharam. A Sra. Palladino puxou um maço de cigarros amassado que estava soterrado em uma pilha de roupas e ofereceu um a Emma. O riso compulsivo havia passado.

Emma pôde perceber que a anfitriã tinha sido uma mulher bonita em alguma época da vida. Era alta e esguia, com pequenos seios redondos que se insinuavam por baixo do robe azul já muito gasto. Tinha cabelos longos, pernas magras e seus pés, grandes e ossudos, estavam descalços. Os cabelos, cortados em alturas desiguais, tinham um tom castanho indefinível. Seu rosto quase não tinha rugas, mas duas linhas profundas marcavam cada lado de seu nariz estreito. Sob espessas sobrancelhas, um par de olhos fundos tinha uma expressão de ferocidade enlouquecida. Nada havia de gracioso naquela mulher, nem mesmo suas mãos compridas e ossudas ou seus longos braços de menina. Mas o rosto exausto tinha uma expressão austera.

— Pode ficar aqui um pouco? Estou tentando não beber.

— As crianças são tão bonitinhas — disse Emma apressadamente. — As duas.

— Estou tentando há uma semana — continuou a Sra. Palladino, como se Emma não tivesse falado. — Eu queria que Joe tivesse ficado em casa hoje. As crianças já não são suficientes. O equilíbrio é tão delicado, sabe? Muito delicado. É como construir algo equilibrando pauzinhos de fósforo... Venho pensando nessas coisas há muito tempo. Acho que todo mundo menos eu sempre soube que a culpa é apenas mais uma justificativa. Eu só descobri isso hoje de manhã. Você está sorrindo. Não, não se sinta pouco à vontade. Esta sala é engraçada. Está realmente uma bagunça. Já pensei em atear fogo a tudo isso.

— Você deve ter muitas coisas para fazer — disse Emma, àquela altura lamentando não ter simplesmente deixado a boneca de pano junto à porta dos fundos.

— Hoje de manhã quis beijar Joe quando ele saiu. Tropecei em alguma coisa que acabei descobrindo serem meus óculos. E aí comecei a chorar. Todos nós choramos. É que eu tinha me esquecido, sabe? Eu tinha me esquecido de que usava óculos. Foi terrível...

Emma segurou a xícara que Mary lhe trouxera e tomou o café até o fim.

— Você já procurou um médico? — perguntou ela, desistindo de fingir que havia alguma outra coisa da qual falar. — Hoje em dia eles têm recursos...

A Sra. Palladino fez um vago sinal com a mão. Não acreditava nesses recursos.

— Para algumas pessoas, pode ser. Mas não para mim — disse ela. — Desde que vocês se mudaram para cá eu tenho medo de sair de casa porque na semana anterior eu desmaiei na estrada... em uma vala. Uma imbecil que conhecemos disse a Joe que tinha me visto lá e ele foi me buscar. — A mulher fez uma pausa, ficou olhando fixamente para a xícara em suas mãos e depois a colocou no chão. — Um médico conseguiria saber o que se passa comigo? Mas como? Eu mesma não sei. Toda vez que olho para trás para tentar ver como tudo começou, o passado assume uma forma diferente. — Ela ergueu as mãos como que para se desviar de um golpe. — Não! — exclamou. — Por que culpar outra pessoa?

— Mas não se trata de culpar... — Emma começou a falar.

— Tenho que parar de beber — interrompeu a Sra. Palladino. — A verdade é essa. Supliquei a Joe que ficasse, mas alguém o esperava.

— Ele me falou da peça — disse Emma.

— Sinto muito — disse a Sra. Palladino com firmeza. — Você está enganada. Ele não está naquela produção. Bem... o que mais há para ele fazer? Você sabe como é. Não há mesmo muito a fazer na vida depois que a pessoa fracassa e se dá conta de que as coisas não são o que parecem na superfície.

A mulher parou de falar e sorriu subitamente para Emma.

— A única verdade que existe é a verdade pessoal — disse ela. — O que eu disse se aplica apenas a pessoas como eu. — Parou novamente e lançou um olhar vago na direção de Sheila, que estava sentada no chão segurando um livro em posição invertida. — Sheila, você está com o livro de cabeça para baixo.

— Eu sei — disse a garotinha.

— As mulheres gostam de Joe. Apaixonam-se por ele em poucos minutos. A culpa não é dele. É porque ele gosta de agradar as pessoas. Eu estou aborrecendo você com esta conversa, não? Veja bem, o problema é que não consigo me distrair com uma ocupação qualquer quando a coisa aperta... É isso o que a maioria das pessoas faz, não é? — A mulher esperou em vão que Emma respondesse. — Bem, você não tem como saber dessas coisas, não é? — perguntou ela triste diante do silêncio de Emma. — O que eu quero dizer é que as pessoas procuram ocupar o tempo fazendo alguma coisa, encenando alguma atividade, sabe como é. A mola principal do relógio está quebrada, mas os ponteiros continuam a girar de qualquer maneira. Não pense que estou zombando disso. É só que eu já perdi o jeito. As pessoas falam comigo e eu ouço o som do que dizem, mas não a mensagem. O que me resta mesmo fazer... — Parou de falar abruptamente, voltou para cima as mãos espalmadas e olhou-as com estranheza, apertando-as, em seguida, palma contra palma.

— É melhor eu ir agora — disse Emma.

A Sra. Palladino olhou-a fixamente. As crianças já haviam encontrado algo para fazer fora da sala. Emma sentiu-se oprimida.

— As pessoas vão afunilando suas opções — disse a outra mulher. — Isso não é o mesmo que mudar. — Tirou o último cigarro do maço. — Tome. Vamos dividir este — disse ela, entregando-o a Emma. O cigarro escorregou dos dedos de Emma e as duas mulheres se ajoelharam no chão para procurá-lo.

— Joe e suas mulheres apenas me dão mais uma desculpa — disse a Sra. Palladino com a mão embaixo do sofá à procura do cigarro. Encontrou-o e sentou-se novamente em sua pilha de roupas a serem lavadas. — Aquela vira-lata que me encontrou caída na vala gosta de me falar sobre Joe. Só aparece por aqui quando alguém está para morrer. Minnie, a espiã da polícia.

— Minnie Devlin? Eu a conheço.

— Todo mundo a conhece. Ela é o lugar-comum personificado. "Joe", disse ela, "sua mulher está caída na sarjeta em coma alcoólica."

— Eu não sabia que ela era assim.

Ouviu-se um grito agudo vindo do andar de cima, seguido de um choro de criança.

— Não é nada — disse a Sra. Palladino. — Às vezes elas brigam para passar o tempo. Como os adultos fazem. Já houve um tempo em que eu teria corrido para ver o que era. Já houve um tempo em que pensava que tinha tudo o que queria. Mas tinha mesmo? Estávamos no carro a caminho de algum lugar. Era verão. Os bebês dormiam no banco de trás, com seus travesseiros. Por volta da meia-noite paramos para aquecer a mamadeira de Sheila. Tinha um barzinho iluminado, solitário, no meio do nada. Joe voltou correndo de lá com a mamadeira em uma das mãos e um copo de café para mim na outra. Ficamos por ali parados por algum tempo. Para onde foi tudo isso? — A Sra. Palladino ficou em silêncio.

Seus lábios se movimentaram levemente, como se ela continuasse a falar para si mesma. Emma se levantou e olhou pela janela na direção de sua casa. Ernest estava encostado na porta da garagem. Ela deve ter dito alguma coisa, porque logo a Sra. Palladino estava a seu lado a olhar também pela janela.

— Veja só o jeito dele — disse Emma com desdém. — Parece que transferiu para a cara o que tem no meio das pernas!

Emma voltou-se para o perfil fino e duro da Sra. Palladino. Como era cruel sua expressão!

— As coisas com ele se resumem nisso — disse a Sra. Palladino. Em seguida disse a Emma que tinha visto o rapaz rondando a casa dos Mecklin algumas semanas antes, quando Emma e George aparentemente haviam saído. A voz da mulher foi ficando incompreensível e suas mãos demonstravam crescente aflição. Ela se pôs a chamar as crianças, fundindo seus nomes em uma mesma palavra, com a voz cada vez mais alta.

Quando Emma se dirigia à porta dos fundos, as meninas passaram por ela correndo, vestidas com várias peças de roupa disparatadas. Sheila tinha na cabeça um velho chapéu de feltro marrom e os cabelos de Mary estavam amarrados por uma meia de mulher.

— É melhor eu ir ver o que ele quer — disse Emma.

— É melhor você se livrar dele — disse a Sra. Palladino, indiferente.

— Ele é um projeto de George — disse Emma. Mas a Sra. Palladino já havia se esquecido dela. Abraçava e beijava furiosamente as meninas, apertando-as contra si. O chapéu de Sheila rolou até os pés de Emma. Ela ia se abaixando para pegá-lo, mas desistiu e saiu da casa sem se despedir.

Agora, junto à janela de seu quarto, Emma olhava para a casa dos Palladino.

— Você não iria acreditar... foi tudo tão estranho! Sabe de uma coisa?... Eu quase a invejei. Não é uma loucura o que eu estou dizendo? O que eu quero dizer é que ela era tão *indiferente* a tudo aquilo... — Emma voltou para perto de George, que estava sentado na cama.

— Você não me disse a verdade, não foi? Acerca de Ernest?

— Você gostaria de se sentir indiferente? — perguntou ele olhando para ela. Emma encolheu os ombros. — Não havia muito a dizer sobre Ernest — continuou ele a falar. — Talvez eu tenha mesmo omitido alguma coisa.

— O que foi que ele disse quando você o encontrou dentro de casa? Em que cômodo ele estava?

— Eu não quis assustar você — disse George. — E ele não tirou coisa alguma. Estava ouvindo rádio, eu acho...

Emma apagou o cigarro, nervosa. Em seguida pôs-se a puxar tufos dos próprios cabelos.

— É você que me deixa assustada — disse ela.

— Pare de puxar os cabelos assim!

— Como é que você sabe o que ele fez aqui?

George riu.

— Os diamantes estão bem escondidos.

— Você já prestou atenção a uma vitrine de brechó? Até uma capa de chuva velha pode ser vendida.

— Eu o revistei — disse ele para acabar com aquela discussão.

A expressão do rosto dela era de descrença e cansaço, como a de um ser humano razoável que nada pudesse fazer contra a obstinação dele.

— Estou cansado de viver para trabalhar — disse ele.
— Quero fazer algo mais do que isso.

— Entre para algum grupo, então.

— Eu não quero entrar para grupo nenhum. Quero uma coisa que tenha significado para mim. Pode ser pequena, modesta, mas tem que ser algo que me sirva de referência. Se eu puder ajudar aquele menino...

— Você está fazendo isso por você mesmo.

— Não me interessa por quem estou fazendo isso. Vou tomar providências para que ele não apareça por aqui quando eu não estiver. É isso que vou fazer. — George ficou em silêncio. O quarto, com Emma e tudo mais, parecia algo muito distante. Era como se estivesse sozinho, porque naquele instante se sentiu feliz. Era uma glória sentir-se feliz de maneira tão inesperada, tão intensa.

— Ele voltou — disse George para ouvir as próprias palavras.

— O seu brinquedo! — exclamou Emma.

George não respondeu. Desceu até a cozinha e preparou para si uma bebida forte. Assustou-se ao ver o pouco que restava do uísque. Precisariam comprar uma garrafa para o fim de semana. Lembrou-se da garrafa de brande que sua mãe sempre tinha escondida em uma prateleira da cozinha para emergências. Ficava lá no alto, acima dos pratos, das xícaras e dos vasos raramente usados, em um cantinho empoeirado.

Pobre Emma, pensou ele. Teve pena dela. Subiu de volta a escada, lentamente.

— Não vamos brigar — disse ele. — Um pouco de amabilidade...

— Oh, George, ninguém mais é amável aqui — disse ela.

— Tente compreender.
Ela o olhou bem de frente.
— Não. Não consigo. Mas deixe isso pra lá. Vou ficar fora disso.
— Ele não é um brinquedo.
— Tudo bem. Então não é.
Uma trégua, pelo menos. Emma, afinal de contas, não era uma pessoa cruel. Era impulsiva, às vezes. Logo que a conhecera, a maneira decisiva e impetuosa com que ela julgava as pessoas o agradara. Para Emma, as pessoas eram inimigas ou protetoras. Apesar de o encanto já ter se acabado, ele às vezes a invejava. Sua forma de perceber as outras pessoas nada tinha do tipo de reflexões complexas e enervantes às quais ele era dado, pois, dentro dos seus limites, ela tinha clareza quanto ao que gostava ou não. Já ele, reconheceu George, se movia em permanente falta de nitidez. Ela achava que Ernest era ruim. Não havia dúvida quanto a isso. Mas era exatamente por esse motivo que...

Jantaram no restaurante do moinho e depois foram a um cinema em Peekskill. George cingiu-a com um braço e segurou a mão dela. Ela permaneceu quieta e séria, fumando pouco, absorta em pensamentos enquanto a luz cinzenta da tela se projetava no rosto das pessoas ali sentadas como se estiveram mortas.

Quando voltavam para casa — a noite estava agradável, com uma leve brisa cálida —, ele manteve a mão esquerda no braço dela e sentiu uma doce onda de desejo que chegava. Logo, porém, se sentiu triste sem saber por quê. Foi tomado de uma emoção confusa, um aperto na garganta e uma vontade súbita de que o ato sexual já tivesse terminado. Ela continuava imóvel, do mesmo jeito, com o rosto inescrutável.

George acordou várias vezes durante a noite e, desassossegado, foi até a cozinha e fez um sanduíche. O sanduíche não tinha sabor; o pão era velho e o queijo já se havia transformado praticamente em casca. Saiu caminhando pela casa, de uma janela a outra. Uma luz foi acesa na casa dos Palladino. George teve a impressão de ver alguém correndo pelo quarto. A luz foi apagada. Ele foi até o lado de fora. Algumas pedrinhas do chão se prenderam a seus pés descalços. Fazia frio naquela madrugada de mudança de estação, e ele sabia que não poderia ficar lá fora por muito tempo, como queria. Gostaria de passar o resto da noite sob uma árvore do pomar.

A lua havia desaparecido cedo do céu, mas à luz das estrelas ele podia ver os troncos e os galhos das árvores, mais escuros do que o céu, na mais absoluta imobilidade. Não soprava sequer a mais leve das brisas. Tudo estava parado no ar frio e na escuridão. George olhou para as janelas de seu quarto. Por trás delas começava o desmantelo de sua vida, no centro do qual respirava sua mulher, encolhida na cama do casal e cercada pela desordem de sua casa — uma carroça de ciganos, pensou. Era o que ele havia acumulado ao longo da vida, sua pilha de realizações. Ele mesmo havia feito sua pilha. Não era uma pilha de dinheiro. Na melhor das hipóteses, jamais receberia acima de 8 mil dólares por ano pelo resto da vida profissional. Quando se casaram, Emma havia protestado com veemência contra aquele limite que ele estabelecera para si ao seguir a carreira de professor. Mas, com o passar do tempo, ela desistiu de protestar. Passou a falar freqüentemente da tia dela como sua última esperança. A velha senhora possuía três casas em Fall River. Na temporada de verão, ela abria sua minúscula loja de suvenir em

Nantucket. Algum dia ela teria que morrer, não? Emma era o único parente que lhe restava. Era uma velhinha resistente, que andava de bicicleta no verão, calçava tênis e prendia a cabeleira branca em um coque. George gostava dela; sentia-se constrangido em fazer planos com o dinheiro da velha.

Sentiu um arrepio de frio e voltou para dentro de casa. O excesso de aquecimento ali era desagradável. Pensou em sair novamente. Resoluto, porém, subiu a escada. Emma estava deitada em diagonal. George pegou uma coberta no armário e foi deitar-se no colchão sem forro do quarto ao lado. Nada mais havia naquele quarto além da cama. Deitado, podia ver o céu por duas janelas. Era o quarto de Ernest. Um quarto vazio.

O que lhe dava tanta certeza de que Ernest não havia furtado coisa alguma? Foi o fato de ele ter dito que não furtara, pensou. Ele gosta de entrar nas casa das pessoas quando elas não estão. Voyeurismo? Não, era outra coisa. George fechou os olhos, recordando-se. Quando tinha 8 anos de idade, fez uma viagem à Califórnia com uma tia. Havia acordado no meio da noite. Deviam estar no meio do país. Ao espiar por uma nesga da cortina verde e dura do trem, viu, em meio ao vapor e à neve, uma cidadezinha do tipo que uma criança desenharia. Uma luz amarela brilhava na plataforma de madeira da estação e, pouco adiante, havia um poste de luz ao redor do qual os flocos de neve rodopiavam. Um pouco além, ele conseguiu ver uma estradinha sinuosa que levava, colina acima, a uma fileira de casas escuras em cujos telhados a neve se acumulava em espessas camadas. Como era misterioso tudo aquilo! Uma súbita rajada amuada de fumaça e um grito abafado puseram o trem de novo em movimento. Com o nariz na janela gelada, ele virou a cabeça até não mais poder ver a cidadezinha. Como seriam as pessoas que moravam naquelas casas? O que haveria lá? Aquele seu desejo de ser centenas de pessoas, de viver muitas vidas, lhe voltou novamente.

Em seu sonho, George passou por paisagens de criança, por fazendas cujas casas tinham chaminés muito altas e por estradas sinuosas.

Acordou cedo na manhã seguinte. Emma ainda dormia e os travesseiros estavam caídos no chão. Tomou banho, preparou um café instantâneo e ficou olhando para o pomar, àquela hora reluzindo ao sol. As árvores pareciam vibrar, como se uma convulsão subterrânea estivesse a ponto de irromper. Isso é lindo, disse a si mesmo, e eu posso desfrutar dessa beleza pelo resto da vida, se quiser.

Lila e Claude o aguardavam em frente à estação, cercados de sacolas de mercado.

— Dentro de poucos anos — disse Lila —, serei mais uma dessas velhinhas que andam para cima e para baixo na Madison Avenue com um saco de mercado cheio de jornais velhos.

— O que há nessas sacolas todas? — perguntou ele.

— Um bolo. Um pão de centeio. Uma garrafinha de uísque. E umas roupas de cama da mamãe que achei que Emma gostaria de ter. Não têm utilidade para mim. Claude fez questão de trazer seu caminhão. E... está vendo aquela sacola? São livros. Livros dele. Ele insistiu em trazê-los para você.

Claude não disse coisa alguma.

— Claude, por que você quis trazer livros para mim?

— São de quando ele tinha 3 anos de idade — disse Lila. — Nunca consegui me livrar deles. Ele gosta de guardar tudo. Parece um daqueles ratinhos que vão amontoando coisas. Não é mesmo, Claude?

— Eu quero ir no banco da frente — disse Claude à mãe.

— Não. Sente atrás. Deixe que sua mãe se sente no banco da frente — disse George.

Claude começou um choro forçado.

— Ora, deixe que ele vá! — exclamou Lila. — Eu não me importo.

Puseram as sacolas no carro e, com Claude ostensivamente debruçado para a frente, partiram. Seriam 11 quilômetros até a casa. Pelo caminho, George foi mostrando lugares que constituíam sua referência particular: um carvalho de tronco muito espesso com galhos que pareciam chifres de veado; uma casa que parecia um vagão de trem vermelho no meio de um campo: não tinha degraus junto à porta e nenhuma estradinha levava a ela. Era como se uma locomotiva a tivesse atirado ali. George mostrou um riachinho que, a certa altura, passava a acompanhar a estrada. Era o que restava de um rio que fora represado para formar um lago. Pelo espelho retrovisor, George viu o sorriso desinteressado da irmã e, sentindo-se irritado, parou de falar. Passados alguns instantes, ela se curvou para a frente e cruzou os braços no banco, encostando-se, assim, nos ombros dele.

— Você sempre apreciou paisagens, George. Você se lembra de quando ainda tínhamos o carro e mamãe dizia "Vamos dar uma volta de carro pela Bear Mountain para ver a paisagem?". Você sempre queria ir e eu sempre queria ficar em casa, brincando no sótão.

— Aí tem lagartos? — perguntou Claude.

— Lagartos de 3 metros de comprimento no fundo do lago — disse Lila, apontando para o lago.

— Ele vai pensar que é verdade — disse George.

— Não, não vai pensar... Ele gosta de histórias esquisitas. Aliás, isso me faz lembrar de uma coisa: arranjei um emprego.

— De ontem para hoje?

— Não chega a ser um emprego de verdade. Quando você telefonou ontem eu estava aguardando uma resposta. Não fazia sentido dizer a você se eu não sabia ao certo. É numa livraria perto de Columbia. O homem telefonou logo depois de você. Vou pegar o turno das 9h às 16h30. O salário é uma miséria, mas o que me atrai é o ambiente. Posso ir a pé lá de casa. E é um emprego que dá dignidade!

Sempre se depreciando, pensou ele, e isso se repete em tudo que lhe diz respeito. De nada adiantaria tentar valorizá-la; ela responderia a tudo que ele dissesse com suas lamúrias e suas dúvidas de sempre. Lila havia chegado muito cedo na vida àquela *atitude de derrota* sem nem sequer ter vivido grandes derrotas.

Ao olhá-la agora pelo espelho retrovisor, com o rosto momentaneamente em repouso, ele viu que ela estava envelhecendo. A irmã pareceu-lhe muito mais velha do que ele a imaginava e ele se emocionou um pouco ao pensar nos laços que os uniam.

— Fico feliz que você tenha aceitado o emprego — disse ele.

— Se você chama aquilo de emprego... disse ela.

— Não fale assim! O emprego me parece bom. Não vai deixá-la esgotada e você sempre gostou de livros.

Lila deu uma risada.

— Ora, George, se eu fosse trabalhar em um restaurante, você diria "Que bom, Lila, você sempre gostou de comida!"

Apesar de sua aversão a paisagens, Lila se surpreendeu com o pomar no centro do qual ficava o chalé dos Mecklin. A princípio pensou que a casa dos Palladino fosse a deles e depois continuou a olhá-la pela janela da sala como se achasse que deveria ter sido.

Mas tarde, quando as duas mulheres foram fazer compras de mercado em Peekskill, George segurou a mão tensa de Claude e o levou para passear por entre as macieiras. Uma linha de pinheiros cobria o topo da colina acima do terreno. Uma foice enferrujada pendia de uma árvore pela lâmina em forma de crescente. Claude e George pararam para apreciar o movimento de uma formiga que subia por um lado da lâmina e descia pelo outro sem conseguir seguir em frente. George tirou a jaqueta e uma caneta caiu no chão. Ele se abaixou para procurá-la na grama que crescia em tufos junto às raízes da árvore.

— Quem é ele? — perguntou Claude.

George ergueu a cabeça e viu Ernest parado, a observá-los, a alguns metros de distância. De quatro no chão, com um pedaço de raiz a pressionar-lhe dolorosamente um joelho, George teve a súbita impressão de ter sido derrubado ali por um soco no peito. Ajoelhou-se, levantou-se rapidamente e foi ao encontro do rapaz, que continuava imóvel. Ernest era uma figura deslocada em um pomar; parecia nada ter a ver com a natureza, com as mudanças de estação.

— Pena que nos desencontramos ontem — disse George.

— Decidi dar uma passada por aqui — disse Ernest. — Na próxima semana será na terça, está bem?

— Sim. Por volta das 5h. Olha, vou lhe dar meu telefone. Se você não puder vir, me avise.

— Eu não quero o seu telefone.

— Quem é você? — perguntou Claude.

— Godzilla — disse Ernest.

— Este é o meu sobrinho, Claude — disse George.

— Talvez eu venha na sexta também.

— Fica com meu telefone. Não faz sentido você vir até aqui se eu não estiver em casa. Às vezes preciso ficar mais tempo na cidade.

— Por que insiste em que eu telefone?

— Porque eu prefiro assim — disse George.

Ernest fechou o zíper de sua jaqueta e em seguida o abriu novamente. Usava uma camisa de flanela vermelha; a jaqueta era de um cetim púrpura lustroso, do tipo que jogadores de basquete costumam usar.

— Você entende de álgebra? — perguntou Ernest.

— Um pouco. Eu gostaria de telefonar para sua escola. Preciso saber como está sua situação lá... até onde você aprendeu.

— Não aprendi nada — disse Ernest aborrecido. Claude deu uma risadinha inesperada e agarrou-o pelo pulso. Ernest, com um brusco movimento do braço para cima, soltou-se do menino.

— Godzilla é um macaco — disse Claude.

— Eles pensam que estou doente — disse Ernest. — Se você telefonar, vão ficar sabendo que não estou.

— Pensei que você tivesse dito que abandonou a escola — disse George.

— E abandonei mesmo, dizendo que estava doente.

— Não vou falar de você com eles. Mas preciso saber qual é o currículo. Não sei o que ensinam aqui no último ano do ensino médio. Uma escola particular é...

— Você ainda não entendeu — disse Ernest aborrecido.

— Eu não sei nada de álgebra. Não leio um livro há mais de três anos. Será que não entende? Quando eu ia lá, eles só iam me empurrando adiante. Eu não aprendi nada... Eles querem se ver livres de mim! Me chamam à sala do diretor e falam "blablabla". Estão doidos para me dar logo o tal diploma. Mas agora não podem. Me empurraram até onde deu, mas não podem se livrar de mim.

Claude ria, provocando Ernest, tentando agarrar o braço que o rapaz movia sem parar.

— Porra, que é que há com você? Você é retardado, não é? — exclamou Ernest. Claude pôs-se a rir aos gritos e caiu no chão.

— Godzilla! — gritava ele.

— Tenha calma — disse George. Ernest começou a se afastar. — Espere! Fique para almoçar conosco! — Ernest apressou o passo.

— Para onde você está indo? — gritou Claude.

— Não é da sua conta — disse Ernest.

Claude começou a escalar uma macieira.

— Não se assuste com ele — disse George. — Ele não age assim por mal.

Claude escorregou lentamente de volta para o chão. Continuou agarrado ao tronco da árvore, sem desviar os olhos da figura de Ernest, que se afastava. Seu rosto pequeno e pálido tinha adquirido uma expressão tranquila. Surpreso, George percebeu que ele sorria.

Enquanto Claude jantava um prato de sucrilhos com torradas, os três adultos bebiam o uísque de Lila na sala de estar. A noite caía acompanhada pelo som da colher de Claude no prato. Uma estrela brilhou no oeste.

— É Vênus — disse George. — Reparem... não está piscando. Deve ser um planeta.

Mas as mulheres não concordaram.

— Não nesta época do ano — disse Emma. — Se for mesmo planeta, é Marte — disse Lila.

Duas mulheres juntas são uma gangue — pensou ele, mas olhou para elas com certa ternura. Vestidas com roupas de festa, elas ocupavam extremidades opostas do sofá. Afinal, elas eram suas duas mulheres, não? Ele sorriu levemente. As duas também sorriram para ele, mais distante do que planetas.

— Amanhã é Domingo de Páscoa — disse Emma. — Devo dar a Claude o coelhinho de chocolate agora? O que vocês acham?

— Amanhã é melhor — respondeu Lila. — Se der agora, ele vai comer todo de uma vez e ficar com dor de barriga.

— Basta não deixar que coma todo — disse George.

— Basta não deixar! — repetiu Lila, sardônica.

Uma porta bateu com força na casa dos Palladino.

— Hoje de manhã — começou Lila a falar — aqueles dois homens que moram no último andar bateram lá em casa. Sabem o que tinham na cabeça? Céus! Eles são sempre tão exagerados! Cada um havia feito para o outro uma coroa de suspiro com frutas cristalizadas. Disseram que seriam divinas no café-da-manhã. Então comemos as coroas e eles, engrossando as vozes, dirigiram-se a Claude de maneira bem masculina e disseram que ele devia sempre amar sua mãe.

— É bom você tomar cuidado — disse Emma..
— Bem... eles são sempre tão gentis conosco...
— Não confie neles. Esse tipo de gente odeia as mulheres.
— Eles não me odeiam em absoluto — disse Lila. — Mães não são a mesma coisa que mulheres.

Alguém bateu à porta da cozinha. Era Joe Palladino. Sabia que eles iam à festa dos Devlin, disse ele, e queria pedir uma carona. Martha não queria que ele saísse com o carro naquela noite. A menina mais nova estava com dor de ouvido, e se precisasse ser levada a um médico...

— Será um prazer — disse George.
— Não podemos sair agora mesmo — disse Lila — porque preciso esperar que Claude adormeça.
— Pode deixar o menino lá em casa — disse Palladino.

Emma, com um rápido olhar para a cunhada, desaconselhou-a a fazer isso.

— Ele vai ficar bem aqui — disse Lila. Já não usamos mais babás há algum tempo. Não creio que acorde. Espero que não. Na verdade, não costumo sair com freqüência.
— Aceita um drinque?

Joe sorriu, concordou com um aceno de cabeça e olhou para as duas mulheres.

— Uma festa! — disse ele. — Que coisa há no mundo melhor que uma festa? Mesmo que seja na casa dos Devlin.
— É a primavera chegando — disse Lila.

Joe sentou-se entre elas no sofá e as mulheres pareceram encolher um pouco. George deu a Joe o que restava do uísque. Ele ergueu o copo em uma saudação, bebeu um pouco e cruzou as pernas, olhando para Emma e para Lila com uma espécie de prazer ingênuo. George percebeu o interesse na atitude de Lila. Ela relaxou, esticou as pernas esbeltas e ajeitou os cabelos com uma das mãos. Com seu braço erguido projetando os seios e a boca vermelha de batom, ela parecia exibir-se para o homem. Algo se moveu apressado como um crustáceo pela memória de George. Lila e ele, o corredor escuro, a mãe deles dormindo, o hálito morno e a mão úmida da irmã.

Os três conversavam sobre teatro. Pareciam falar todos ao mesmo tempo. Acenderam os cigarros uns dos outros e Emma, ao descrever sua breve experiência com o teatro, tocou no braço de Joe. George percebeu que Joe não estava prestando atenção alguma ao que era dito; tinha os olhos semicerrados e um sorriso perdido no rosto, mas ao toque de Emma sua expressão subitamente endureceu.

— Acabei! — anunciou Claude. Tinha levado a tigela de sucrilhos para a sala e a segurava invertida, derramando um fio de leite no chão. Lila deu um suspiro teatral.

— Limpe o que você sujou — disse George.

— Deixe que eu limpo — disse Lila, pondo-se de pé.

— Não, não é você quem vai limpar! — interveio George.

— Você vai provocar uma cena, George.

— Claude, há uma esponja lá na pia. Vá pegar e limpe o leite que você derramou.

O menino esticou o braço e deixou cair a tigela.

— Oh, George! — exclamou Emma. George agarrou o pulso de Claude e o arrastou para a cozinha. Enfiou a esponja entre os dedos do menino e o levou de volta para a sala. Claude chorava aos gritos. Os outros estavam catando os cacos da tigela e os colocando cuidadosamente na mesinha de centro como se ela pudesse ser emendada.

— Limpe! — comandou George.

Claude se atirou ao chão como um saco de batatas e pôs-se a esfregar a esponja no chão com amplos gestos histéricos.

— Agora é que a gente não vai conseguir sair — disse Lila. Emma lançava olhares furiosos na direção de George. Palladino afastou-se até um canto da janela onde ficou olhando, pensativo, para seu copo vazio. Por que tinha feito aquilo, perguntava-se George. De que adiantaria? Tão depressa quanto chegou, sua raiva se foi. Mas agora não podia voltar atrás. Teria que levar Claude até o quarto e pôr o menino para dormir no colchonete preparado para ele no quarto de hóspedes. Sentiu-se como um bobo dançando com as calças presas no joelho. A criança chorava desesperadamente e as duas mulheres olhavam para George com desdém.

George pegou Claude no colo e o levou para cima. O menino se deixou levar sem opor resistência. Deitou-o no colchonete, cobriu-o e empurrou um travesseiro embaixo de sua cabeça. Claude resmungou alguma coisa; sua perna saiu de baixo da coberta.

— Se não ficar quieto, apanha, entendeu? Entendeu? — mas George já não tinha a menor convicção do que dizia. Lila entrou correndo no quarto e pegou o menino no colo. Por cima do ombro da mãe, Claude olhou para o tio com os olhos apertados, triunfante.

Saíram tarde para a festa. Claude não queria deixar que Lila saísse. E George e Joe aguardaram sentados na sala em silêncio, ouvindo o murmúrio da voz de Lila. A festa, para George, tornava-se uma obrigação cada vez mais indesejada. A maquiagem dos olhos de Emma havia borrado e ela lançava olhares de repreensão a George com seus olhos de panda. A noite estava absolutamente perdida. Com sua atitude desastrada, ele tinha estragado o programa de todo mundo. Ao ralhar com a criança, ele havia disposto todos contra si. E com que propósito? George pensou que Ernest estava provavelmente caminhando por uma ruazinha escura àquela hora, sem ter o que fazer.

— Não tinha mesmo sentido eu agir daquela maneira — disse ele por fim.

Palladino balançou a cabeça.

— Crianças são difíceis de se lidar — disse ele.

— Minha irmã comete o erro muito comum de tentar compensá-lo por coisas que ela acha que Claude não teve.

— Não é isso o que fazemos todos? — disse Palladino, apaziguador.

Então Lila, com passos leves de mártir, desceu a escada em silêncio.

A porta se abriu com um rangido. Uma voz masculina chegou até eles vinda lá de dentro.

— É para problemas intestinais matutinos. Mas o anúncio é tão elegante quanto minha mulher. O que estamos vendendo é um abafador de sons peristálticos.

Ouviram-se risadas de várias pessoas, inclusive da anfitriã, Minnie Devlin, que surgiu à entrada com sua boquinha cor-de-rosa tremulante, seus dentes muito brancos e um halo de cabelos amarelos muito armados.

— Entrem, entrem, entrem! — gritou ela. Depois inclinou de lado a cabeça até onde seu pescoço curto permitia, e perguntou: — Onde está Martha, Joe?

— Ela não telefonou dizendo que não podia vir?

— Não, não telefonou — disse Minnie.

— Quem chegou? — gritou uma voz cujo dono logo apareceu por trás de Minnie.

— Nossos novos vizinhos e minha amiga de velhos tempos e um sujeito que é amigo de todo mundo: Joe — disse Minnie. Seu sorriso se prolongava pescoço abaixo até o decote do vestido, que deixava à mostra o colo finamente enrugado. Seus pés surgiram inchados como dois pãezinhos por entre os espaços de sua sandália de camurça. Charlie Devlin empurrou-a para o lado. Com uma das mãos ele carregava uma garrafa de martíni e, com a outra, puxava sem parar a gola de sua suéter branca. Era uma enorme gola de tricô onde sua cabecinha escura parecia apoiar-se como uma azeitona em um pires.

— Entreguem seus casacos a Charlie — disse Minnie. — Você disse que Martha está doente? — perguntou ela a Joe. — E quem está usando esse tom de malva, meu tom predileto? A irmã de George, é claro! Nem precisam me dizer. Charlie, sirva bebida a eles. Agora ouçam todos...

— Deixe que entrem primeiro, Minnie — disse Charlie. Entraram. Pouco à vontade, George se viu na sala de visitas. Um homenzarrão em terno de tweed acinzentado estava diante da lareira, em posição de sentido.

— Meu nome é Benedict Twerchy — disse ele. — E estou aqui para comunicar a todos que este país está indo para o brejo! Recite aquele poema para eles, Charlie. É incrível.

— Bem, querido, deixe isso para depois — exclamou Minnie, com uma risada açucarada se espalhando pela sala. — Deixe que as pessoas tomem seus drinques.

— Onde foi que você achou aquele negro, Charlie? — continuou Ben Twerchy, incontrolável como uma locomotiva descarrilada. — Como é que você acha essa gente?

— Tenho bom faro para cultura e felicidade — respondeu Charlie.

— O que vão beber, gente? Martíni? Uísque? Tem de tudo. Ponha um disco para tocar, Minnie. Gostam de música?

Uma loura de aparência soturna, na casa dos 30, sorvia seu *scotch* em um copo alto sem tirar os olhos de Twerchy. Como estava a seu lado, George apresentou-se.

— Maralin Twerchy — disse ela em resposta. Em seguida, desviando com esforço os olhos do marido, ela disse a George que se sentasse, não fazia sentido ficar de pé quando se podia sentar.

— O que você tem feito ultimamente Charlie? — Era Joe quem perguntava, entregando um martíni para Lila.

— Nada excepcional — disse Charlie com um sorriso decidido que lhe ia e vinha do rosto todo o tempo, como se houvesse alguma conexão malfeita na sua fiação. George achou que o rosto daquele homem quase não parecia humano. O homem olhava para seus convidados sem o mínimo de curiosidade. — Vocês já ouviram falar de Cleanth Smith? — perguntou ele a todos. — É um poeta negro que está no auge da popularidade... Bem... temos um novo patrocinador na rádio... um produto antiácido chamado "PC"... Pois bem, Smith disse que não falaria em um programa patrocinado por um produto tão sem classe. Estão vendo como andam as coisas? Mas ele não fez objeção ao calmante... de um outro patrocinador nosso. Não é assim que chamamos o produto, é claro. Chamamos de "sedativo". Percebem a diferença? É uma palavra mais respeitável.

Twerchy fez uma interjeição que pareceu um gemido. George percebeu que as mãos da Sra. Twerchy começaram a tremer subitamente. Ela entrelaçou os dedos ao redor do copo.

— Por isso nós aumentamos o cachê. É claro que ele aceitou.

— O que eu queria saber é como você consegue todas essas pessoas — disse Twerchy balançando a cabeça, maravilhado.

— Minnie conhece Deus e o mundo — disse Charlie.
— Deus e o mundo!

— Vocês moram aqui na área também? — perguntou George.

— A uns 3 quilômetros daqui — respondeu a Sra. Twerchy. — Ben escreve uma coluna sobre medicina para um jornal. Temos dois filhos. Conheço Charlie há muitos anos. Vou a Nova York duas vezes por semana para minhas aulas. Estou fazendo um curso de mestrado e depois vou lecionar.

— Lecionar o quê?

— História antiga — disse ela. — É a única que consigo suportar. — A mulher deu um suspiro como se estivesse aliviada, como se agora pudesse voltar às suas próprias preocupações. Tais preocupações pareciam resumir-se a olhar fixamente para o marido.

Emma já encontrara um canto para se instalar. George tentou captar seu olhar, mas ela estava fazendo um inventário da sala. Seus cabelos cacheados e a expressão séria e concentrada de seu rosto davam-lhe um jeito infantil. Ela não se sentia nem um pouco feliz naquele momento. Ele sabia. Estava pensando nas vantagens que teria se fosse outra pessoa.

— Diga o poema, Charlie — insistiu Ben Twerchy. Charlie havia puxado uma mesinha para junto de si. Nela estava colocando, solenemente, sua parafernália para fumar: um cinzeiro, um cortador de pontas de charuto, um charuto em seu invólucro de papel celofane. Arrumou esses itens, juntamente com seu drinque, de maneira um tanto ansiosa, como se temesse esquecer algum elemento essencial de seu conforto. Estaria se preparando para a passagem de um furacão? Pôs-se então a desembrulhar seu charuto, com o olhar pensativo. Pelo menos ele pensa que parece pensativo, disse George para si mesmo. Charlie começou a recitar:

> Um badalo de bronze em uma igreja de papel,
> E eu, imobilizado,
> Sob o peso do metal.
> O velho gambá, disfarçado em vestes negras.
> Prestes a dizer
> As palavras de Judas
> De resignação.

— Agora repita com aquela entonação de negro — pediu Twerchy.

Mas Minnie, passando bandejas de patê e de picles de cogumelo, disse:

— Pare com isso, querido! Nós não zombamos deles.

— Você fez a imitação vinte minutos atrás. Por que não pode fazer agora? — perguntou Twerchy, dando um arroto obsceno.

Minnie enfiou-lhe um biscoitinho salgado na boca.

— Um idiota assim — disse Devlin —, que escreve uma merda dessas, não queria o patrocínio de PC. Gentinha!

Maralin voltou-se para George. Ele teve a impressão de que ela estava menos interessada nele do que em distrair sua atenção do marido.

— Minnie nos disse que vocês acabaram de se mudar para cá. Aqui é bem agradável. Não há mais muitos outros lugares próximos à cidade onde se encontre esse tipo de zona rural. Não é como um subúrbio. Sabe de uma coisa? Há raposas e veados nos bosques por aqui. Você já viu o laguinho? Não, não é a represa, é o lago que pertence aos Cunningham? Ele é o nosso senhorio também. Bem, você deve tê-lo conhecido quando alugou sua casa. Ou foi com o agente dele, o Campanelli, que você tratou? O Cunningham é bem velho. Chegou aqui vindo da Irlanda há sessenta anos e agora está milionário. Um dos filhos dele se suicidou... É sempre assim, não? Sua esposa está gostando daqui?

— A mudança é grande para ela. Emma sempre viveu em cidades.

— Está querendo dizer que ela não gosta, então? Muitos se sentem solitários no campo — disse ela como se falasse de si mesma. A mulher esvaziou o copo e depois olhou para ele, sem falar. O que ele pensara ser mau humor talvez fosse uma espécie de desespero contido.

— Minnie disse que você é professor — disse ela com certa deferência. — Gosta do que faz?

— Quando comecei, gostava muito — disse ele. — Aliás, mais do que isso: era algo que me parecia maravilhoso. Agora... não sei. — George sentiu-se subitamente perturbado com a lembrança de como o magistério lhe havia parecido "maravilhoso". — Talvez eu já não *ensine* mais, na verdade. Agora, para mim, é indiferente — disse ele.

Ela pegou a mão dele entre as suas e apertou-a um pouco. De um modo dramático e intenso, ele a amou naquele breve instante. Ela soltou a mão dele. Estavam separados novamente.

— Na próxima semana, Charlie vai começar sua série latino-americana. Dança, arte, cultura indígena... — anunciou Minnie em voz alta.

— Que diabos tem isso a ver com gente feliz? — perguntou Twerchy com uma voz truculenta. — O que aquela gente lá precisa é de encher a cara com esse tranqüilizante que você está anunciando. Iam ficar bem calminhos.

— Oficialmente não se trata de tranqüilizante, Ben — disse Charlie irritado.

— Ora, deixe disso, meu velho. De tranqüilizantes entendo eu. Então você acha que só porque podem ser comprados sem receita médica não são drogas?

— Está bem, está bem. A verdade é essa. O bom mesmo seria uma pílula que cuidasse de tudo. Bang! Resolveria tudo de uma só vez.

— Algo que acabasse com a chatice das mulheres — disse.

— Charlie está fazendo um trabalho importante — disse Minnie.

Twerchy deu alguns passos até o meio da sala.

— Está querendo dizer que eu sou um velho babaca, Minnie? Só porque não entrevisto esses espertalhões metidos a cultos em minha coluna?

Os braços gordos de Minnie enlaçaram Twerchy pelas costas.

— Ah, meu querido! Você não é nada disso! — exclamou ela. — Maralin, você precisa reforçar a auto-estima deste homem!

— Está bem, eu *sou mesmo* um velho babaca — disse Twerchy, exibindo seus dentes de cavalo em um sorriso ameaçador. Em seguida depositou um beijo estalado na cabeça de Minnie.

— Pegue um drinque para mim, Ben — pediu Maralin esticando o braço para ele e entregando-lhe o copo vazio. Ele pegou o copo sem olhar para a mulher.

Um menininho de pijama entrou na sala vindo do corredor. O garoto, gorducho e bonitinho, sorriu placidamente para as visitas.

— Trevor, meu bebê! — exclamou Ben. — Vejam como cresceu! Vejam como está grande!

Minnie correu até o filho, pegou-o no colo e o abraçou.

— Dentre as muitas virtudes de minha mulher, uma é a de ser uma mãe amorosa, como uma camponesa — disse Charlie.

— Sempre fazendo propaganda — disse Twerchy.

Minnie deixou a sala carregando Trevor, que, por cima do ombro dela, lançava um olhar de que queria ter ficado ali.

George olhou à volta e procurou Lila. Ela estava conversando com Joe, os dois de pé junto a uma estante de livros. Falavam rapidamente, como que sussurrando. Ela pegou um livro da prateleira e o abriu sem ao menos olhar.

— Vocês querem ouvir música? — perguntou Charlie. — Nosso som está praticamente virgem. Quase não o pusemos para tocar ainda.

Mas Ernest o havia posto para tocar, pensou George. Imaginou o rapaz sozinho naquela sala e sentiu uma curiosa alegria.

Minnie retornou com um sorriso.

— Nada de música agora. Leve as pessoas para a sala de jantar, Charlie. Já está tudo pronto — anunciou ela.

A mesa, iluminada por quatro grossas velas, estava atulhada de comida. Havia altas taças de vinho, tão delicadas para se ver quanto para tocar, e uma grande variedade de travessas nas quais a comida borbulhava. Charlie, com voz possante, orientou os convidados quanto ao lugar que cada um deveria ocupar. Guardanapos se desdobrando, talheres batendo e ruídos de cadeiras se arrastando deram a sensação de conversa animada. George sentou-se ao lado de Minnie. Ao servir o vinho, ele derramou um pouco no prato dela e ela explodiu em risadas, seu som pessoal. Ele retribuiu com um pálido sorriso e notou que as costuras do vestido dela estavam se desfazendo debaixo do braço. Ele gostava de lecionar?, quis ela saber. Claro que sim, respondeu ela, mesmo antes que ele o pudesse fazer.

— Professores sempre conseguem trabalho — disse Joe.

Emma resolveu participar da conversa.

— É esse o problema deles — disse ela. —Trabalham por qualquer ninharia.

— Onde mais alguém pode impor a própria opinião? — perguntou George.

— Por onde você tem andado para não saber das coisas? — interveio Minnie zombeteira. — McCarthy já se encarregou dessa história de opiniões.

— Depende de quais sejam — disse George.

— As verdadeiras opiniões são sempre contra o *establishment* — disse Minnie solenemente.

— Não vejo como se possa contar com a cooperação do governo quando se pretende instruir os alunos para destruí-lo — disse George. Um pouco animado pelas duas taças de vinho que havia tomado rapidamente, ele fez um gesto no ar com os braços. — Aproximem-se todos vocês! Vocês sabem que não há conseqüência quando se é contra qualquer coisa! Céus! O sujeito dá uma paulada no sistema e, quando se dá conta, vê que foi assimilado por ele.

— O que ele está tentando dizer, Charlie? — perguntou Twerchy.

— Estou dizendo que ninguém consegue ser impopular — disse George. Twerchy o ignorou. Minnie se engasgou, ergueu o braço como se fosse dizer alguma coisa e depois voltou a seu osso de galinha. George sentiu-se um pouco arrependido de seu rompante. Havia comido demais, também. Recostou-se na cadeira e ficou observando Minnie enquanto o osso de galinha, seguro por dois dedinhos gordos, entrava e saía da boca da anfitriã. Sua outra mão se apertava, coquete, de encontro ao peito quando ela se debruçava sobre o prato. Estava agitada como um barquinho numa tempestade. Quando engolia, suas orelhas se mexiam. Ela deixou o osso cair no prato e esfregou uma mão na outra como se quisesse limpá-las. Ele podia ouvir sua respiração através das várias camadas de roupas. Era como se escutasse o que não devia. Para desviar a própria atenção dos ruídos secretos que ela emitia, ele perguntou a ela se gostava de música. Quanto a ele, havia sido um obscuro ouvinte na escola. Não permitiram que ele cantasse.

— Música! — exclamou Charlie, curvando-se para acender um charuto em uma vela. — Que pergunta!

— Sim, concordou George. — É uma pergunta assustadora.

— Bem, o que eu quero dizer é que Minnie e eu temos uma coleção fantástica!

— Trevor gosta de Monteverdi — disse Minnie entre risinhos. — Charlie! Os pratos de todos estão vazios. Comam! Comam!

Comeram. E falaram, também. As travessas de Minnie pareciam inesgotáveis. Os convidados ficaram atordoados com tanta comida e bebida. Poderiam ser derrubados com uma espingardinha de rolha, um por um. Apenas a Sra. Twerchy recusou o excesso de comida que Minnie insistia em que seus convidados aceitassem. O café chegou em uma enorme cafeteira esmaltada. Os olhos de todos se fixaram nela. Era o socorro que chegava!

— O que você tem feito ultimamente? — perguntou Charlie a Joe.

— Nada.

A colher de Emma caiu no chão e lá mesmo ela a deixou. Twerchy, grandalhão e extravagante, bateu com a cabeça na mesa na tentativa de recuperá-la. Soprou a colher com enfado e entregou-a a Emma.

— Quer dizer que está desempregado? — perguntou Charlie.

— Estamos experimentando algumas coisas no estúdio. Sabe como é... coisas experimentais. Há possibilidade de fazermos uma turnê em agosto.

— Eu não gosto da Europa — disse Minnie.

George deu uma risada. Fez-se silêncio.

— Qual é a graça? — perguntou Charlie com os olhinhos vermelhos quase cerrados, a expressão ao mesmo tempo dura e lânguida.

— É que achei engraçado — disse George. — É tanta coisa para alguém não gostar! — Por que estava ele todo curvado em sua cadeira? Empertigou-se.

— Minnie não suporta vulgaridades — disse Charlie, mordendo outro charuto. — O mundo está cheio de coisas vulgares! Sabia disso?

— Você não gostou de nada? — perguntou George a Minnie.

Ela falou com a boca cheia e dando risada. George não entendeu o que ela disse. Ela continuou a rir.

— De que está rindo? — Agora era Maralin, que olhava fixamente para Minnie ao perguntar.

— Por que está todo mundo de cara emburrada? — perguntou Minnie, agora séria.

— De que você estava rindo? — insistiu Maralin.

— Por que você quer saber de que uma pessoa está rindo? — perguntou Twerchy à mulher.

Minnie pôs-se de pé prontamente, foi até Twerchy e, debruçando-se por cima do encosto da cadeira dele, envolveu-o com seus braços gorduchos.

— O que você está precisando é de mais um drinque — disse ela, piscando para George, do outro lado da mesa.

— Eu sempre tive vontade de ir à Itália — disse Lila. — Sempre me vem à mente uma cena na qual estou atravessando a Ponte Vecchio.

— Queridas, vocês teriam que atravessar correndo a Ponte Vecchio, seja lá em que cidade ela fique — disse Twerchy agarrando as mãos de Minnie. — Vocês sabem como são os tais italianos! Qualquer rabo-de-saia...

— Essa sua maneira de falar! Essa sua horrível maneira de falar! — disse Maralin, pondo-se de pé. — Preciso ir para casa. Não estou me sentindo bem. — Mal acabou de falar, perdeu as forças e agarrou-se ao encosto da cadeira. Ergueu para George o rosto pálido e exausto.

Partiram, Minnie foi buscar seus casacos. Twerchy, cabisbaixo e irritado como um touro, não olhou para mais ninguém. Maralin dirigiu um débil adeus ao teto da sala de jantar.

Depois Minnie trouxe uma bandeja com brande e licores. Sua voz rompeu o silêncio dos demais.

— Havia muito tempo eles não faziam isso — disse ela. — Eles costumavam brigar publicamente o tempo todo. Um relacionamento muito doentio. Os filhos, é claro, são os grandes prejudicados. Mas são um casal adorável. Pode-se perceber que ele suporta muita coisa calado. Maralin é um caso perdido. Ele tem medo dela... um horror, não? Ele é um homem gentilíssimo, não é, Charlie?

— Merecia uma mulher como você, Minnie — disse Charlie.

— Você está me oferecendo de presente? — sorriu Minnie.

Um espasmo de náusea percorreu o estômago de George. Ele se sentia afogar em todos aqueles molhos.

— Além do mais, ela bebeu também — disse Minnie olhando para Joe, do outro lado da mesa. Joe mexeu seu café e, com um movimento quase imperceptível, roçou o braço de Lila com o seu. Lila olhou para ele, interessada.

Voltaram todos para a sala de visitas. O brande deixou na boca de George uma sensação desagradável. O ar parecia estagnado e já não havia mais fogo na lareira; os cinzeiros transbordavam; a friagem da noite lhe chegava aos ossos. George sentiu-se deprimido e deslocado. Tinha vontade de ir embora dali. Que maneira era aquela de alimentar as pessoas? Atacá-las com comida?

Emma perguntou:

— Como são as estatísticas de crime nesta área? George insiste em dizer que não precisamos trancar as portas.

— Nunca deixe a porta aberta — disse Charlie. — Nunca! Eu mantenho uma espingarda sempre ao alcance da mão. Limpo-a toda semana.

— Trevor nunca vê a arma — Minnie se apressou a dizer.
— Não sabe sequer para que servem armas. Quero dizer, pistolas d'água não têm problema, mas nada além disso.

— Então você vai criar uma raça nova de gato — disse Joe tranqüilamente. Como é ele? Surdo e cego?

— Para a podridão do mundo, é mesmo — exclamou Minnie, subitamente feroz.

— Nós tivemos um visitante — disse Emma olhando para George. — Um visitante inesperado.

— Alguém arrombou sua casa? — perguntou Charlie.

— De acordo com George, ele apenas entrou lá — disse Emma. — De acordo com George, ele só queria ajuda em seu trabalho escolar. George acredita em inocência. Eu não... não daquele menino, um rapaz grandalhão.

— Ele não é grandalhão — disse George.

— É um menino da área, George? — quis saber Charlie. Você precisa tomar cuidado. Esta zona aqui é meio complicada. Tem muita gente desempregada. Muitos tipos esquisitos por esses matos.

— Que idade tem ele? — perguntou Minnie.

Os Devlin o observavam atentamente, como se quisessem que ele falasse.

— Uns 18. É só um menino às voltas com problemas na escola.

— Não caia nessa! — exclamou Charlie. — Como foi que ele soube que você é professor? Foi chegando, assim, sem mais nem menos?

George não respondeu. Lila estendeu o copo para que lhe servissem mais brande. Todos os demais o observavam.

— Como se chama ele? — perguntou Charlie. — Eu posso tirar isso a limpo com a polícia local. Terei prazer em fazer isso por vocês. Conheço todo o pessoal importante da área.

— Eu não quero que você verifique coisa alguma.

— Talvez ele necessite de um atendimento profissional — disse Minnie, muito compenetrada.

— E quem não precisa? — perguntou Lila.

Minnie voltou sua atenção para Lila.

— Há algumas pessoas que têm maturidade neste mundo — disse ela.

— Que fim levou os Coocher? — indagou Joe. — Eles moravam onde você mora agora, George. De uma hora para outra, foram embora. Eu praticamente não os conhecia, mas pareciam boa gente. — Joe serviu-se de outra dose de brande.

— Eu previ que aquela situação acabaria explodindo — disse Minnie, sem desviar os olhos de Lila, que se levantara e se encaminhava para a estante de livros.

— Eu estou interessado em saber o que o motiva a agir assim, isto é, o que você acha que pode fazer com o tal rapaz.

— Eu sou professor. Achei que poderia ajudá-lo — respondeu George. Gostaria de matar toda aquela gente ali, pensou. Olhou para Emma, mas ela desviou o olhar.

— Fiquei com pena ao saber que os Coocher tinham se mudado — disse Joe.

— Ela parece uma selvagem, às vezes — disse Minnie.

— Se eu fosse você, conferiria os dólares — disse Charlie a George.

— Não tenho dólares em casa, só trocados — disse George.

— O convívio com qualquer pessoa revela seu lado selvagem — disse Joe a Minnie, que lançou um olhar significativo ao marido.

— Você deveria ter ouvido o programa que eu fiz sobre delinqüência em St. Louis — disse Charlie. — Teria aberto seus olhos!

— Pensei que você entrevistasse gente feliz — disse George.

— E é o que eu faço. Os assistentes sociais estavam felizes.

— É... bem, eu também fico feliz — disse George.

— Como você disse que ele se chama? — perguntou Charlie.

— Eu não disse.

Emma parecia a ponto de falar. Chegou a abrir a boca, mas logo a fechou novamente.

— E ele tinha uma namorada na cidade — disse Minnie a Joe.

— É claro — disse Joe. — Coitados dos Coocher.

De repente Lila falou do canto onde se encontrava. Sua voz soou extraordinariamente alta.

— Estou preocupada com Claude. Sinto muito... mas ele pode acordar... numa casa estranha.

— Então vamos — disse George, pondo-se prontamente de pé.

— Eles são imprevisíveis nessa idade — dizia Charlie. — Podem, de uma hora para outra, atirar na família toda. Quando resolvem fazer isso, ninguém os segura!

— Claude tem 7 anos! — disse-lhe Lila subitamente tensa.

— Claude? Que diabo de Claude é esse? — perguntou Charlie. — Eu me referia ao novo amiguinho de George.

— Esquizofrênico — disse Minnie, compungida.

As visitas partiram. A noite estava fria e clara. Os Devlin, abraçados um ao outro na soleira da porta, acenaram adeus.

— Céus! — exclamou Joe. — Eu sempre me esqueço como eles são. Costumam convidar muitas pessoas, e dá para a gente se perder no meio delas. Acho que eles queriam dar uma boa olhada em vocês, George.

— Aposto que ela dorme em uma cama em forma de cisne enrolada em um xale de plumas — disse Lila.

— E o idiota do marido? Não sei qual dos dois é o pior — disse Joe.

Ninguém mais falou enquanto o carro atravessava a paisagem noturna do campo com suas formas indecifráveis. Deixaram Joe na porta de casa. Havia uma luz acesa na cozinha dos Palladino. Emma ficou olhando para trás enquanto pôde, com a cabeça para fora da janela do carro, até que George a puxou para dentro. Ela afastou a mão dele e logo entraram na garagem.

— O que há com a mulher dele? — perguntou Lila. — Minnie fez insinuações o tempo todo.

— É uma débil mental — disse Emma com a voz embargada.

Quando ficaram a sós, George agarrou-a pelos ombros.

— Por quê? Por que falar de *qualquer coisa* naquele covil de lobos? Foi para se vingar de mim?

— Por quê? Por quê? Foi para que você soubesse o que outras pessoas acham de alguém bancar o salvador de um mau elemento como aquele!

— Ah, é mesmo? — disse ele sem a soltar. — Mas diga então o que você acha dos seus amiguinhos Devlin.

— Isso não vem ao caso. As pessoas agem de uma certa maneira. Podem ser boas ou más. Mas sabem... Há certas coisas que todo mundo sabe, menos você. Menos você, São George!

— Meu Deus! Eu só queria poder ensinar a alguém! Um menino aparece na minha casa... e de uma hora para outra me surge a oportunidade de fazer algo que me interessa. Estou entediado, doente de tanto tédio.

— Entediado de mim, também? — perguntou ela, chorosa.

— Ah... — suspirou ele, soltando a mulher. Desceu até a cozinha para tomar bicarbonato. Sentia-se nauseado e tenso. O que está acontecendo comigo, perguntou-se. Por que agia daquela maneira? Tropeçou em uma pilha de livros que estava na escada e chutou-os longe. Na réstia de luz que saía do quarto, viu o título de um: *A pequena locomotiva que podia*. Riu-se e ouviu um outro riso que ecoava o seu. Era Lila, que estava à janela olhando para a casa dos Palladino.

— É melhor você ir se deitar — disse-lhe George bruscamente.

Ela sorriu para ele.

— Sinto muito que a noite tenha sido tão grotesca — disse ele.

— Não foi por culpa sua. Não sei por que você acha que foi.

Mas ele achava que tinha sido. Não sabia por quê, mas, de alguma forma, se julgava culpado.

Capítulo Três

Embora os Mecklin tivessem planejado viajar no primeiro fim de semana das férias de George, quando o sol se pôs na sexta-feira eles ainda não haviam decidido para onde iriam.

Emma acendeu um abajur. A súbita claridade rompeu a penumbra que ainda dava à sala uma atmosfera de claustro.

— Esta é uma lâmpada de 100 watts — disse George. — Não é adequada para este abajur.

— Cem anos já se passaram — respondeu Emma — e nós continuamos sentados aqui. Por que não nos levantamos e partimos?

— Por mim, tudo bem.

— Tudo bem — repetiu ela, pondo-se de pé. — Vamos para onde? Por que não entramos logo no carro e vamos? O que acha de irmos para o norte?

— Não podemos ir além de 80 ou 100 quilômetros. Não quero passar o fim de semana dirigindo.

Ela se afastou e ficou parada, deixando-o a olhar para suas costas por um minuto antes de ir para a cozinha.

— E você precisa estar de volta na segunda-feira — acrescentou ele.

— Não temos muito o que comer em casa — disse ela com a voz abafada. Certamente falava com a cabeça dentro da geladeira aberta.

— Poderíamos tentar as colinas de Berkshire — disse ele.

— Céus! — resmungou Emma.

— Toda vez que dou uma sugestão você invoca os céus — disse ele. George ficou olhando suas mãos à luz forte da lâmpada de 100 watts. Pereceram-lhe envelhecidas. Espalmou-as para apreciá-las melhor.

Emma estava de pé na entrada da sala, olhando para ele com um sorriso de irritação.

— Você não está querendo ir para lugar nenhum — disse ela.

Comia lentamente um biscoito salgado e o observava. Quando terminou o biscoito, continuou:

— Você poderia ter dito isso antes. Para mim tanto faz ir como não ir. Por que perdemos tanto tempo em decidir?

— Não temos que ir — disse ele, sentindo que a apatia que o dominava por duas horas dava lugar, de repente, a uma súbita animação. Estaria com sintomas de bipolaridade?, perguntou-se.

— Mas essa é a primeira vez... — disse ela. — Nós sempre viajávamos para algum lugar quando tínhamos oportunidade.

— Não. Já houve uma dezena de vezes em que não viajamos.

— Não dessa maneira. Você sabe o que estou querendo dizer.

— Você está criando um caso com isso — disse ele. — A coisa é mais simples do que está pensando.

— Como é que você sabe o que estou pensando?

— Ah — suspirou ele e, levantando-se, subiu a escada e foi para o quarto. O abajur de palha em um canto do quarto perto da estante lançou uma luz suave sobre as três prateleiras de livros. Sua pasta de couro tinha a aparência de um animal gordo e macio. A velha pasta marrom, as lombadas dos livros, o banquinho de três pernas com um pé de meia cinza já usado em cima — essas pequenas coisas inspiraram nele uma espécie de ternura.

Talvez estivesse se sentindo feliz ali, sozinho, no seu canto protegido do quarto. A sensação era de leveza.

Um súbito grito chegou até ele vindo do andar de baixo.

— Você nunca traz flores para mim! O que é que eu sou para você? Um estorvo?

Ele riu em silêncio. "Um estorvo", repetiu para si mesmo. Ou será que ela disse um "corvo"? George saiu correndo escada abaixo, esquecendo-se dos seus tornozelos problemáticos, tropeçando em coisas pelo caminho, parecendo, ao entrar na cozinha, estar chegando à frente de uma avalanche.

Emma estava sentada à mesa da cozinha, descascando uma laranja.

— Desculpe — disse ela calmamente. Devo estar perdendo controle do que digo. E, sem mais nada dizer, ofereceu-lhe um gomo de laranja.

Na segunda-feira, logo cedo, ele levou Emma até a estação, onde ela tomou um trem para a cidade. Teve prazer em vê-la na plataforma. O dia estava cinzento e ela usava uma capa de chuva azul-clara. Parecia jovem e bem-disposta. Com passinhos decididos, ela caminhou pela plataforma com outros passageiros. Uma criatura na multidão. Os dias em que ela trabalhava na biblioteca em Nova York eram os melhores para ambos. A rotina parecia acalmá-la. Vez por outra, ela comprava uma blusa ou um xale em uma das lojinhas próximas à universidade. Depois gostava de ouvir os comentários dele sobre o que havia comprado. Experimentava diferentes colares de contas com a blusa ou enrolava, faceira, o xale na cabeça.

Quando George voltou para casa, o carro dos Palladino já não estava mais na garagem. Como tudo estava silencioso! Mas, em vez do obscuro mal-estar que sentia sempre que se encontrava só, George foi tomado de surpreendente animação. Encaminhou-se para o pomar, onde a primavera certamente se manifestava, mais do que em qualquer outro lugar, entre as macieiras. Lá Emma só fora capaz de encontrar um revólver de plástico. Mas era injusto pensar assim sobre ela. Afinal, sabe-se lá o que mais ela havia encontrado? Ele ouvia com atenção o que ela lhe dizia? Ouvia com boa vontade?

Subitamente, urgentemente, teve vontade de voltar para dentro de sua casa. Começou a correr; tropeçou e, nesse mesmo instante, era como se fosse duas pessoas: uma que era observada e outra que observava. Uma inexplicável cisão. Um doloroso constrangimento se apossou do observado; o observador sorria sem comentários. Jamais havia passado por uma experiência como aquela; jamais havia sido tão absoluto seu silêncio interior. Estaria tal silêncio sempre lá, apenas camuflado pelos ruídos do dia-a-dia? Somente ao entrar na cozinha voltou a sentir-se como uma só pessoa. Naquele mesmo instante, George se deu conta da origem de seu impulso de correr. Ernest poderia telefonar.

Tal idéia, porém, não fazia sentido. Ernest não teria como saber que ele estava em casa. Mas a razão sempre gosta de brincar na superfície das coisas e dar nova ordem à seqüência dos acontecimentos. Não, ele não acreditava naquilo tampouco. Era bem verdade que, quando ele e Emma falaram sobre passar o fim de semana fora, ele tinha imaginado Ernest chegando ali e encontrando a casa vazia. Mas o *motivo* não havia sido Ernest. Havia sido o tédio. Ele não sentira vontade de ir a lugar algum.

À medida que a semana foi passando, ele foi se preocupando com outras coisas e só raramente lançava um olhar pela janela da sala. George leu muito enquanto Emma estava na cidade. Planejou as oito últimas semanas de aula daquele ano letivo com uma dedicação inusitada. Esqueceu-se daquela estranha sensação de ser duas pessoas que sentira no pomar; sua vida e seus pensamentos assumiram o grave peso da ordem.

Na quinta-feira preparou um jantar caprichado para Emma. Ligeiramente embriagados e um tanto descuidados, tiveram uma noite cômica. Conversaram, brincaram, disseram coisas engraçadas e apenas uma vez George pensou que aquilo parecia quase real. Com um jeito alegre, George deu de ombros para o assunto da louça suja e puxou sua mulher escada acima. Na escuridão do quarto, a frieza das mãos dela o deixaram um pouco mais sóbrio. Ela está me observando, pensou ele. Céus, o que estará pensando de mim? Atirou-se então sobre o corpo da mulher como se quisesse fugir dela.

Ernest apareceu no final da tarde seguinte. George olhou o relógio da cozinha e viu que teria que sair pouco depois para pegar Emma na estação.

— Seria melhor que você tivesse telefonado. Vou precisar sair daqui a pouco.

Ernest olhou-o, impassível, e encostou-se na parede. Foi difícil achar um lugar por onde começar a ajudá-lo. Por fim, com relutância, Ernest admitiu que sua turma havia lido uma peça de Shakespeare. Qual delas? Ele não se lembrava. Qual era o tema da peça? reis, feiticeiras... George deu a ele uma edição anotada de *Macbeth*. Era aquela?

— Talvez — disse Ernest.

Sentaram-se à mesa da cozinha. George pediu que ele lesse. Não podia, disse Ernest. Ele não entendia as palavras. George leu.

— São só palavras, que não dizem nada — disse Ernest depois de alguns minutos.

— É uma história maravilhosa. Tente entender.

Ernest deu uma risada.

— Bruxas... disse ele.

— Na próxima vez que vier, traga um resumo do que lemos hoje. Não precisa escrever muito. Leve o livro.

George chegou atrasado à estação para pegar Emma e não lhe deu explicação alguma. Ela ficou emburrada. As férias dele já estavam quase no fim.

Ernest só voltou em maio. Àquela altura do ano, já desde as primeiras horas do dia o calor era intenso, anunciando os meses por vir. Num sábado, George levou sua xícara de café para tomar fora de casa. Ergueu o rosto e sentiu o calor agradável do sol em sua pele acostumada ao inverno.

A terra pareceu-lhe macia sob os chinelos. Emma talvez estivesse acordando naquele momento. Seus olhos se abririam subitamente e, sem piscar, ela ficaria olhando para o teto por algum tempo. Depois daria um suspiro, sairia da cama e caminharia até a janela, de onde ficaria olhando para fora. Certamente teria sonhado. Ela sempre sonhava. Na véspera havia sonhado que dava voltas ao reservatório de carro.

Não conseguia encontrar o caminho de casa; o circuito foi ficando cada vez mais fechado e, por fim, ela já dirigia sobre a água. Se ela respirasse mais uma vez, o carro perderia sua magia e afundaria até o vale abaixo, que havia sido alagado e que era agora habitado por tartarugas e enguias.

George guardava para si a mágoa que sentia por ela gostar tão pouco daquela casa, da vida no campo. Emma raramente lia. Às vezes ia de uma janela a outra, apoiando a testa nas vidraças. Ele suspeitava que ela fazia isso para que ele visse. Queria lhe dizer algo com aquilo, mas o quê? Bem... ela havia começado a fazer uma horta, mas isso, também, era motivo de preocupações. Quando chovia forte à noite, ela se sentava ereta na cama, enrolada nas cobertas, maldizendo a chuva, perguntando a ele por que ninguém a prevenira para não plantar em uma encosta. Tudo seria carregado pela enxurrada encosta abaixo! Entretanto, quando as ervilhas começaram a nascer, ela havia abraçado George, cheia de alegria. Que coisa realmente maravilhosa!

Lila e Claude tinham ido passar lá outro fim de semana. Depois que eles partiram no domingo, Emma pareceu-lhe melancólica, sem saber o que fazer, de pé no meio da sala, olhando o jornal espalhado, as xícaras sujas e os copos sobre a mesinha. Pensando em Lila, George voltou-se para a casa dos Palladino. Viu então surgir uma menina nua que se agachou no caminho da garagem e começou a encher um balde com pedrinhas. George aproximou-se dela.

— Você coleciona pedrinhas?

— Café-da-manhã — disse ela sem erguer a cabeça.

— Você vai comer pedrinhas no café-da-manhã?

— É claro que não — respondeu ela, fixando nele os olhos parcialmente cobertos por uma cabeleira loura desgrenhada. Com um só impulso ela se ergueu e saiu correndo de volta para sua casa, exibindo as pequenas nádegas muito brancas. Ele teve vontade de correr atrás da menina, erguê-la no colo e beijar-lhe o rosto. Mas apenas sorriu. Um grande pássaro piou em uma árvore próxima, como que zombando dele. Uma mulher abriu a porta dos fundos; a criança entrou pela fresta e ele ouviu um barulho de pedras caindo no chão.

— Bom dia — disse George. Era a primeira vez que via Martha Palladino de perto. Ela o olhou nos olhos.

— Bom dia, Sr. Mecklin — disse ela. Em seguida limpou um canto da boca com as pontas dos dedos, como se temesse haver ali algo por limpar. Sorriu subitamente. Ele achou seu sorriso muito encantador, um sorriso tímido. George teria se aproximado, mas ela fechou a porta lentamente.

Voltou para casa pensando em Lila. Durante o fim de semana ela havia feito muitas perguntas acerca dos Palladino, e Emma, que raramente falava da vida alheia — algo que George apreciava nela — havia juntado as histórias de Minnie Devlin às suas próprias impressões da Sra. Palladino. De tempos em tempos ela olhava sorrateiramente para George. Ele imaginou que ela tivesse a intenção de desafiá-lo. De fato, ele se sentira incomodado, embora pudesse atribuir isso ao fato de Lila não desviar os olhos da grande casa branca. George percebera o interesse dela por Joe na noite da festa dos Devlin. Mas homens e mulheres sempre se interessam uns pelos outros, não é? Dar alguma conseqüência de ordem prática a isso, porém, seria algo impensável entre ela e Joe.

Impensável por quê? — perguntou-se ele. Talvez até já tivessem se encontrado. George apressou o passo como se quisesse afastar-se daquele problema, como se quisesse ignorar aquele temor que novos problemas sempre lhe causavam. Mas de nada adiantou... Bem, casos desse tipo acontecem o tempo todo.

— Casos — disse ele em voz alta. As pessoas têm casos.

Ao olhar para sua casa, George viu Ernest que chegava. Trazia vários livros sob o braço. George sentiu-se estranhamente comovido quando viu que os livros estavam presos por uma correia. Onde teria Ernest encontrado uma coisa antiquada daquelas — uma correia de amarrar livros?

— Não pude vir antes — disse Ernest quando George o alcançou. — Tive que viajar com meu pai, a trabalho.... Demorou um tempo enorme. E aí eu fui à escola e falei com o pessoal de lá sobre você. Por isso você não precisa mais telefonar para lá. — Ele segurou a correia à sua frente, deixando que os livros balançassem: um livro de álgebra, uma gramática francesa. — Não preciso estudar francês agora, foi o que disseram... mas eu trouxe o livro mesmo assim. — Trouxera um outro livro, chamado O legado da história, e o Macbeth de George.

— Escrevi aquilo que você leu outro dia — disse Ernest apresentando-lhe uma folha de papel. Os dois parágrafos haviam sido copiados diretamente dos resumos dos atos encontrados no livro. George não disse coisa alguma. A caligrafia de George era preguiçosa, com as letras mal traçadas e juntas demais.

Até a hora em que Emma desceu, eles ocuparam a mesa da cozinha com os livros espalhados à sua frente. George resumiu para o rapaz a história de Macbeth. Ernest ouviu-o com tanta atenção que as linhas duras de seu belo rosto pareceram ter suavizado. Seu olhar tinha uma expressão inteligente.

— Vejo que você está prestando atenção — disse George.

— Quando você conta a história dessa maneira, até que não é ruim — disse Ernest. George, exaltado, derrubou sua xícara de café e deixou os cacos no chão.

Depois escreveu uma dezena de problemas de álgebra. Ernest fez os dois primeiros sem hesitar, mas depois começou a dar traços de um lado a outro da folha com força até que o lápis se partiu na sua mão.

— Que diabo está fazendo?

— Por hoje chega.

— Você não está pensando em vir nos sábados.

— Você decidiu isso agora?

— Vamos... pare com isso. Vamos terminar logo estes problemas.

— Hoje não dá mais. Não agüento.

— Eu não entendo você.

— E quem pediu que me entendesse? — disse Ernest. — Não posso mais continuar. Já esqueci tudo.

Quando Emma desceu a escada meia hora depois, George estava fazendo uma pirâmide com cubos de açúcar, enquanto Ernest, com os braços espalhados sobre a mesa, o observava atentamente. Emma deu bom dia a George e perguntou se ele tinha feito café. Seu tom de voz era áspero como uma acusação. Ela ficou andando pela cozinha, mexendo ruidosamente nas panelas e nas louças com uma das mãos enquanto, com a outra, mantinha o roupão fechado. Ele não havia percebido até então como ela apertava os olhos quando estava irritada. Uma crise passional de fúria era uma coisa para ser levada a sério, mas havia algo de cômico em pequenos ataques de raiva; ele supôs que isso se devesse à confusão de propósitos que havia naqueles ataques. Ainda assim ele pediu desculpas por ter tomado o café todo. Em resposta, ela abriu a torneira ruidosamente, a todo volume. Ernest fechou o livro de história que estava aberto em uma página com fotografias da múmia de um faraó.

— Preciso ir embora — disse ele pondo-se de pé e dando as costas para Emma, que tampouco dera mostras de tê-lo visto ali.

— Você acha que conseguirá ler a peça agora? É importante que você faça algum trabalho entre uma e outra vinda aqui. Acho que poderia terminar aquela folha de equações que começamos a fazer. E, se der uma lida naquele capítulo sobre a Mesopotâmia...

— Eu já li esse.

— Leia de novo.

Ernest olhou para Emma; ela estava encolhida junto ao fogão, olhando fixamente uma panelinha com água que pusera para ferver.

— Está bem. Mas não vou entender nada.

— Vamos trabalhar bastante até que você entenda — disse George animado.

Ernest juntou seus livros e amarrou-os com a faixa. Antes de fechar a porta atrás de si, disse:

— Até logo, Emma.

— Céus! Como é insolente!

— Seria esforço demais dirigir a palavra a ele?

— Você não ouviu o jeito como ele falou comigo?

— Você está se portando mal. Volte atrás um pouco. Veja como o tratou. O que esperava que ele fizesse? Que suplicasse para que você notasse a presença dele?

— A próxima coisa vai ser você me dizer que ele é um menininho.

— Eu não disse isso...

— A errada sou eu, que estou maltratando um menininho.

— Você quer que eu o considere um adulto. Daqui a pouco vai me dizer que ele é um velho asqueroso.

— Você não se interessa em saber como eu me sinto?

— Você não sabe como se sente — disse ele bruscamente. — É para isso que existem as boas maneiras: é para manter as coisas funcionando quando não se sabe o que se sente. Vamos começar do início novamente. Eu estou interessado nele. Para mim, vale a pena ter algum trabalho com ele.

— Emma começou a chorar, escondendo o rosto nas mãos. Nesse instante, o seu roupão se abriu. Ela estava vestida com short e uma blusa.

— Você está vestida! Por que está usando o roupão?

Ela saiu apressada da cozinha e correu escada acima. George apagou a chama do fogão sob a panelinha com a água já quase toda evaporada. Ele fez outro bule de café. Depois ficou sentado por algum tempo, com as mãos no colo, olhando para fora pela janela. Nada entre eles jamais tinha assumido uma forma tão definida quanto aquele antagonismo por causa de Ernest. Que batalhas já haviam de fato travado? Aquelas briguinhas nervosas que tinham lugar de vez em quando nada representavam de especial. Era inegável que ambos estavam decepcionados com a vida de casados, mas isso não acontecia com a maioria das pessoas? A capacidade de construir uma ponte sobre o espaço vazio entre as expectativas e a realidade era um teste de maturidade, não é? Será que ele conhecia alguém que não fosse afligido pela inexorável infiltração de frustrações? Essas coisas estão no ar que se respira. Entretanto, nada de terrível havia acontecido a eles, não é? Não havia motivo para tristeza de verdade.

Talvez, se pegasse algumas turmas nos cursos de verão que eram dados em certas escolas especiais da cidade, ele pudesse dispor de alguns dólares a mais para levá-la a algum lugar. Tinham passado uma boa semana em Vermont pouco depois de se casarem. Uma tarde haviam seguido pela margem de um riacho por vários quilômetros, até o anoitecer no bosque; como era belo o ruído da água na escuridão! À margem do riacho, ele havia se sentido confiante, emocionado, feliz com o lugar que lhe cabia no mundo, na natureza, naquele bosque, consciente da vida à sua volta que ele não podia ver. A energia daquelas águas era sua energia também. No caminho de volta pela estradinha de terra que os levaria até Putney, ela tropeçou em uma raiz e, chorando, se pôs a dizer que havia cobras à sua volta. Naquela ocasião, a atitude infantil dela provocou ternura nele. O que havia mudado com o passar do tempo? Em que havia *ele* tropeçado?

George decidiu que levaria café para ela. Sentaria a seu lado na cama e a abraçaria. Conversariam, então.

Mas, quando se viu ao lado dela, oferecendo-lhe a xícara, ela pareceu tão diferente daquela sobre a qual estivera pensando na cozinha que ele ficou olhando fixamente para a mulher, como se tentasse lembrar onde a vira antes.

— Não vamos brigar — suplicou ele à mulher deitada na cama. Ela o encarou com os olhos vermelhos de chorar.

— Nós não sabemos como... — disse ela.

Ernest começou a aparecer com freqüência. Sua presença tornou-se, para George, uma parte inextricável daquela mudança de estação, dos novos contornos que suavizavam a paisagem, do ar cálido que descia sobre o campo como um manto de tecido fino. Ele estava conseguindo ajudar o menino a aprender trigonometria, ainda que para isso precisasse abrir mão do tempo livre que tinha na escola a fim de estudar, ele mesmo, em livros didáticos de matemática. Walling, espiando por cima dos seus ombros na biblioteca e vendo o que estava lendo, perguntou-lhe, zombeteiro, se ele estava trocando as loucuras da ficção pela ordem racional da matemática.

A princípio Ernest se mostrara difícil, inquieto, sempre falando rapidamente e em voz baixa sobre as pessoas da cidade que haviam se mudado para as casas ao redor do lago nos últimos anos. Às vezes falava como um general estudando o território que estava prestes a atacar. Em outras ocasiões fazia para George uma relação de objetos que desejaria ter, de coisas inatingíveis.

— Onde as pessoas conseguem tanto dinheiro? Onde? Como? Essa gente tem mais pares de sapatos nos armários do que eu já tive em toda a minha vida... conjuntos de ferramentas sempre reluzentes que nunca usam. Aparelhos elétricos que fazem todo tipo de coisas. Céus! Como conseguem ter tantas coisas?

George sentia uma pena profunda do rapaz; tentou dissuadi-lo da importância dos bens materiais, procurou desmistificar aquelas coisas para ele, mas descobriu-se pouco convincente, como se estivesse mentindo de maneira sutil. Nessas ocasiões, Ernest dava uma risada; a tensão do seu rosto era substituída por uma expressão marota e ele se punha a descrever outras coisas que vira. George disse a si mesmo que a compulsão de Ernest em falar de tudo aquilo que via era uma forma de defesa. As cenas que descrevia eram destituídas de humanidade, como pichações em lugares públicos, e George ficava aflito ao ouvi-lo — cenas de Charlie Devlin derramando gim em sua mulher nua e gorda, que não parava de rir; Martha e Joe Palladino se espancando e chorando enquanto as crianças os espiavam por trás dos móveis; Benedict Twerchy dizendo os piores palavrões à mulher, com a voz embargada pelo ódio, em pé, diante dela, cobrindo com um jornal sua genitália minúscula, enquanto ela, sentada, lia como se ele não estivesse ali.

— Um homenzarrão daqueles! — disse Ernest, dobrando-se de rir. Havia ocasiões em que George sentia-se obcecado pelo sexo. Tinha um sono leve e estava sempre pronto para "fazer amor", como ele e Emma se referiam ao ato sexual. Acordavam sem expressão alguma nos seus rostos que pudesse revelar o que se passara à noite. Não havia testemunhas.

Se os interesses de Ernest fossem só aqueles, George teria desistido dele. Mas não eram. Ernest gostaria de ir ao Egito, dissera. Gostaria de ver as pirâmides, múmias enroladas em linho amarelado, as naus dos mortos. Num sábado à tarde, George levou-o ao Metropolitan Museum e Ernest ficou por muito tempo olhando, pensativo, as múmias em suas caixas de vidro.

Tinham terminado a leitura de *Macbeth* — na verdade, fora mais uma tradução do que uma leitura — e haviam começado *Júlio César*. Quando estudavam história, Ernest ficava inquieto e irritadiço.

— Não estou entendendo mais nada — disse ele de repente. — Você fala, fala, e eu só escuto o barulho. — Nessas ocasiões eles paravam. Era tão tênue a chama que devia manter acesa que todo o cuidado se fazia necessário. George então buscava outra abordagem. O mundo antigo era construído na mesa da cozinha de maneira absolutamente arbitrária, com seus contornos determinados pelo interesse de Ernest. George ficava atento a tais manifestações: um arregalar dos olhos de Ernest, um sorriso seu, uma exclamação de surpresa, um olhar de descrença.

Ele precisava convencer Ernest de... de quê? Convencê-lo de que muita coisa já havia acontecido antes, de que ele não surgira do nada em um planeta recoberto de calçadas que conduziam a lugar nenhum. Por isso se permitia rearrumar a história, dar certo sentido para que o rapaz pudesse perceber. Às vezes George ouvia a própria voz e surpreendia-se com uma força que ele não sabia que tinha. Em outras ocasiões, porém, não sabia como prosseguir diante das limitações de Ernest. Via-se, então, como uma figura ridícula. De nada adianta estudar a Grécia quando a pessoa não compreende o conceito de *pólis*. Era preciso compreender a seqüência dos fatos, as causas e as conseqüências. A história não se faz aos trancos, com grandes eventos.

— Fale mais sobre as pirâmides, sobre os escravos que eram mortos e de como depois botavam as vísceras deles em jarros. Fale mais sobre isso.

Exasperado, George passava para outra coisa. Matemática. Ernest então se esforçava, atento, como se uma autoridade impessoal tivesse assumido o comando.

George começou a perceber que Ernest era magro demais, que sua palidez de freira não era natural. Passou a alimentá-lo; Ernest comia sem interesse. Um dia George perguntou se o pai dele sabia que ele ia lá.

— Faz tempo que eu não vejo o velho — respondeu Ernest.

— Quem sustenta você?

— Ele deixou dinheiro comigo — disse Ernest.

Vez por outra George lhe dava um ou dois dólares. Ele os pegava sem fazer qualquer comentário; olhava as notas e as enfiava no bolso. George se sentia estranhamente gratificado com o silêncio do rapaz. Perguntava-se o que Ernest fazia quando não estava com ele. Certa vez o tinha visto em Peekskill num domingo, quando fora até lá para comprar jornal. Estava em uma esquina com um grupo de rapazes. Teve a impressão de que todos ali aguardavam algo, esperavam que alguma coisa acontecesse — um impulso, qualquer coisa. Lembrou-se do tédio da sua própria adolescência, aquele vazio sufocante, quando tanto parecia disponível e nada lhe era acessível. Ele também havia se sentido perdido, também aguardara sem saber o quê. Apesar disso, sentiu uma dor no coração ao ver Ernest na esquina com um grupo.

Porém George tinha certeza de que Ernest estava mudando. Já havia deixado de lhe contar o que vira ao bisbilhotar as casas dos outros. A princípio George tentara convencê-lo a parar com aquilo, dizendo-lhe que não era moralmente correto espionar as pessoas, mas não conseguira dissuadi-lo. Ernest simplesmente sorria em resposta. George passou então a falar dos riscos que ele corria. Ernest encolhia os ombros. Mas acabou parando de falar, pelo menos.

Certa tarde ele interrompeu a explanação de George acerca da conspiração contra César. Disse-lhe que tinha visto um espancamento na noite anterior. Não, não espiara pela janela de ninguém. Ele e uns amigos haviam apanhado um rapaz negro.

— Por que vocês bateram nele?

— Ele era preto demais — disse Ernest. — Eu só observei. Não toquei nele.

— E você teve prazer em ficar olhando?
— Ah, tive! O cara era preto demais.
George olhou-o em silêncio.
— Você está com uma cara tão engraçada — disse o rapaz, dando uma gargalhada.
— Eu poderia entregá-lo à polícia.
— Não, não poderia. Eu inventei essa história.
— Posso averiguar isso também.
— Jesus! Como sua cara está engraçada!
— Vá embora daqui! Só volte quando aprender a se comportar direito.

Sem parar de rir, Ernest se levantou derrubando a cadeira e correu para a porta. Com a mão na maçaneta, parou, parecendo hesitar.

— Tenho mesmo que ir embora. Por hoje basta.
George começou a empilhar os livros.
— Ora, vamos parar com isso — disse Ernest. — Eu só estava provocando você.
— E conseguiu — disse George.
— Desculpe — disse Ernest. George se voltou para vê-lo. Ele não estava rindo. — Eu vou levantar a cadeira — disse ele voltando para junto da mesa. Pôs a cadeira no lugar e ficou olhando para George.
— Está bem — disse George. — Mas não quero mais ouvir isso. O mundo já está podre o suficiente.
— Podre — repetiu o rapaz e, com um aceno de cabeça, se foi.

Emma estava de pé junto à porta. Olhava-o em silêncio. Depois atravessou a cozinha e abriu a geladeira.

— Preciso fazer compras amanhã. O jantar pode ser carne moída esta noite? Já não há mais quase nada em casa.

— Tudo bem.
— O que estava acontecendo aqui?
— Eu fui muito duro com ele. Acho que ele não agüentou.

Não falavam sobre Ernest desde aquela explosão dela no primeiro sábado de maio. Ele não esperava que ela tivesse passado a pensar de maneira diferente. Apenas, não tocavam no assunto, a não ser quando absolutamente necessário. Se ela precisasse usar a cozinha, pedia a ele que trabalhasse em outra parte da casa. E, com a vaga intenção de evitar magoá-la, ele só levou Ernest ao museu no dia em que ela havia combinado com Minnie Devlin que iria visitá-la. Ainda assim achava que a parte mais aguda da resistência dela já havia ficado para trás. Afinal de contas, é assim que as coisas se passam na vida — aprende-se a conviver com elas.

Ele não queria recomeçar a briga, mas desejava falar com Emma sobre Ernest. Indeciso, pôs-se a observá-la. Ela estava cortando um tomate que segurava com as pontas dos dedos.

— Vai querer um ovo também?
— Vou — disse ele.

Ela deu um suspiro e abriu com má vontade a porta da geladeira.

— Acho que consegui despertar o interesse dele — disse George — pela primeira vez na vida... por algo que não diz respeito a ele mesmo.

Ela quebrou um ovo e jogou-o na panela. Depois entregou a ele uma lata.

— Pode abrir isso? O abridor está empenado. Precisamos comprar outro.

— Estou começando a me dar conta de que a capacidade de se interessar pelas coisas é um privilégio, sabia? É passado de pais para filhos, à semelhança de um bem material. Gente como Ernest não herda tal capacidade de interesse.

— Deixe isso pra lá — disse ela cortando o assunto.

— Como assim? Eu estou tentando lhe dizer uma coisa.

— Olhe aqui, você venceu, não é? Mas vou ter também que entrar para o clube?

— Eu não tinha idéia de que você sentisse tanto rancor.

— Ah, tinha idéia sim! Essa é a pior parte dessa história.

— Às vezes penso que não sei nada a seu respeito.

— Não me venha com essa, porque eu sei o que você quer dizer. Você quer dizer que sabe tudo a meu respeito e que não gosta do que sabe.

— Eu não deveria ter tocado no assunto.

— É isso mesmo. — Ela amassou a carne moída na frigideira com uma espátula. Ele notou que os cantos da boca da mulher estavam flácidos. Lembrou-se do queixo trêmulo da Sra. Twerchy que ela tentara esconder com a mão. George aproximou-se de Emma e a abraçou.

— Os exames vão acabar dentro em breve. Vamos passar um fim de semana fora. Estou falando sério. Alguém me disse que Narragansett é muito bom. Você gostaria de ir?

— Gostaria — disse ela. — Temos dinheiro para isso?

— Não. Mas vamos mesmo assim. Em quanto ficaria, mais ou menos? Uns 50 dólares?

— Eu gostaria mesmo de ir — disse ela.

Emma disse então que Lila havia telefonado de manhã perguntando se poderia ir visitá-los naquele fim de semana.

De vez em quando George ficava na cidade até as 5h, quando Emma terminava o trabalho na biblioteca. Pegavam juntos o trem para Harmon na One Hundred and Twenty-fifth Street. No dia seguinte, um dos dias em que Emma trabalhava, George telefonou para Lila e perguntou se podia ir até a casa dela. Será que ele podia encontrá-la na livraria?, sugeriu ela, pois trabalhava até as 16h30.

George tomou o ônibus na Broadway até Columbia depois das aulas e desceu na One Hundred and Sixteenth Street, onde se viu em meio a uma multidão de estudantes que se dirigiam à estação do metrô, às livrarias e aos pequenos restaurantes escondidos nas fachadas nada alegres dos prédios da Broadway Avenue.

Lila estava diante de uma estante de brochuras da editora Penguin. Tinha uma aparência ótima, como ele não via fazia muito tempo. Usava uma jaqueta cor de areia e uma saia marrom. Seus belos cabelos estavam presos na nuca em um modesto coque. Havia uma diferença sutil em seu estilo, um jeito mais cuidadoso de apresentar-se. Ele ficou realmente feliz ao vê-la e apertou seu rosto contra o dela em súbita demonstração de afeto.

— Você está com uma aparência ótima — disse ele.

— Está bem... Veja estes livros! Não parecem descartáveis? Você se lembra das livrarias quando éramos crianças?

Um jovem negro a chamou:

— Lil! — e Lila se voltou para ele. — Você encontrou Arthur Machen em algum lugar? — perguntou ele.

— Telefonei para todos os lugares aqui por perto — respondeu ela. — *The Hill of Dreams* [A montanha dos sonhos] está esgotado. — Lila voltou-se para George e disse em voz baixa: — Não é bonitinho? "Lil". Acho que vou mudar legalmente meu nome para Lil.... É uma gracinha, este rapaz. É estudante de direito. E conhece todos os livros já publicados.

— Como está Claude?

— A princípio... Bem, ele está bem agora. Fica na escola até as 5h. Disso ele não gosta. Sabe de uma coisa, George? Não se pode discutir as coisas com crianças pequenas. Tem que ser na base do fato consumado.

— Emma disse que vocês gostariam de ir lá para casa este fim de semana.

— É, eu telefonei. Você não estará ocupado demais? Já está quase no fim, não? Provas finais, médias, essas coisas todas, não?

— Vocês podem ir, é claro. Venham este fim de semana se quiserem.

— Como vão seus vizinhos? — Lila tinha um leve sorriso no rosto. Ele a segurou pelo braço e não respondeu. Apenas a olhou de maneira inquisitiva.

— Todas aquela pessoas que conheci...

— Lila, você não está se metendo em complicações, não é? Os Palladino são gente muito complicada.

Ela se livrou da mão dele.

— Ele não se interessaria mesmo por mim... acho.

Lila foi até o balcão do caixa e pegou um saco de papel que estava por trás dele.

Já na rua, tirou a jaqueta.

— O verão está chegando — disse ela. Lila usava um suéter fino e ele percebeu que ela havia engordado um pouco. Ele quis perguntar sobre Joe Palladino, mas teve receio do sorriso dela, teve receio de que ela mentisse de maneira tal que lhe permitisse ver a verdade. Andaram em silêncio até a One Hundred and Thirteenth Street.

— Lá está Claude — disse ela apontando para o menino. Claude estava de pé ao lado de uma freira que não era muito mais alta do que ele.

— Aquela é a irmã Eulalia — disse Lila. — Parece um ratinho. Ela diz que é possível curar dor de garganta chupando um cubinho de açúcar.

— É uma escola católica?

— Céus, não! É de uma ordem episcopal. Na medida para Claude. Muito estruturada, como dizem.

— Ouça bem, Lila... Você sabe que eu quero vê-la feliz.

— Feliz! — exclamou ela e explodiu em um acesso de riso alto como uma tosse. — Você ainda acredita nessas coisas antigas, George?

Quatro rapazes passaram andando por eles. Eram bem diferentes entre si, mas as fisionomias dos quatro tinham a mesma expressão de tédio.

Eram magros, malvestidos, carregavam livros e seus braços e pernas pareciam presos aos troncos, sem nenhuma preocupação com a simetria.

— "Eu já vi o futuro e ele se aproxima" — citou George. Nesse mesmo instante um deles se voltou para olhar para Lila ou, mais especificamente, para os seios proeminentes de Lila. O rosto dele não tinha expressão alguma. O movimento das mãos dela se cobrindo foi quase imperceptível.

— Está esfriando — disse George. — É melhor você vestir a jaqueta.

— Acho melhor, mesmo — disse ela. Ele a observou enquanto ela caminhava em direção a Claude, que se soltou da mão da freira e correu para a mãe.

Ele foi se encontrar com Emma em frente à biblioteca. Ela piscava como uma coruja à luz do dia.

— Passei o dia todo no depósito — disse ela.

— Vamos beber alguma coisa antes de tomarmos o trem. Você vai se sentir menos estressada.

— Assim nós vamos perder o trem das 17h20.
— Há outros depois dele.

Os dois atravessaram o pátio cercado de pedras da universidade envolvidos por um sentimento de companheirismo. Como era estranho que, mesmo sem a tocar, ele se sentisse tão próximo dela. Talvez fosse pelo lugar cheio de gente onde estavam. Talvez eles se dessem melhor na cidade, mesmo.

O bar parecia uma câmara de ecos iluminada por tubos de neon com uma luz azulada que iam de um lado a outro do teto, dando a impressão de um ambiente médico. Ela não estaria em condições de cozinhar se tomasse um martíni, disse Emma. Ele lhe disse para não se preocupar. Poderiam jantar ovos com torradas.

— O que você acha de Lila? — perguntou ele, surpreendendo-se com a própria pergunta inusitada.

Na verdade, ele estivera pensando em Rubin, que havia provocado uma outra crise na escola ao insistir que as turmas da última série organizassem um fórum semanal sobre política. O primeiro tópico, dissera Rubin, deveria ser uma discussão sobre a China comunista. Walling se opôs dizendo que restam poucas coisas no mundo das quais um homem tem o direito de se poupar, e uma delas é a China vermelha. Por que não organizar um fórum sobre desvios sexuais? Esse seria um assunto adequado para discussão pública, disse ele. Rubin ficou colérico, sentindo-se ultrajado diante de Walling, frio e cruel. Ambos pareceram a George figuras essencialmente cômicas; o que os separava não eram tanto suas idéias como o antagonismo essencial de suas naturezas.

— Ei, por onde você anda? — perguntou Emma.

— Ah... eu estava pensando em umas coisas lá da escola.

— Você me perguntou sobre Lila. É estranho, isso. Nunca você me perguntou antes o que eu acho dela.

— E então...?

— Eu não sei se realmente gosto dela. Talvez tenha acostumado a ela. Ela é muito mais velha, não é? Quero dizer, bem mais velha do que eu, não é? Acho que posso suportá-la quando ela está calada, quieta daquele jeito como ela fica quando está pensativa. É a sofreguidão dela que me incomoda.

— Você acha imprópria?

— É isso mesmo. Ela já é quase de meia-idade, não é? E ela se insinuou tão abertamente para Joe Palladino naquela noite na casa dos Devlin! Achei aquilo uma loucura. Tenho pensado nele.... Tenho a sensação de que ele não consegue se livrar dessa fama de conquistador que tem, de adolescente galanteador. Ele se desmancha todo quando uma mulher dá bola para ele. — Emma fez uma cara de repulsa. — Ela deveria dar em cima de alguém com mais maturidade... seja lá o que for isso.

Por um breve momento ele se abstraiu do aborrecimento que as palavras dela lhe causavam e, esticando o braço sobre a mesa, segurou a mão dela, mas ela puxou a mão imediatamente.

— Você está surpreso — disse ela. — Está surpreso por eu ter tanto a dizer a respeito dela. Acha que eu só existo quando você olha para mim?

Ele sentiu remorsos. Era obrigado a concordar que havia uma boa dose de verdade no que ela dizia. Lila já teria chegado em casa? George conteve um impulso de telefonar para ela. O que poderia lhe dizer? Que deveria ser paciente até que a idade a libertasse de seus desejos?

— Veja! — disse Emma.

Um cãozinho amarelo havia entrado no bar quando um grupo de pessoas abriu a porta. Tinha as orelhas baixas de medo e o rabo entre as pernas. O pequeno animal atravessou o bar e veio até a mesa onde estavam, erguendo para eles o focinho estreito.

— Vamos levá-lo para casa? Ele está perdido. Ah, coitadinho, ele anda meio torto.

A cauda do cão varreu o chão em uma tentativa de demonstração de afeto.

— Não podemos entrar no trem com ele — disse George.

— Deve haver algum vagão de carga. Nós poderíamos ir com ele, o que acha? Olhe só as costelas dele como estão aparecendo!

— Nós não temos como levar este animal para casa, Emma — disse ele já irritado. — Vamos. É melhor a gente ir embora.

O cachorro os seguiu até o balcão onde George pagou a conta e depois os acompanhou porta afora.

— Vamos pegar um táxi — disse ele decidido.

Emma ficou olhando para trás pela janela do táxi, para onde o cãozinho permanecia parado. Relutante, George acompanhou o olhar dela. Naquele instante o animal se pôs a correr pela rua até desaparecer na multidão.

— Eu deveria simplesmente ter apanhado o cãozinho e pronto — disse ela como se falasse consigo mesma. — Eu podia ter feito isso...

George havia acabado seu martíni em grandes goles quando o cachorro chegou à mesa. Agora a bebida não lhe ia bem no estômago. Não deveria ter tomado o táxi, pensou. Ainda faltava uma semana para o dia do pagamento. Ele e Emma mantinham contabilidades separadas; o dinheiro dela era para ser gasto com despesas extras. O aluguel, a comida e as despesas com o carro eram dele. Mas ele acabava pagando as despesas extras também. George sentiu um súbito rancor contra ela e o talão de cheques dela, sempre intocado.

Há quanto tempo ele não comprava algo para si? Suas roupas eram tão antigas que, penduradas no armário, eram efígies dele próprio. Em sua ignorância feminina, ela o supunha indiferente a essas coisas.

O trem estava lotado e eles não conseguiram lugares juntos. Ela se sentou várias fileiras à frente dele. George podia ver o cocuruto da cabeça dela e, de vez em quando, seu perfil, quando ela se voltava para o corredor. Pensou nos comentários dela acerca de Lila. Lila metida a jovem. Mas Emma não era muito mais nova do que ela. O que teria Lila dito dela? Será que uma pessoa só se reconhece em outras? Naturalmente havia grandes diferenças entre elas: Lila era escancarada. Não tinha segredos. Já Emma podia engordar sua conta bancária com fria perseverança. Ou será que tinha pouco dinheiro? De duas em duas semanas ela tinha que "ir ao banco". Ele a via caminhar, apressada, com seus passinhos de máquina de costura, até o guichê da poupança. Sempre conferia o saldo. Ele ficava irritado. Era inacreditável que ele ficasse sentado esperando, quando a vontade dele era correr atrás dela pelo banco, segurá-la pelo braço e obrigá-la a dizer quanto havia guardado secretamente todos aqueles anos. Maldita formiga!

— Eu gostaria que tivéssemos um cachorro — disse ela depois que haviam deixado a estação, a caminho de casa.

— Algum tempo atrás você disse que não daria para cuidar de cachorros. Agora pare com isso! Pensei que era um bebê que você queria.

— Como? Por partenogênese?

— Você acha que seus delicados sinais de tédio resignado são capazes de estimular alguém?

Ela respondeu no mesmo tom.

— Não. E eu não disse que a culpa era sua. Mas alguma coisa está errada, não é?

— É... bem, mas por que você guarda tanto? — A essa altura da discussão ele já não sabia se falavam de dinheiro ou de sexo.

— Acho que não conseguimos falar sobre isso.

— Tudo bem, então! Você me derruba e depois quer dar uma de observadora imparcial — disse ele.

— Sinto muito — disse ela com frieza.

Tinham se casado havia muitos anos, no auge de uma troca de confidências, quando o último segredo, o maior dos que podiam compartilhar, estava contido na proposta dele e na aceitação por parte dela. Casaram-se em um lugar chamado Cherry Grove, na Pensilvânia.

"É uma verdade universalmente aceita", escreveu certa vez Jane Austen, "que um homem solteiro em posse de uma grande fortuna deve estar à procura de uma esposa." Mas ele não tinha fortuna alguma; naquela ocasião ele estava à procura, sim, mas de um emprego. Ao ver o perfil dela, ao mesmo tempo tão enigmático e tão familiar, teve a sensação de a ter encontrado por sorte. Ela *de fato* tocou seu coração; ele *desejou*, de fato, amá-la.

— Eu te amo — disse ele, sem se dirigir a pessoa alguma. George ouviu a exclamação de surpresa de Emma.

— Segure minha mão — pediu ele soltando a mão direita do volante e oferecendo-a à mulher. Ela a segurou, mas demorou alguns segundos demais para fazê-lo e o resultado foi darem-se as mãos frouxamente. Não era, em absoluto, o que ele esperava.

Naquela noite ele teria que começar a redigir as avaliações finais dos alunos; algumas exigiriam dele uma paciência que ele não tinha. A escola jamais desistia. Alunos reprovados pareciam constituir sua razão de ser; pais histéricos que precisavam ser pacientemente apaziguados ainda que toda a cena não passasse de simulação. "Ele precisa adquirir mais confiança em si..." Quantas vezes teria que escrever isso antes que o dia terminasse? Mas era mesmo de confiança que os alunos precisavam? O que dizer da reprovação? Talvez o velho Ballot tivesse razão. Nem para a maioria daqueles que só tiravam conceito A, nem para os infelizes que se submetiam, sem esperanças, à prisão da sala de aula, havia realmente aprendizagem. O verdadeiro aprendiz era invencível. Aprovado ou reprovado, ele sempre aprendia. Ballot dizia que a finalidade da escola era capturar os desgarrados. Ovelhas desgarradas, dizia Ballot. E como ficava Ernest, um lobo desgarrado?

Já estava escuro quando George estacionou seu carro ao lado da velha caminhonete dos Palladino. Saiu à frente de Emma para acender a luz da garagem. Ela passou por ele parecendo feliz consigo mesma. Sem apetite, mas com uma vaga vontade de comer alguma coisa, ele abriu a geladeira.

— George!

Ao perceber o tom de medo da voz dela, ele atravessou correndo a sala de estar e começou a subir a escada, com o coração disparado.

— O rádio sumiu! — exclamou ela. Diante do silêncio dele, ela repetiu — O rádio...

— O que tem o rádio?

— Sumiu, já disse. E certamente outras coisas também.

— O rádio — repetiu ele. — Tudo bem. Vou procurá-lo.

— George saiu correndo da casa antes que ela pudesse dizer mais alguma coisa.

Eram alguns quilômetros até Peekskill. Talvez Ernest ainda estivesse na estrada. George não sabia sequer onde ele morava. Seguiu pela estrada até uma saída que levava à velha mina de esmeril e parou. De que adiantaria prosseguir? Se encontrasse Ernest, se o rapaz admitisse que tinha levado o rádio, ele o entregaria à polícia? Pensar sobre o que Ernest faria, sobre o que ele próprio faria, o ajudou a afastar a vergonha que era mais sua do que do rapaz.

Nada o havia preparado para aquela situação. Ele não era tão tolo a ponto de imaginar que Ernest jamais houvesse roubado coisa alguma. George já o vira colocar no bolso algumas canetas, mas ele o fazia abertamente, quase como prova de confiança em George.

Parado no escuro, suando, com as mãos fortemente agarradas ao volante, ele disse a si mesmo que se tratava de um teste, apesar de seu orgulho rebelar-se contra essa idéia. Ernest o havia traído, sim. Era uma traição pessoal a *ele*. Aquela sua idéia de salvar o rapaz... o que pensava ele que estava fazendo? Ernest era um ladrão; aquela sua mania de bisbilhotar as casas dos outros não era um passatempo inocente, mas sim uma sinistra aberração. E ele, George Mecklin, o idiota, pensava em operar mudanças no garoto simplesmente lhe oferecendo heróis e poetas mortos.

Mas não chamaria a polícia. A vingança era um ato sem grandeza. Que importância tem um rádio? Se Ernest nunca mais voltasse, aquilo acabaria por ali. Pelo menos ele, George, havia tentado. Mas há um limite para tudo.

Ele deu marcha a ré, fez a volta e retornou para casa. Na casa toda iluminada, sua mulher o esperava. Como seria a cena que ela estava preparando? Sentiria pena dele? Ernest deveria estar andando por alguma rua de Peekskill àquela hora, com o rádio debaixo do braço. Será que o venderia?

Emma tinha esquentado a sopa e torrado o pão. Na mesa sem toalha da cozinha, uma formiga se movimentava de uma tigela de sopa para a outra. Depois, entrou cuidadosamente em uma dobra de guardanapo de papel. A espera de que Emma falasse, George ficou observando a formiga. Emma sacudiu o guardanapo e a formiga caiu no colo dela. Ele conteve o riso quando ela se pôs de pé para defender-se. Emma, a inviolável.

Ele disse que não tinha encontrado Ernest. Ela balançou a cabeça sem demonstrar surpresa. Não esperava mesmo que ele o encontrasse, disse ela. Mas o rapaz não ia conseguir muito com a venda daquele rádio. Era um rádio barato.

— Pena que não tivéssemos algo de valor para ele — disse George. A sopa queimou sua boca. Não encontraria consolo ali.

— Sinto muito — disse ela. Emma lhe pareceu sincera. Tinha pena dele.

— A coisa não é tão simples assim — disse ele.

— Eu só disse que sentia muito.

— ...sim, porque, afinal de contas, você tinha razão — disse ele. Naquelas circunstâncias, "sentir muito" devia dar a ela algum prazer.

— Coma uma torrada.

— Eu faria tudo novamente. Cem vezes.

— Vai querer café?

— O importante é tudo parecer que está bem. Vivemos a um passo da catástrofe e imaginamos que estamos em uma cozinha.

— Quem?

— Todos nós. Os que têm casa.

— Eu não tenho pena dele. Não tenho pena de nenhum deles. As coisas melhoram um pouco e eles só pioram. Tanto faz se têm casa ou não. Eu disse que sentia muito porque você ficou decepcionado. E você pensa que eu estou tripudiando porque eu tinha razão. Que importância tem isso? Eu quero me deitar... Estou muito cansada...

— Você não tinha razão.

— Lamento... até onde me cabe lamentar.

— Quanto a isso, não me cabe dizer coisa alguma.

— É. Não cabe mesmo.

Ele levou a tigela à boca e tomou o que restava da sopa. Ela estava esperando para lavar a louça.

— Pode subir — disse ele. — Eu lavo a louça.

Ela hesitou.

— Já disse. Eu lavo.

George limpou tudo com esmero. Uma formiga andava pelo chão e ele pisou nela. Seria a mesma? Havia várias por ali?

Lila chegou com Claude no fim de semana. Postou-se à janela que dava para a casa dos Palladino e raramente saía de lá. George teve a impressão de que ela pretendia montar guarda ali as 24 horas do dia. No meio da noite ele acordou e foi comer alguma coisa. Quando desceu a escada, lá estava ela com uma pilha de pontas de cigarro em um pires no batente da janela. Ele tentou levá-la a fazer confidências que, no passado, certamente teria feito. Agora ela nada lhe dizia. Olhava fixamente para ele, pensativa, enquanto ele a exortava a falar, suplicava, insistia. Diante do desatino de seus olhos marejados, ele desistiu.

No domingo de manhã encontrou-a encostada na caminhonete de Joe, com o nariz apertado de encontro à janela.

— Pelo amor de Deus...

— Eu sei... é terrível — disse ela.

— Eu sei de algumas coisas a respeito dele.

— Eu também. Sei de todas. De que acha que isso adianta?

Há quanto tempo, perguntou-se ele, aquilo estava acontecendo? Com que freqüência se encontravam? Ele ia à casa dela à noite, quando Claude estava dormindo? Ou quando o menino estava acordado mesmo?

— É uma coisa tão sem nexo...

Lila caiu em um choro nervoso, rindo ao mesmo tempo. Fez um leve carinho no rosto dele.

— Há muitas coisas que você não sabe, irmãozinho — disse ela.

Enojado, George se afastou.

— Isso não vai levar a lugar algum — disse ele.

Ela tocou os lábios com o indicador, pedindo silêncio, e ambos se voltaram para trás ao mesmo tempo. A menina mais nova dos Palladino estava ali junto do carro, com a mão na lanterna traseira. Lila ficou estática. George, atento aos ruídos como um detetive de cinema, ouviu o som seco de alguns pés sobre a brita do caminho que levava à garagem. Sua vontade foi agarrar Lila e atirá-la para dentro da cozinha. Joe e a menina mais velha entraram na garagem.

Palladino cumprimentou os dois com um rápido meneio da cabeça. Não os via bem, pois seus olhos não se haviam adaptado às sombras da garagem.

— Vamos dar uma voltinha por aí — disse ele, sorrindo vagamente.

— O dia está bom para isso — disse George, também forçando um sorriso.

— Que vestido bonitinho — disse Lila, olhando para uma das meninas e apontando para a outra.

— Olá, você também está aí? — disse Joe. — Veio passar o fim de semana?

— Olá — disse Lila. Não se olharam. As crianças entraram rapidamente no carro.

— Vamos? — murmurou George. Lila, sorrindo satisfeita, encaminhou-se, indolente, para a porta da cozinha. Foi até a sala, onde Claude brincava com um baralho de cartas no chão.

— Vejam aquilo! — disse Lila. O que viram foi a Sra. Palladino de pé diante da casa grande. Estava vestida com uma capa de chuva que ia até quase o chão e tinha a cabeça coberta com um lenço. Parecia inclinar-se um pouco para a direita. Ouviu-se o som de um silencioso furado, um ruído de carro em marcha a ré e logo a caminhonete parou diante dela. Joe saiu e conduziu a mulher pelo braço até o outro lado do carro. Abriu a porta, ajudou-a a sentar e ajeitou a capa de chuva dela.

— Como mamãe — disse Lila. — Como nossa pobre mãe demente saindo para passear no domingo.

— Mamãe — repetiu Claude sentado no chão. — Que mamãe?

Lila correu para ele e, ajoelhando-se, o abraçou. Ele enfiou a cabeça por entre os braços dela e continuou a brincar com as cartas. Ela o cobriu de beijos.

George sentiu-se enojado com aquela cena.

— Você precisa... — começou ele a falar.

— Preciso o quê? — perguntou ela com um olhar desafiador através dos cabelos desgrenhados que lhe caíam à frente do rosto. Só então ele notou que ela não havia se penteado. Ele achava os cabelos dela muito bonitos. Era uma cabeleira densa, que lhe caía pelos ombros. Agachada ali, no entanto, abraçando o menino, Lila lhe pareceu velha e estranha. Ele subiu para o quarto. Emma, deitada, lia uma revista. Quando ele se aproximou, ela lhe lançou um olhar indiferente e deixou cair o resto do cigarro em uma xícara de café que estava no chão.

Nas duas semanas que se seguiram, George se voltou intensamente para o trabalho da escola. Havia notas finais a computar, trabalhos tardios a corrigir, relatórios a redigir. Houve também uma série de reuniões às quais ele compareceu religiosamente. Nessas reuniões, Walling fazia questão de dormir, ou de fingir que dormia. Rubin, de quem se esperava sempre uma participação temperamental, parecia nervoso e preocupado.

Nas aulas de recuperação, os alunos se mexiam, inquietos, em suas cadeiras. Não prestavam atenção alguma e se mostravam infensos a qualquer tentativa de ajuda ou ameaça. George perdeu o controle de sua turma e consultava seu relógio a cada minuto, assim como os alunos consultavam o relógio da sala. Nunca tinha sido tão difícil. Sentado à sua mesa, com a mão sobre uma antologia de poesias fechada (a idéia de ler poemas para eles lhe ocorrera no meio da noite, quando ocorrem as idéias mais estultas, pensou), ele mantinha a turma acuada com seus rosnados de mau humor e os alunos se portavam como animais acuados, raspando o chão com os cascos e balançando para ele suas cabeças de adolescentes.

Nos intervalos das aulas ele pensava em Lila e em Ernest. A irmã lhe telefonou uma vez, deixando um recado, mas ele não a chamou de volta. Achava que sabia o que ela tinha a lhe dizer e não queria ouvir. Entretanto, como podia condená-la? Ele sabia da solidão da irmã, das pequenas privações impostas pela situação em que vivia. Sabia que ela faria 40 anos naquele mês, embora não se lembrasse do dia. Dizia a si mesmo que, como Ernest, ela merecia uma maior compaixão porque dispunha de tão poucos recursos interiores, porque era inepta e tola. Mas ela bem que poderia ter o bom senso de resistir aos encantos cediços de seu único vizinho! Ele já quase não falava mais com Joe Palladino e este, com um vago sorriso de quem pede desculpas, parecia tão relutante quanto ele em começar uma conversa.

George deu algumas voltas de carro por Peekskill nos dois domingos seguintes, à procura de Ernest. As ruas quase desertas, o sol brilhante daquelas manhãs do início de junho, o rio Hudson a passar alegre por trás da cidade encheramlhe de desespero; ele sentiu que não fazia sentido estar ali.

Sua última aula, relativamente tranqüila, terminou e os alunos se foram. George foi até o armário onde guardava seu material e abriu-o com sua chave. Um odor de livros velhos e de giz espalhou-se pela sala como um fantasma recém-libertado de outros invernos. Levou cerca de uma hora guardando livros, apagadores, uma grande quantidade de cadernetas azuis não utilizadas, enfim, toda a parafernália usada na sala de aula. O silêncio era uma bênção para seus ouvidos. Ao erguer os livros para empilhá-los nas prateleiras, percebeu que estava ficando flácido e decidiu que voltaria a jogar tênis naquele verão. Alguém bateu à porta e quando ele disse:

— Entre! — Walling entrou.

— O grande silêncio finalmente chegou — disse ele.

George concordou balançando a cabeça e deu um suspiro.

— Estou com o corpo mole como o de um gatinho — disse ele.

Walling achou graça.

— Exercício! — disse ele. — Vocês vão viajar para algum lugar este verão?

— É possível. Minha mulher vai ter férias em agosto. Estamos pensando em ir até Vermont. Mas não é certo ainda. — George percebeu um certo interesse de Walling pelo que ele faria. Já estava também surpreso com o fato de o professor de matemática ter ido procurá-lo. Isso o deixava vagamente lisonjeado, da mesma maneira como havia se sentido muito tempo atrás, quando o menino mais rico da sua turma de ensino médio lhe dera atenção. Talvez ele atraísse os solitários.

— Vou para um acampamento para professores de matemática, no Maine, em agosto — disse Walling —, mas não creio que vá me divertir muito. As professoras de matemática são mulheres assustadoras. Comportam-se como generais romanos. Se alguém esquecer a braguilha aberta, elas não se dignam a avisar.

— Por que você não aparece lá em casa um domingo desses? — convidou George. Logo se sentiu tenso. Na verdade, não tivera a intenção de convidar Walling e não estava seguro de que desejava sua visita.

— Grato pela gentileza do convite. Mas não vou. No outono vou fazer uma exposição na Nestor Gallery. Você conhece essa galeria, não? E tenho muito trabalho a fazer. Mas se você vier à cidade... passe para me ver. Tenho uma sala na Tenth Street, onde trabalho. O lugar está em péssimas condições.

— Eu gostaria de ver seus quadros — disse George.

— Bem... se quiser mesmo ir... — disse Walling escrevendo o endereço em um pedacinho de papel. — Podemos tomar um drinque juntos.

Walling já estava de saída quando uma menina bateu à porta. Aparentava ter uns 17 anos. Era esguia, tinha os ombros caídos, e seu velho vestido azul, apertado no peito, deixava adivinhar um par de coxas grossas. O rosto da menina era coberto de acne e seus cabelos escorridos pareciam molhados. Ela dirigiu a Walling um olhar desesperado.

— Bem... o que temos agora? — perguntou ele.

— Posso falar com o senhor um minuto? — pediu ela.

— Está falando comigo.

— A sós?

— Suponho que você esteja aflita por causa da sua nota — disse Walling. — Não perca seu precioso tempo. Eu nunca modifico as notas que dou.

A menina mordeu o lábio inferior, de maneira histriônica.

— O senhor nem sabe meu nome, professor Walling — disse ela.

— Não sei, mas sei do seu aproveitamento em matemática — respondeu ele calmamente.

Ela baixou a cabeça e, de repente, saiu da sala correndo.

Walling deu uma risada.

— Posso ler no seu rosto o que está pensando, Mecklin — disse ele. — Você acha que fui cruel com a pobre menina. Engana-se. Eu faço bem às almas dessa cambada, às almazinhas mirradas que se alojam em algum lugar dentro desses meninos. Sou a justiça sem misericórdia que eles precisam conhecer. E você erra ao desperdiçar seus bons sentimentos com eles. No mundinho deles, aquela menina é poderosa. Ela é a rainha do sexo da turma do último ano. Ainda que você não a ache atraente, os meninos brigam entre si por ela. Você está com cara de quem duvida, Mecklin. Ouça o que eu digo... preste atenção a ela quando as aulas recomeçarem, apesar de até lá certamente ela já ter perdido a majestade. Elas reinam por pouco tempo, mas, enquanto reinam, as bonitinhas não têm a menor chance. Ah... mas daqui a uns dez anos... ela será um lixo de mulher, com cinco filhos, e quando a mãozinha de algum deles se insinuar entre as próprias coxinhas, ela vai jogar o pobrezinho longe com um tabefe.

— Você trata os alunos como se fossem inimigos — disse Walling.

Walling franziu a testa.

— Eles? Claro que são. — Ele entregou a George uma caixa de clipes que ainda estava por guardar, despediu-se tocando rapidamente o indicador na testa e se foi.

A caminho de casa, George caiu em estado de semi-sonolência olhando para o céu pálido pela janela do trem. Até mesmo a paisagem parecia descolorida. Em um breve sonho que teve, viu a rainha do sexo aluna de Walling avançando, de patins, em sua direção. Você não representa nada para mim. Nada, pensou ele. Mas, quando ela chegou mais perto, pôs-se a girar nos patins e seu vestido feio se soltou nos ombros, revelando um tronco de rapaz com mamilos proeminentes cujas aréolas estavam machucadas.

Quando o trem parou com uma sacudida, ele acordou banhado de suor. Os bancos do trem, de um verde muito escuro, pareciam recobertos de musgo. O sol já havia desaparecido.

Ele deveria estar se sentindo feliz; teria todo o tempo para si a partir de então por quase três meses. Mas sentia o peito oprimido e falta de ar. Receou estar tendo algum problema sério de saúde. Ao seguir pela Route 129, deu-se conta de que seu problema era um profundo descontentamento com a própria vida.

Talvez se tratasse apenas do anticlímax do início das férias. Talvez aquilo passasse com alguns dias de descanso. Ele agora poderia, de fato, desfrutar sua casa na zona rural. Entretanto desejou, subitamente, poder ir para longe dali com Walling. George achava a frieza do colega — aliás, sua brutalidade — repugnante. Mas os choques que a personalidade do outro provocava em sua sensibilidade lhe davam uma sensação de preeminência, ou talvez fosse uma energia, que ele sentia faltar em sua vida.

Emma, cheirando a rosbife, o recebeu efusivamente, deixando-o surpreso e um tanto apreensivo. Ela havia preparado um jantar elaborado — o livro de receitas ainda estava aberto na mesa quando ele chegou — e tinha arrumado a mesa como se fossem ter visitas para jantar.

Ela o observou enquanto ele comia, como se seu destino de cozinheira estivesse em jogo. Ele elogiou a comida, mas, na verdade, achou-a detestável. Ela experimentara uma receita nova, com muitos temperos variados que se anulavam, e só o que restava era o sabor do esforço feito. Enquanto tomavam café — um café forte que ela deixou que ele fizesse —, Emma mencionou que Minnie Devlin tinha passado por lá para fazer-lhe uma visita.

— Ela não é má pessoa, sabe? — disse Emma. — As histórias que ela conta são maravilhosas. Ela é mesmo muito divertida. Não sei há quanto tempo eu não ria tanto! Deu uma porção de idéias para fazermos com que a sala de visitas pareça maior. Eu me diverti um bocado com ela.

George a ouvia com atenção e, confiante, Emma se soltou. Ao falar, cada vez mais animada, ela tocava no braço e no rosto dele a todo instante. Começava frases que deixava sem terminar, como que para demonstrar uma espontaneidade infantil. Agia como se eles fossem amantes, como crianças, como velhos amigos. A certa altura sua voz começou a parecer insegura. Ela passou a desviar o olhar para a porta da cozinha como se tivesse convidado alguém que ele não aprovaria. O ambiente ficou tenso. Seu estômago parecia conter um mar de ácidos. Precisava de um antiácido urgentemente. Ela deixou cair uma xícara e uma alça se partiu. Algo obstinado dentro dele aguardava. Ela havia tramado alguma coisa.

Finalmente, com um profundo suspiro, Emma rompeu o silêncio que se impusera.

— Talvez devêssemos procurar um psicanalista.

— Isso me parece resultado da visita hilariante de Minnie.

— A idéia não foi só dela.
— Por quê?
— Ela me perguntou o que tinha acontecido com o menino de quem falamos naquela noite...
— Espere aí! — disse ele erguendo a mão espalmada.
— Minnie disse... Escute aqui, George. Todo mundo é filho de um pai e de uma mãe...
— Minnie é um arsenal de informações, não é?
— Todos nós temos impulsos estranhos que não compreendemos. Você acha que é uma exceção?
— De que diabo está falando?
— Ernest! — gritou ela. — Nunca lhe passou pela cabeça que seu interesse por ele não seja apenas educacional?

George permaneceu sentado, imóvel, mas sentiu uma convulsão interior como se parte dele tentasse se arrancar do resto. Estava mais aterrado do que irado. Era como se estivesse preso à cadeira por cordas. Quem o prendera raspava os restos de comida dos pratos e guardara o que sobrara em papel de alumínio. Falava de maneira áspera mas de um jeito estranho e nervoso, como se quisesse fazê-lo admitir que, afinal, essa era uma predileção humana universal. Veja as vacas! Veja os gregos! Veja o estudo de Mead sobre certas tribos de Fiji...

— Fixação — pontificou ela. — Homoerotismo — disse brincando. Os pratos se acumulavam ruidosamente na cuba da pia. As mãos de Emma cobertas de espuma, gesticulavam, paravam por vezes no ar como se à procura de palavras que Minnie deixara em seu rastro.

Ele continuava imóvel, sem dizer uma única palavra. A certa altura ela comentou que precisariam mandar consertar a torneira de água fria. Estava vazando.

— Diga alguma coisa! — disse ela

— Minnie Devlin — disse ele —, a mulher que caga cultura.

Ela caiu em prantos. Ele se levantou e a deixou na cozinha. Subiu a escada, pegou duas cobertas na cômoda e as atirou na cama do quarto de hóspedes. Não quis lençóis. Pôs uma cadeira ao lado da cama, pegou o despertador e o abajur de sua mesa-de-cabeceira e os colocou na cadeira. Pegou uma caixa de papelão contendo livros ainda não desempacotados e empurrou-a com o pé para o quarto de hóspedes. Depois tomou um banho de chuveiro, escovou os dentes e, só de cueca, deitou-se entre as cobertas. Com uma das mãos, começou a tirar livros da caixa de papelão. O terceiro era uma coletânea de poemas elisabetanos. George começou a lê-la do início. Foi sendo tomado aos poucos por uma crescente sensação de bem-estar. Ouviu os movimentos de Emma no outro quarto. Ela parecia estar esbarrando em tudo. Não estava interessado nela. Ela havia se tornado sórdida com a sordidez de outra mulher. Ele podia compreender o ressentimento dela em relação a Ernest; afinal ela nunca conseguira compreender sua preocupação com ele. Agora, porém, dera um nome àquela relação. Era um nome que o separava dela. Que separasse.

Ele acordou cedo na manhã seguinte e fez uma longa caminhada pelo pomar. Os sentimentos exaltados da noite anterior já haviam passado, mas restava-lhe a sensação de uma nova liberdade. Uma brisa leve balançava os galhos das árvores; o céu estava brilhante e sem nuvens. Dali por diante ele faria exatamente o que quisesse fazer.

Quando voltou, encontrou Emma fazendo café. Tinha uma aparência abjeta. Perguntou se ela queria um ovo quente.

Ele faria um para si. Os cantos da boca da mulher se curvaram para baixo, sofredores. Não, obrigada. Ele não precisava ter trabalho, disse ela.

George disse a si mesmo que a trataria bem. Até que ela tinha razão em dizer que precisavam de um psicanalista. Que se danassem todos eles também. Nenhum dos dois falou do que tinha acontecido. Mas ele arrumou a própria cama, espalhando uma das cobertas sobre ela.

Mais tarde, por volta das seis horas, tomaram um drinque juntos. O anoitecer estava poético; a cozinha parecia irreal com uma xícara aqui e um copo ali tocados por tênues raios de luz. Falaram sobre as férias dela. Ele havia pensado em Vermont, mas quem sabe Emma tivesse outras idéias? Aonde quer que ele desejasse ir, disse ela. Então pensariam sobre isso. De repente ela segurou a mão dele.

— Eu magoei você terrivelmente — disse ela.

Ele olhou com atenção o rosto dela. Seus cabelos pareciam mais escuros que de costume, talvez por causa da pouca luz.

— Muita gente procura psiquiatras — disse ela.

— Sim, claro — respondeu ele. — Por que não?

— Eu não quis dizer que você é veado...

— Isso é muito difícil de tratar. Talvez eu pudesse me ajustar à condição.

— Eu tenho todos os motivos para saber que você não é! Não é? — exclamou ela, tentando sorrir. Outra mentira, mas como desencavar a verdade agora?

— Deixe isso pra lá — disse ele.

— Mas eu sinto que você está com tanta raiva...

— Agora não mais.

Ouviram um ruído na garagem. Parecia de alguma coisa sendo arrastada no chão de cimento.

Ernest abriu a porta com um empurrão. Tinha manchas roxas nos olhos. Seu rosto estava todo ferido e o sangue já secara nos cantos da boca. O dorso de uma das mãos estava dilacerado.

George foi até ele e pôs um braço sobre seus ombros. Ao conduzi-lo pela sala de estar em direção à escada, nem olhou para Emma. Era como se tivesse se esquecido da presença dela ali.

Capítulo Quatro

Uma tempestade com trovoadas trouxe uma semana de mau tempo. Os galhos das árvores próximas batiam de encontro às janelas da casa dos Mecklin; o vento uivava ao passar por entre as árvores do pomar cujas raízes cinzentas ficavam cada vez mais expostas sem as camadas de terra que a chuva em rajadas levava. À exceção dos lugares onde a lama havia se acumulado, o caminho que levava à garagem parecia um risco de giz em um quadro-negro. As verduras da horta de Emma foram massacradas pela chuva. Mesmo depois que a chuva abrandou e o vento diminuiu, os trovões continuaram a ribombar na parte norte do Hudson Valley.

Faltou eletricidade um dia e uma noite inteiros. George, atravessando a sala de estar com uma vela acesa, viu em uma janela da casa dos Palladino uma vela que parecia um reflexo da sua através da chuva. A umidade dos telhados criou um mapa nos tetos do andar de cima. No quarto de hóspedes, onde Ernest passava o tempo na cama, um pote aparava o pingar constante da pior goteira.

Ernest comia tudo que Emma lhe mandava da cozinha, raspando o prato do jeito que os velhos fazem. George percebeu que Emma ficava perturbada com aqueles pratos vazios. Enchia-os mais nas vezes seguintes e ainda assim eles voltavam sem vestígio de comida. Ernest ficou prostrado durante vários dias enquanto suas manchas de pancada iam amarelando e finas cascas de ferida se formavam em suas mãos. Enquanto estava acordado, fumava um cigarro atrás do outro que George lhe dava. Ele não comia enquanto George estivesse no quarto; nada pedia e aceitava tudo que lhe era oferecido. Quando dormia, parecia frágil e debilitado, sem se mover debaixo da coberta. George se perguntava se ele estaria machucado demais para se esticar na cama. Ou dormiria sempre encolhido daquela maneira?

George subia e descia a escada muitas vezes por dia. O rapaz o observava em silêncio enquanto ele recolhia o cinzeiro cheio e os pratos vazios, às vezes parando para ajeitar uma ponta da coberta. George surpreendia-se todas as vezes que entrava no quarto. A presença de Ernest adicionara um elemento de imprevisibilidade à sua vida que tornava interessantes até mesmo os acontecimentos mais triviais de seus dias. O rapaz aceitava o que George lhe levava, mas não agradecia. Esse era um arranjo tácito e claro entre os dois: nada de sorrisos comovidos, nada de palavras agradecidas, nenhuma exibição de emoções. Tinha a simplicidade de um relacionamento de conveniência. George, relutando em introduzir naquele relacionamento um elemento racional, não perguntou a Ernest o que lhe havia acontecido. Dizia a si mesmo que Ernest poderia estar envolvido em um crime, em violência, mas esse pensamento não ia muito longe. Sentia apenas a fatalidade da presença de Ernest.

Um dia em que Emma foi à cidade, porém, Ernest contou o que lhe tinha acontecido e George o ouviu atentamente, como se devesse preparar um álibi para ele.

— Foi o pai dele — disse ele a Emma naquela noite. — Tudo começou por causa do rádio. Ernest o levou para casa... Ele queria o rádio para si. Disse ao pai que tinha furtado o rádio... O velho estava embriagado. Fora despedido de uma obra, onde trabalhava, naquela colônia junto à estrada na margem do rio. Estava bebendo havia dois dias. Deu uma surra no filho, a princípio com as mãos, mas depois foi atrás dele com um martelo.

— Ele deveria ter ido à polícia — disse Emma.

— Ele teve medo. Por causa do rádio.

Ela queria dizer mais alguma coisa. Ele percebeu isso no rosto da mulher, na maneira como ela apertou os lábios como se estivesse cortando uma linha com os dentes. Mas, em vez disso, ela lhe disse que o banco do carro estava molhado. Ela esquecera a janela aberta quando estacionou na estação.

Emma ficou em casa no dia seguinte. George fez alguns serviços na casa e, apesar da falta de talento para consertar coisas, dispôs-se, de maneira organizada, a fazer uma relação do que precisava de conserto. Foi anotando tudo em um pedaço de papel que levava no bolso da camisa.

As batidas de seu martelo ameaçavam explodir o silêncio úmido e morno da casa como uma pedra é capaz de provocar uma avalanche. George tentou imaginar como estaria o céu acima daquelas nuvens escuras, onde haveria sol, e imaginou-se lá em cima, olhando cá embaixo a terra distante. Viu as duas casas, pequenos retângulos feitos pelo homem, como naus sem rumo em um tumulto de árvores e de chuva, pequenos pontos de vidas humanas aprisionadas naquelas figuras geométricas. Sem energia elétrica, o tempo parecia não existir. Ao olhar certa vez para a casa dos Palladino, viu que uma janela se abria. Uma xícara foi atirada pela janela. Ele riu — alguém estava tentando sair de casa.

A certa altura daquela semana da convalescença de Ernest, ocorreu a George que todos os três, ali, se escondiam dentro de si; cada um juntava as próprias forças para algo ainda não revelado.

George surpreendia-se com o fato de sua maneira de agir ter se modificado tanto que provocava um olhar de perplexidade na expressão de Emma. Surpreendia-se com sua nova liberdade, com o fato de poder pensar e agir como bem entendesse, sem temer interpretações. Ter uma vida só sua — até mesmo secreta — era um antigo desejo seu. Havia tantas coisas que ele jamais conseguira compreender nas outras pessoas, não tanto suas motivações ou seus propósitos, mas o mistério da autoridade, da substancialidade — a maneira como elas impediam que os outros *interferissem* em suas vidas. Talvez estivesse prestes a descobrir, mas talvez fosse tudo jogo de cena, um disfarce barato para suas velhas fraquezas, disfarce este adotado ao se sentir terrivelmente injustiçado.

Com certa fanfarronice, passara a se alimentar fora das horas das refeições, sempre que lhe dava vontade. Emma o observava. Será que esperava que ele voltasse a agir como antes? Estaria procurando alguma vulnerabilidade?

Ela se submeteu à presença de Ernest. Dirigia-se a ele de maneira educada, perguntava como ele se sentia, cozinhava para ele sem se queixar. A formalidade caracterizava as horas do dia em que estavam acordados, mas só Deus sabe, pensava ele, o que se passava nos sonhos de cada um.

Já no final da semana Ernest passou a sentar na sala de estar. Quando Emma não tinha algum trabalho doméstico a fazer, permanecia no quarto de dormir. Os três raramente se encontravam no mesmo cômodo. Quando isso acontecia, um deles saía com certa arrogância como fazem os gatos quando se aborrecem.

No sábado de manhã, Joe Palladino bateu à porta dos fundos. Precisavam de alguma coisa de Peekskill? Ele ia até lá fazer algumas compras. Martha estava acamada, com uma forte gripe. George olhou-o com frieza. Era a primeira vez que Joe saía com o carro naquela semana. A não ser que ele tivesse ido a pé até a estação, ele e Lila não teriam se encontrado todo aquele tempo. Perguntou-se como os dois teriam se comunicado. Talvez Joe telefonasse para ela tarde da noite, quando a mulher e as filhas já estivessem dormindo. E Lila, sentada em seu pequeno apartamento malcuidado, vendo a chuva cair na cidade... será que estaria em uma das suas crises habituais, quando se via abandonada e injustiçada?

Sob o olhar perscrutador de George, Joe, nervoso, acendeu um cigarro torto. Tinha as mãos pesadas e os dedos curtos como os de um guaxinim cobertos por uma fina camada de pêlos escuros. Ao olhar para aquelas mãos, George teve um pensamento sombrio, imaginando-as a percorrer a pele macia e ligeiramente úmida da irmã. Estremeceu levemente e Joe pediu desculpas por deixar entrar o ar frio.

— Não precisamos de nada — disse George. Os olhos um pouco estreitos de Joe examinaram o rosto de George. Será que buscava alguma semelhança? Por um breve instante George percebeu o que teria cativado Lila: algo na expressão de Joe que suplicava carinho, uma vontade de agradar aparentemente tão ingênua quanto suspeita.

"Você tem dormido com a minha irmã", disse George para si mesmo, sorrindo diante da idéia de que poderia ter dito aquilo em voz alta. Como que tomando aquele sorriso por um agradecimento e uma despedida, Joe disse algo acerca da chuva que entrava pela porta aberta da garagem e entrou em seu carro.

Passado algum tempo, George estava sentado na sala de estar lendo *Tufão* para Ernest quando uma possante réstia de luz amarela entrou pela janela e iluminou o chão. Os dois olharam para fora. O sol brilhava livremente em um pedaço de céu azul.

Subitamente George se deu conta da solidão em que vivia. A sensação lhe chegou com o tremor de uma dor inesperada, trazendo consigo a consciência das terríveis forças ainda por desencadear. Aquele minúsculo mundo, isolado de tudo mais pela chuva, acabava de romper-se; sua sensação de triunfo deu lugar a um sentimento de tristeza e perda. Sua impressão de que as coisas haviam mudado se devia apenas ao rancor que carregara dentro de si. Era mesmo impossível mudar alguma coisa?

Não que ele tivesse se imaginado capaz de continuar tirano por muito tempo. Na verdade, descobrira-se mais capaz dessa atitude do que supunha, mas o fato era que tinha esperado algo mais. Queria, ao final, sentir-se mais senhor de si, *por pouco* que fosse. Entretanto ali estava, com o peito oprimido, incomodado por aquela sensação familiar de obrigação para com outras pessoas que sempre o dominara como uma doença, como um tique nervoso do qual não conseguia se livrar.

— O cara é bom — disse Ernest subitamente.

George olhou-o sem saber, de imediato, a quem ele se referia.

— Bom? Ah, sim, ele é bom em tempestades — disse ele.

— Talvez eu leia este livro sozinho — disse Ernest.

— Você já deve estar se sentindo melhor.

Ernest não respondeu. A luz do sol já chegava a seus sapatos.

— Talvez lhe faça bem dar uma volta lá fora — disse George. — O tempo está ficando bom. — Um suspiro involuntário escapou-lhe do peito.

— É... — disse Ernest.

George deixou a antologia no sofá e subiu a escada. Abriu todas as janelas. O forte brilho da luz do sol na casa de madeira branca dos Palladino incomodou seus olhos. Ele os fechou e, apoiando-se no parapeito, curvou-se um pouco para fora da janela para sentir na cabeça o ar frio e lavado. Lembrou-se de que precisaria comprar telas para as janelas. Naqueles dias de tempestade, a casa havia incubado uma comunidade de insetos.

— Como está ele hoje?

George se voltou e viu Emma sentada na beira da cama. Usava um short e uma camisa velha dele.

— Ele vai dar uma volta.

— A lama tem mais de um palmo de altura — disse ela. — E não sobrou nada da horta. É lama pura.

— Que pena — disse ele.

— Eu não teria plantado se soubesse que isso iria acontecer.

Era como se ele não a visse fazia muito tempo e ficasse surpreso ao notar que não havia mudado.

— Nunca se pode ter certeza... — disse ele.

— Obrigada por me avisar... Você parece preocupado.

Ele riu.

— Alguém certa vez me disse que os judeus dizem isso como forma de serem agradáveis. Ou será que a palavra é cansado?

Ouviram a porta da cozinha se fechando. Ernest certamente teria saído. Para controlar a crescente agitação que tomou conta dele, George disse a si mesmo que era um bispo caminhando pela catedral — a catedral de Salisbury —, que já era tarde da noite e que ele havia parado para colocar a mão sobre o cenotáfio de um cavaleiro medieval...

— Você está preocupado? — perguntou ela.

— Não consigo me lembrar... Quando a pessoa morre no campo de batalha, eles põem o cachorro junto aos pés ou à cabeça?

— George!

Ele não queria que ela dissesse como ele estava. Não a queria pisando em sua cabeça.

— Temos que convidar os Devlin para jantar conosco — disse ele.

— Os Devlin? — Ela parecia perplexa.

— Já deveríamos ter feito isso antes. Por que não o fizemos?

— Não achei que você gostasse de ter Minnie aqui em casa para jantar — disse ela assustada.

— Você a leva a sério — disse ele. — Eu, não.

— Vamos precisar comprar bebidas.

— Temos dinheiro para isso.

— E os Palladino, vamos convidá-los também?

— Não.

Ela concordou com um movimento da cabeça.

— Creio que não pudessem mesmo vir — disse Emma —, já que ela tem uma gripe permanente.

Ele se surpreendeu com a falta de interesse dela por Lila. Aquilo lhe pareceu desumano.

— Aquela história de Lila... estou muito preocupado.
— Que história?
— Com Joe Palladino.
— Pelo amor de Deus, ela não é mais criança... Deixe que ela toque a vida dela.
— Eu disse que estava preocupado.
— Pois eu duvido que ela esteja — Emma começou a assoviar. A musiquinha aguda parecia demonstrar irritação. George saiu rapidamente do quarto e desceu até a cozinha. Ernest havia saído. A antologia estava na mesa da cozinha, como se ele fosse levá-la consigo e tivesse desistido. George acendeu o fogo sob a cafeteira. Ouviu que Emma se aproximava e logo se postava atrás dele.

— E o rádio? Ele vai trazer de volta?
— Não pedi a ele que trouxesse — disse George.
— E não vai pedir?
— Não sei.
— Eu quero o rádio de volta.
— Uma porcaria de rádio barato... tome aqui! — Ele se voltou para ela e empurrou-lhe na mão um bolo de notas amassadas que tirou do bolso. — Compre outro.
— O que está fazendo comigo? — perguntou ela com os maxilares contraídos.
— Pare com isso! — sussurrou ele.
— Parar com isso? Você está me matando! — gritou ela.
— Ah! O que é que você sabe sobre isso? Ninguém jamais levantou a mão para você.
— E você? O que é que sabe?
— Nada.

— Sempre tive uma vida difícil...
— Você sempre teve a vida de um nabo.
— Por que ele roubou o rádio de você?
— Por que não?

Ele a agarrou pelos ombros e a aproximou dele. Podia sentir a respiração dela em sua orelha. O dinheiro caiu no chão.

— Não se meta! — disse ele.
— Você está cometendo um erro... — murmurou ela.
— Um terrível...
— Cale a boca! Eu já lhe dei dinheiro!

Ao redor dos pés dela, as notas verdes pareciam incrivelmente inúteis.

— O fato é que ele roubou — disse ela baixinho, olhando para o chão.

— O fato! Então me fale dos fatos da sua vida! — Ele soltou os ombros dela. Ela se abaixou para catar o dinheiro. Apesar de ela segurar o punhado de notas de qualquer jeito, ele sabia que ela as estava contando. — Ou será que devemos adotar a maneira como os Devlin vêem os fatos? Qualquer dia desses, agora, vou surgir diante de você usando batom e calcinha de mulher.

— Não sei por que você ainda está falando disso — disse ela, sentindo-se terrivelmente infeliz. — E o que significa uma vida de *nabo*?

Ele sorriu, porque a sentia mais perto de si do que uma hora antes, porque ele não a havia afastado de fato.

— E se ele estiver mentindo para você? — perguntou ela.

— Se estiver, qual é o problema? — perguntou ele. George sentiu pena de Emma porque ela era apenas uma mulher nervosa. Como esperar que compreendesse o que ele viu ali, brilhando levemente, graças à presença daquele menino em sua casa? Ele próprio tinha dificuldade de compreender.

O fato de Ernest não ser um bom menino, na maneira de ver simplória de Emma, a levara a imprensar George contra a parede que, como ele via agora, sempre o havia aprisionado. E se ele conseguisse se transformar? E se tivesse realmente essa terrível dependência da presença de outra pessoa? Algo tinha acontecido.

Ele abraçou Emma e beijou seu rosto.

— Pobrezinha — murmurou e a sentiu enrijecer. — Eu só estava com pena de você — disse ele.

Ela deu um suspiro. O peso dos braços dele a estava oprimindo.

— O cabo da cafeteira está queimando — disse ele, soltando-a. Emma, desanimada, pôs-se a lavar a louça.

— Fui dar uma volta — disse Ernest, aparecendo subitamente à porta. George se perguntou se ele não estivera na garagem ouvindo a conversa.

— Bom — disse George.

— Eu estive pensando... olhe, eu posso fazer alguns serviços na casa — Ernest dirigia-se a Emma — para compensar pelo rádio... O rádio está todo arrebentado. O velho o atirou na parede... ele se arrebentou todo. Aí achei que eu podia fazer alguma coisa para pagar por ele. Como pintar, por exemplo...

Emma, apanhada de surpresa, não soube o que dizer, observou George. Encaminhou-se rapidamente até o fogão, onde havia deixado o dinheiro. Pegou as notas e as entregou a George.

— Pergunte a George — disse ela sem olhar para Ernest. Ela olhava para a mão de George, que enfiou o dinheiro no bolso.

George sorriu para si mesmo. Esperto, esse Ernest.

Os dias foram ficando mais longos. Na quietude ensolarada do pomar, o mato cresceu alto. Cunningham, o proprietário, passou por lá certa tarde com seus dois filhos já de meia-idade. Era um homem bem velho, vestido em um terno azul-escuro com colete. Enquanto ele caminhava pelo pomar, os filhos o seguiam como detetives disfarçados. George estava pendurando uma rede entre duas árvores. O velho parou para falar com ele enquanto os filhos, em silêncio, olhavam-se a certa distância.

Estava tudo bem?, Cunningham quis saber. Estavam gostando da casinha dele?

Mais tarde Emma disse a George que o vira, pela janela, falando com Cunningham. Era ele o velho que a surpreendera no pomar certa vez, logo que se mudaram para lá. Pelo visto, o fato a incomodara todo aquele tempo. George viu umas margaridas um pouco murchas sobre a mesa. Ernest as havia colhido — disse ela —, mas se esquecera de colocá-las em um jarro.

— No único jarro que temos — disse ela, aproveitando para queixar-se.

— Elas me parecem murchas demais.

— Não, não... Só precisam de água. Vou colocar uma aspirina na água. Dizem que aspirinas fazem as plantas reviverem.

Ele achou engraçada a idéia que Ernest tivera de colher um buquê de flores.

— A que horas Minnie virá? — perguntou ele.
— Ela disse que já estava vindo.

Os Devlin não puderam aceitar o convite de Emma para jantar, apesar de ela lhes ter proposto várias alternativas de datas. Os fins de semana eram ruins para eles, explicou Minnie, porque Charlie dispunha de poucas horas para criar. Durante a semana tampouco era possível, porque o trabalho de Charlie era imprevisível e às vezes ele precisava ficar na cidade até tarde. Mas ela havia telefonado naquela manhã para dizer que estavam partindo em uma viagem de alguns dias a Porto Rico. Tinham em casa muita comida perecível que ela não queria jogar fora, por isso gostaria de levá-la para os Mecklin.

— Onde está Ernest? — perguntou George.
— Acho que desceu a ladeira. Largou as flores aqui e saiu.
— Quero que ele esteja aqui quando Minnie chegar — disse George. Emma, que estava enchendo a jarra com água, fechou a torneira.
— Por quê? — perguntou.
— Quero que ela o veja — disse ele.

George saiu pela porta da frente. O chão da pequena varanda à entrada da casa estava com a tinta cinza descascando. Com a mão protegendo os olhos da claridade intensa, ele olhou pela encosta abaixo. Perto de um muro de pedras onde terminava o terreno de Cunningham, ele viu Ernest sentado com as costas apoiadas em uma árvore.

George começou a descer a colina em sua direção. Provavelmente Ernest estava lendo. Apesar de suas tentativas de envolver o jovem em alguma espécie de programa escolar, Ernest se recusava a levá-lo a sério. Tinha "perdido" seus livros, dissera ele, e George passou uma hora no sótão poeirento de uma livraria na cidade à procura de outro livro didático de história. Acabou encontrando, mas Ernest, apesar de ouvir quieto, sentado à mesa da cozinha enquanto George lia ou falava, não demonstrava o menor interesse. Parecia sempre prestes a adormecer.

Ernest porém havia se interessado por Conrad. Desde aquela manhã em que George lera para ele algumas páginas de *Tufão*, Ernest lia Conrad quase que sem parar. George levava para casa todos os livros de Conrad que encontrava em brochuras. Na noite anterior, Ernest começara a ler *Coração das trevas*. Observando-o sem ser visto, George se perguntava o que o interessava daquela maneira. Notou que de vez em quando Ernest lia apenas uma linha antes de passar para a página seguinte. Que partes ele saltava? E o que lia de maneira tão absorta?

Ernest tinha a cabeça apoiada na árvore e os olhos fechados. O livro estava frouxamente seguro em uma das mãos. As marcas de ferimento em seu rosto já estavam desaparecendo, bem como sua palidez. Já se podia perceber um leve colorido em seu rosto. Havia pedacinhos de gravetos e de folhas em seus cabelos, como se ele tivesse rolado na grama.

— Olá — disse Ernest sem abrir os olhos.

— Que tal você pintar a entrada da casa?

— Estou louco para fazer isso — disse Ernest.

— Nós dois podemos ir até Peekskill comprar a tinta.

Ernest franziu a testa, abriu os olhos e num instante se pôs de pé, sem esforço algum.

— Nem pensar — disse ele.

— Você vai ter que ir lá algum dia. Por que não agora?

— Depois...

— Ele não está procurando por você. É isso que o preocupa?

— Ele? Ele nunca me procurou.

— Então vamos.

— Eu não quero ver *ninguém*. Não quero ir.

— Bem... então vamos lá para casa. Vamos dar uma olhada na entrada.

Os dois começaram a subir de volta. Como se lançados de atiradeiras, os grilos zuniam pelo ar à frente deles. Ernest apanhou um em pleno salto.

— Céus! Veja este! — disse ele olhando por entre os dedos. — Tem olho de verdade e é todo peludo. É verde.

Em seguida Ernest soltou o inseto em um galho baixo de macieira.

— Eu tenho pensado numa coisa — disse ele então. — Tenho pensado em ir para a Califórnia.

George parou. Estavam em frente à casa. O zumbido dos insetos parecia o zumbido do próprio calor. Ao redor deles a grama do chão fazia um movimento ondulante de mar soprado pela brisa.

— Por quê?

Ernest deu uma risada.

— Você vai engolir uma mosca com essa boca aberta. Quer saber por quê? Ora, porque eu não posso ficar aqui o resto da vida. Conheço um sujeito que foi para lá pegando carona. Ele arranjou trabalho por lá. Há muitas fábricas na Califórnia. E lá o clima é bom o ano todo. — Ernest arregalou os olhos. — Hollywood, a terra dos astros e estrelas!

— Fica a 5 mil quilômetros daqui. Que dinheiro você tem? Veja seus sapatos. Vão se desintegrar antes que você chegue a Peekskill.

— É só pegar a estrada.

— Não é tão fácil assim.

— Um, dois, três — disse Ernest marchando até o degrau da entrada. — É assim que se vai! — Ele fez meia-volta como um soldado e parou em continência, com o rosto inexpressivo.

— E a escola?

Ernest fez uma careta e sentou-se no degrau.

— Ora, você sabe que isso de escola já acabou para mim. Acabou logo que aprendi a ler e a escrever. É só disso que eu preciso. Posso ler as placas. Califórnia a 4,5 mil quilômetros... Califórnia a 2,5 mil quilômetros... Califórnia a 1,5 quilômetro...

— Você não vai poder progredir na vida! Não sabe fazer coisa alguma. Já pensou nos tipos de trabalho que terá de aceitar? Você não vai ter 17 anos a vida inteira.

— Ontem eu fiz 18.

— Você vai acabar se transformando em um vagabundo! — exclamou George.

— É assim que estou começando.

George não queria fazer essa pergunta, mas acabou não se contendo.

— Há quanto tempo está pensando em fazer isso? Desde que chegou aqui?

Ernest fez um tubo com os dedos curvados e espiou para dentro dele, balançando o polegar.

— Então você já planejava mesmo isso esse tempo todo?

Um cacho de cabelos escuros caiu na testa de Ernest.

— Faça assim com seus dedos — disse ele. — Olhe lá para dentro. É a sua vida que está aí. A minha está aqui. Você não vê minha vida dentro da sua mão, não é?

— Eu não quero a sua vida. Eu só quis ajudar.

— Tudo bem. Você ajudou. Você *me pediu* que viesse e eu vim. Agora estamos quites. — Ele abriu a mão e olhou bem para George. Seus olhos passearam pelo rosto de George, num olhar impessoal, cheio de descrença, como se a criatura diante dele fosse verde e peluda como o grilo. — Sr. Mecklin — disse ele tranqüilamente —, o senhor precisa ter um filho. Sua mulher, lá dentro, precisa de umas sacudidelas. O senhor me entende, não? — Ernest riu em silêncio, fazendo cara de idiota.

— Você é um sujeitinho bem ordinário, sabia?

— Talvez...

A porta da frente se abriu. Emma e Minnie saíram ao mesmo tempo, um par de pés magros calçando tênis e um par de pés gordos, com tornozelos grossos, enfiados cm uma sandália cor-de-rosa de saltos altos.

— Minnie chegou — disse Emma desnecessariamente.

— Trouxe um verdadeiro banquete para vocês! — anunciou Minnie.

Usava um vestido de linho cor-de-rosa sobre o qual minúsculos vidrilhos haviam sido bordados, e, sob o sol, estava cintilante.

Entraram na cozinha como carneiros obedientes conduzidos por Minnie para ver a variedade de comidas espalhada sobre a mesa. Uma cesta de palha vazia estava junto à mesa.

— Ela mesma carregou tudo isso — disse Emma sem graça.

— São minhas origens camponesas! — explicou Minnie orgulhosa. — Nada como uma camponesa para carregar peso!

George fez um rápido inventário da carga. Metade de um abacate, um pedaço de patê, meio litro de leite, uma porção de manteiga, uma latinha aberta de filé de arenque, vários pedaços de queijo se desintegrando, a parte final de um presunto assado coberto de cerejas, chutney, um delicado potinho de porcelana contendo mostarda francesa e um pote de vidro cheio até a quarta parte com um líquido verde cheio de coisinhas em suspensão, como se algo fosse retirado do fundo de um lago.

— Isto aí é sopa caseira — disse Minnie apontando para o pote. — Charlie gosta de comer bem, mas, imaginem só, é Trevor quem não dispensa o patê. Não sei de quem ele herdou esses gostos exóticos. Charlie e eu somos bem simples em nossos gostos. Quando chegarmos a Porto Rico, Charlie vai descobrir restaurantes verdadeiramente autênticos, onde se come o que o povo come. É disso que nós gostamos!

Enquanto falava, Minnie olhava rapidamente para Emma e para George, sem parar. Tentava, pensou George, avaliar o efeito de suas palavras para que depois pudesse tirar as próprias conclusões. Ernest, encostado à parede, em postura desleixada, de repente riu baixinho. Minnie se voltou com uma rapidez sinistra e aproximou-se dele muito séria. Ernest encarou-a fixamente.

— Você deve ser Ernest, com certeza. Pois é. Já ouvi falar de você.

Ernest não respondeu. Para George, era como se seu exército pessoal tivesse calado as baionetas.

— Ernest...? — perguntou Minnie olhando para o teto. — Ernest... de quê?

— Ernest Kurtz — respondeu o rapaz sorrindo para George.

— Kurtz? Alemão?

— Belga — disse George rapidamente. Prendia o riso. Tinha vontade de pegar Ernest pelo braço e sair com ele da cozinha, de deixar para trás as duas mulheres, Emma com sua gratidão canina pelos restos de comida de Minnie, esta uma rainha camponesa, com seu vestido bordado de vidrilhos.

— Pelo que sei, o Sr. Mecklin está ajudando você nos seus estudos.

— É isso aí... — disse Ernest.

— Bem... você é um rapaz sortudo, não?

— É isso aí. Sou sortudo — respondeu Ernest.

— Você disse que essa seria uma viagem de negócios, não é, Minnie? — perguntou Emma nervosa, cortando aquela conversa tensa. — É alguma coisa relativa ao programa de rádio de Charlie?

Minnie recuou alguns passos, mas sem perder Ernest de vista.

— É. Bem, há muitas coisas interessantes acontecendo em Porto Rico. Charlie vai fazer contato com alguns educadores, artistas... ele se interessa muito pelo processo criativo, como você sabe. Depois vai trazer umas pessoas para cá, onde serão entrevistadas. Será uma pequena série dentro de uma grande série... sabe como é... o renascimento portoriquenho.

Minnie segurou firmemente a alça da bolsa com as duas mãos.

— Ah! — exclamou. — Vocês deveriam ter visto a resposta que tivemos para aquela série sobre delinqüência! Milhares de cartas! Vocês não têm aparelho de televisão, não é? Charlie foi convidado a participar de uma mesa-redonda na semana que vem. É uma pena... mas vocês podem ouvir pelo rádio. Ele fez a série com muita sensibilidade. Charlie sabe como tratar desses assuntos que envolvem gente carente. — Ele olhou de maneira ostensiva para Ernest. Ele acendeu um cigarro sem desviar os olhos dos dela.

Quando ela fica em silêncio, o silêncio é absoluto, pensou George, subitamente interessado naquela criatura. Ela vomita sua fala e depois se recolhe como um animal habitante da lama. Será que se tornou uma pessoa assim por opção? Naquele instante ele teve a certeza absoluta de que Minnie detestava todo mundo, inclusive Charlie.

— Bem, façam bom proveito dessas guloseimas — disse ela. — Preciso *mesmo* voltar para casa. Vamos viajar de manhã e ainda tenho um milhão de coisas a fazer. Sabem se Martha está em casa agora? Vou dar uma passada rápida por lá para ver como está a coitadinha. Por falar em decadência... — Minnie deu uma risadinha. — Bem, na verdade não estávamos falando. Foi um lapso meu... Mas vocês certamente estão a par de tudo. — Ela olhou para George de maneira enigmática. Pelo menos foi essa a sua intenção, pensou ele. — Ele é cativante, não é? — perguntou ela. — Joe. Absolutamente irresistível para as mulheres!

Depois que ela saiu, Emma correu para a janela da sala de estar.

— Ela está parando em frente à casa deles — disse ela. — Está saindo do carro. Está se encaminhando para a porta dos fundos. Chutou um brinquedo que estava no caminho. Entrou. Céus! Já está saindo de volta! Está ajeitando os cabelos. Está entrando no carro com dificuldade. Ser gorda não é fácil! Está indo embora!

George viu o carro azul-bebê sumir na curva da estrada. Emma ria maliciosamente.

— Aposto que foi posta para fora de lá! — Ela encolheu os ombros como quem diz "bem-feito". George nunca a vira fazendo isso. Talvez só agora tenha notado, pensou ele. Mas por que o gesto da mulher o irritava?

— Era isso que você deveria ter feito com ela outro dia — disse ele com tanto rancor que sua voz saiu rouca. Ele se engasgou e tossiu, porém nada mais disse e deu as costas para a mulher.

— São os prazeres da vida — disse Ernest.

— Vamos tomar um café e comer o patê de Trevor — disse George.

O apetite de Ernest já não era o mesmo nos últimos dias, e ele comia uma coisa ou outra, sem interesse. Ficava olhando para fora da janela, com os ombros curvados e as mãos juntas por baixo da mesa. O patê tinha um sabor levemente deteriorado, como resto de comida de festa. Emma deu alguns suspiros enquanto comia o miolo de algumas fatias de pão, empilhando as cascas sobre a mesa.

Ele estava de partida, pensou George. Desapareceria pelo país afora. Seria uma grande tolice. Que tipo de trabalho poderia conseguir? A Califórnia não era um bom lugar para quem não tinha uma profissão definida.

A comida lhe fez mal e o mal-estar confundiu-se com a aguda sensação de perda. O que faziam os três ali? Quando seria a partida de Ernest? Isso ele não podia perguntar. Não podia impedir que ele fosse embora. Não podia fazer coisa alguma.

— Antes eu vou pintar a entrada — disse Ernest, como se tivesse ouvido os pensamentos de George. Foi engraçado que ele tivesse escolhido Kurtz dentre todos os personagens de Conrad que poderia ter escolhido. A escolha foi bem adequada como resposta a Minnie. A falsa Sra. Schweitzer é apresentada ao Sr. Kurtz...

George saiu para comprar a tinta em Peekskill. Enquanto ele estava fora, Lila telefonou. Emma disse que ela parecia aflita. Ernest foi logo abrindo as tintas para espiar, com um interesse infantil pelo líquido espesso.

— Ela pediu para você telefonar logo que chegasse.

— Lila pode esperar — disse George irritado. — Ernest, deixe essas tintas aí! Está tarde demais para começar hoje.

— Em uma hora eu pinto aquela entrada.

— Não se for para fazer um trabalho decente.

— Eu vou fazer direito. Não é a primeira vez que eu pinto.

George pegou a tampa e a colocou de volta na lata.

— Hoje não! — disse ele. Ernest encolheu os ombros e o seguiu até a entrada da casa, onde George se pôs a bater com os pés no chão para verificar as tábuas frouxas. — Seja como for, será preciso lavar e raspar isso tudo antes — disse ele.

O pórtico necessitava visivelmente de reparos. Ervas daninhas já começavam a subir pelos degraus. Toda a casa necessitava de pintura; o telhado tinha goteiras; uma fileira de ladrilhos havia se soltado da parede do banheiro. Como se não bastante, o carro estava fazendo um ruído que podia significar uma pane a qualquer momento. Já com um pé no primeiro degrau, George ficou olhando para a casa. No campo, o zumbido dos insetos parecia um som de metal sendo polido dentro de um tubo. Sua sensação de impotência foi ficando cada vez maior. Ele deveria ter se queixado da casa a Cunningham em vez de ficar sorrindo e concordando com as tolices que o velho dizia. George percebeu que Emma o observava da janela. Ainda por cima estava sendo vigiado!

Ele gritou qualquer coisa e ela desapareceu. No lugar onde ela estivera, ele podia ver a poltrona e a escada. Aquela casa era pequena demais para se ter alguma privacidade. E nada tinha mais aparência de desordem do que uma casa pequena cheia de móveis decadentes. Que diabo tinha acontecido com o dinheiro deles?

— Como é seu nome todo, Ernest? Quero saber. Se não me disser por bem, vai ser por mal mesmo! — Ernest continuou curvado para a frente, como se não o tivesse ouvido. — Seu sobrenome... qual é?

— Jenkins.

George se pôs a rir. Deixou-se cair no degrau, curvou-se sobre si mesmo e riu com as mãos no rosto.

— Céus... — murmurou ele. — Que outro nome eu poderia esperar? Ergueu então a cabeça para o rapaz, que estava de pé à sua frente. Ernest pareceu-lhe triste e magoado. — Seu nome todo é esse?

— Ora, me deixa em paz... — disse Ernest e entrou na casa.

Tinha sido melhor quando Ernest era apenas Ernest. George se levantou e deu alguns passos incertos pela grama. O problema era que a gente só se dá conta das coisas quando envelhece. Não que quando jovem ignorasse a iminência de infortúnios. Mas jamais lhe ocorrera passar pela indignidade de viver à beira da miséria. Não deveria ter vendido os móveis da casa de Yonkers. Na época lhe pareceram tão pesados, feios e inúteis! Ele e Lila precisavam de todo o dinheiro que conseguissem arrecadar.

Ele havia vendido a casa a uma imobiliária de Yonkers. Com o dinheiro, pagara as despesas do asilo onde sua mãe, já cega, tinha passado os últimos meses de vida. Comprou também um jazigo no cemitério perto de White Plains no qual o caixão de sua mãe foi baixado. Mortos precisam ser enterrados!

Depois disso, George passara um ano na Europa. Lila e seu marido com cara de peixe mudaram-se para um apartamento em Greenwich Village. Seu dinheiro havia durado até o dia em que recebeu o grau de mestre na Universidade de Columbia. Foi difícil esticar o dinheiro. Sentia-se como alguém forçado a arrastar-se dentro de um túnel com a metade de sua largura. Mas tinha conseguido. Ele era um homem magro naquela época. Lila certamente só começara a se preocupar quando o último centavo foi gasto.

A casa ainda se mantinha de pé, apesar de um pequeno conjunto habitacional ter sido construído à sua volta. George a tinha visto no início da primavera, quando, cansado de fazer sempre o mesmo percurso, decidiu passar pela Warburton Avenue a caminho de casa. A porta da frente pendia de uma única dobradiça. A maior parte da varanda estava fechada com tijolos. Não parou para olhar através das janelas quebradas.

Deveria telefonar para Lila, pensou, embora não estivesse disposto a ouvi-la queixar-se dos problemas que ela mesma criara para si. A irmã atendeu de pronto, como se estivesse sentada junto ao telefone. Ele poderia ir a Nova York? Imediatamente?

— Agora não posso — disse ele. — Qual é o problema?

— Não tenho como explicar por telefone. Eu não pediria que você viesse se não fosse urgente — insistiu ela. Será que alguma coisa que lhe dissesse respeito não era urgente?, pensou ele.

— Por que você e Claude não vêm para cá? — convidou ele, perguntando a si mesmo se suportaria todas aquelas pessoas dentro de casa. E se chovesse?

— Isso está fora de cogitação! Deus do Céu! Como é que você acha que eu me sentiria com *ela* na casa ao lado?

— Suponho que o problema seja relativo a isso, não é?

Ela não respondeu de imediato, mas sua respiração ofegante entrou-lhe pelo ouvido como uma minhoca.

— Isso! — repetiu ela com amargor. — Que outro nome você pode dar a meu problema?

— Amanhã eu vou.

— A que horas?

— Não sei. Por volta do meio-dia, provavelmente.

— George... obrigada. Você é um bom irmão. Sei que não é fácil para você.

— Você ainda está naquele emprego?

Ela deu uma risada.

— É claro! Eu não chamaria você dessa maneira se o problema fosse esse.

Ele deu um sorriso triste. Claro que não, pensou. O que é um emprego comparado a um grande amor?

George quase não se dirigiu a Ernest o resto do dia. Depois de um jantar silencioso, ele insistiu bruscamente em que Emma o acompanhasse ao cinema. Assistiram a metade de uma comédia musical cujas cores alegres mal escondiam a decrepitude avançada dos atores. Um beijo extraordinariamente alto ecoou numa das fileiras superiores. George voltou-se indignado e ouviu risadas altas de mulher bem atrás dele.

— Vamos embora — disse ele.

— Talvez melhore.

— Nunca mais será tão bom.

Passaram por cima de joelhos e de pés, chegaram ao corredor e logo se encontraram na rua silenciosa. Era cedo para voltarem para casa. A idéia de voltar deixou-o deprimido. Ele ficou parado, indeciso, sob a marquise do cinema, enquanto Emma esperava, olhando para os próprios sapatos.

— Vamos dar uma volta de carro — disse ele. Ela concordou em silêncio, sem levantar os olhos do chão.

Tomaram o rumo do norte ao deixarem Peekskill. À sua esquerda o rio escuro brilhava onde era tocado pela luz da lua. Quando chegaram à ponte de Bear Mountain, George deixou a estrada e entrou por uma área de estacionamento cercada por enormes blocos de granito. A ponte, de aparência frágil apesar do tamanho, estava iluminada por lâmpadas cor de âmbar. O vale se estreitava de tal forma naquele ponto que as colinas de ambos os lados pareciam ter sido partidas com um único golpe.

— Parece uma ponte para trenzinhos de brinquedo, não? — disse Emma. — É como se fosse um brinquedo de armar.

— Parece...

— Você teve trenzinhos de brinquedo quando era criança?

— Não.

— Nunca teve vontade de ter?

— Nunca pensei nisso — disse ele, apesar de não ter certeza.

— Eu sempre pensava nas coisas que não podia ter. Quando minha tia me mandava um cheque de presente de Natal, minha mãe só comprava roupas. Não era justo.

— Em que você teria gastado o dinheiro?

— Ah, Deus!... A lista era tão longa...

— Você ainda tem uma lista?

— Nunca deixei de ter. Estou sempre acrescentando coisas. Já está tão longa agora, que nem sei mais como começa. Como eram seus Natais?

— Pobres.

— Era a única vez no ano em que íamos à igreja.

Ele riu.

— Quando Lila tinha 12 anos, passou subitamente a se interessar por Deus. Freqüentou durante um ano uma igreja protestante. Isso deixava minha mamãe furiosa, porque suspeitava que Lila rezasse contra ela. Não que mamãe acreditasse em forças superiores. Foi estranho o que se passou com ela. Mamãe era feminista, sabe? Mas foi ficando com a mente tão estreita ao envelhecer... Talvez tenha sido por causa da morte de meu pai. Ela sempre dizia que a doença era uma fraqueza moral... até ela mesma adoecer.

— Ela não gostava de Lila?

George hesitou, tentando lembrar-se, tentando exumar a memória sepultada de sua infância.

— Não, não era isso. Não creio que tivesse a ver com gostar ou não dela. Ela se interessava mais por Lila do que por mim. "Vá ver o que ela está fazendo", mandava ela. Eu corria escada acima e Lila não estava no quarto dela. Então eu ia até o sótão. Lá estava Lila sentada em uma pilha de *National Geographic*, com o olhar perdido no espaço. Quando ela se dava ao trabalho de notar minha presença, sorria e perguntava: "Mamãe mandou você aqui?", e eu dizia: "Mandou." Lila então se punha a rir.

— Mas você teve momentos felizes, não é?

— Ah... sim. Aquele ano na Europa compensou muita coisa.

— E você não se importou em servir o exército?

— Eu não gostei do Texas.

— Você teve aquela namorada lá. Como era o nome dela? Era um nome diferente.

— Dina.

— Pelo que me contou, você se divertiu um bocado com ela, não? — Ele ligou o motor do carro. — Isto é — disse Emma —, fazendo amor no bosque...

— Não havia bosques onde eu estava. Era um lugar tão sem romantismo quanto uma bancada de açougueiro.

— No mato alto, então.

Ele se voltou para trás a fim de dar marcha a ré e retornar à estrada. Emma estava curvada para a frente, com as mãos juntas no colo.

— Isso foi muito tempo atrás — disse ele.

— Mas você gostou dela de verdade, não é? Apesar de ela ser gorda. Você disse que ela era meio gorda e usava meias soquetes.

— Foi a descoberta... a primeira excitação. Foi só isso — respondeu ele impaciente.

— Pare de gritar comigo!

— Eu não estava gritando. — Ele fixou os olhos na estrada que os levava de volta à casa. — Você nunca passou por isso? — perguntou ele. — Você nunca...

— Nunca — interrompeu ela. — Não, nunca.

— Na faculdade...

— Nem na faculdade nem em lugar nenhum.

— Emma...

Passado algum tempo, ele disse:

— Foi bom termos saído. Tive vontade de seguir estrada afora. Não sei para onde. Para longe.

— E deixar Ernest para trás? — perguntou ela.

— Você terá motivo para tristeza dentro em breve — disse ele.

— Perguntei de brincadeira... — murmurou ela.

Dina, tantas vezes invocada ao longo dos anos a ponto de se tornar o principal fantasma entre eles, caminhava humildemente por perto de um prédio abandonado onde funcionava uma indústria de empacotamento de frutas, a poucos quilômetros de Houston. Foi lá que se conheceram. Lembrava-se dela nesse dia com nitidez: usava meias até os tornozelos e sandálias rústicas e um vestido de algodão sem feitio definido, estampado com papoulas já desbotadas. Era gorda, mas não de maneira repelente, como Emma queria que fosse. Tinha o odor de tecido de algodão recém-lavado, de sabonete, um leve toque de vinagre e um forte perfume de uma certa marca de talco. Talco Mavis, ele descobrira depois. Às vezes ela levava coisas para eles comerem: rabanetes, ovos cozidos, bolachas salgadas coladas duas a duas com pasta de amendoim. Nos fins de tarde, pássaros chegavam para beber água em uma pequena represa a pouca distância de onde havia dois choupos frondosos.

Excitação. Ela se entregava com inocência, mas ele, não; ele tinha vergonha de levá-la onde pudessem ser vistos juntos pelos soldados de seu alojamento. Escondia aquela sua namoradinha caipira. Na paisagem desolada onde apenas as duas árvores e o mato alto lhes dava abrigo, eles se abraçavam, desajeitados, deitados na terra incômoda, os rostos apertados de encontro ao ombro um do outro, como dois nadadores tentando desesperadamente alcançar praias opostas. Como Emma imaginava que tinha sido?

Ele poderia ter contado a Emma como agia depois, como inventava histórias sobre o que tinha feito, mentiras imbecis às quais ninguém prestava mesmo atenção.

Ele poderia ter tranqüilizado Emma, à custa do seu orgulho, se lhe tivesse contado essas coisas. Mas o fato era que, inadvertidamente, ele passara a gostar da namorada caipira. Ao se lembrar da vergonha que sentira dela, voltava a envergonhar-se de sua covardia. Quando Emma lhe perguntou, um pouco depois, sobre o telefonema aflito de Lila, ele deu uma resposta áspera que, na verdade, dirigia a si mesmo.

George pegou, logo cedo, um trem para Nova York. Acordara com um desejo urgente de sair de casa. Na Grand Central Station tomou um ônibus para o West Side e foi até o fim da linha, onde ficava o terminal dos ônibus interestaduais. Uma passagem só de ida para Los Angeles custava 84 dólares. Tinha validade para sessenta dias, disse o atendente, e George sentiu o coração apertar com uma súbita culpa, ainda que vaga. As mãos andróginas do atendente se moveram em direção aos bilhetes; George sacudiu a cabeça.

— Não é para agora...

Como esconder de Emma a retirada de uma quantia tão elevada de sua conta bancária? Ela sempre parecia saber aproximadamente quanto ele tinha. Foi pensando nisso que ele subiu a Eighth Avenue, sentindo o suor escorrer sob o paletó naquele calor abafado, típico do centro a cidade. Era cedo demais para chegar à casa de Lila. Columbus Circle ficava a poucos quarteirões dali. Ele subitamente resolveu ir até o jardim zoológico do Central Park. Não ia lá havia muitos anos, e a idéia de tomar algo gelado na cafeteria do zoológico pareceu-lhe boa.

Fez o percurso a pé, abatido com a recente notícia da partida de Ernest para sempre. Essa certeza era como um pano de fundo negro no qual seus pensamentos se projetavam como confusos pontos de luz.

Em uma mesa de ferro protegida por uma barraca listrada, ele tomou um copo de suco de laranja e ficou apreciando as arcadas semidesertas do jardim zoológico. Perto dele, um velho lia um jornal em voz alta para si mesmo, em tom monocórdio.

Nas jaulas dos leões, os felinos dormiam em pranchas. Suas barrigas malhadas subiam e desciam ao ritmo da respiração tranqüila. Apenas um jaguar caminhava de uma extremidade a outra da jaula, com os olhos vidrados e sem foco. Miados roucos saíam de sua garganta amarela. As focas traçavam, com seus corpos, círculos na água e no ar, observadas por um macho que descansava ao sol em um trampolim de cimento, emitindo soluços.

A área dos macacos estava quase vazia. Pareceu-lhe pequena e triste, cinzenta como as salas de espera de repartições públicas onde imigrantes aguardam sentados com cartões numerados pendurados em seus pescoços. À exceção de um chimpanzé, que dava voltas ao redor de seus braços cabeludos mantendo os punhos no chão de pedra, os macacos pareciam angustiados e letárgicos. Não tinham o que fazer. George ficou impressionado com o tédio deles, mais humanos do que seus traços fisionômicos. Um grupo de criancinhas falando espanhol ria de um babuíno que, tendo defecado, examinava suas fezes como quem examina uma jóia. Melhor do que não fazer coisa alguma, pensou George.

Comprou um saquinho de amendoins numa maquininha e deu-os, um por um, a um bando de pombos tristes e agradecidos. Depois jogou o saco em uma lixeira, ciente de que já havia demorado mais do que pretendera lá, e se ficasse mais tempo entre os animais acabaria por não ir à casa de Lila naquele dia.

Quando chegou ao apartamento dela, encontrou a porta destrancada. Na sala sombria, Lila estava sentada em uma cadeira, com as mãos cruzadas sobre um livro no colo. Tinha uma expressão solene e de abandono no rosto.

Ocorreu-lhe a possibilidade de ela estar grávida e, apavorado, ele olhou para a barriga da irmã, escondida nas dobras de um roupão azul. Os cabelos despenteados, a aparência geral de desalinho e os pés descalços surgindo por baixo do roupão pareceram a ele sinais típicos de desespero.

— Onde está Claude? — perguntou ele, nervoso.

— Uma amiga o levou à praia — disse ela. — Harriet Krebs... uma amizade dos velhos tempos... você não a conhece.

Sim, era claro que ela tinha amigas. Uma sociedade de senhoras chorosas, certamente. Um bando de mulheres que envelheciam juntas.

— Você leu este livro recentemente? — perguntou ela, mostrando-lhe um exemplar de O *vermelho e o negro*. — Eu o estou relendo. — Segurando o livro com ambas as mãos, Lila ficou olhando para ele, pensativa. — Ele entendia as mulheres — disse ela e, suspirando, deixou cair o livro no colo. George sentiu que sua antiga impaciência voltava. Por que ela não ia logo ao ponto? Por que tinha que ser sempre complicada?

— Ouça bem, George... — começou ela. — O que aconteceu foi o seguinte: Joe e eu estávamos em um bar perto da livraria, comendo sanduíches e bebendo alguma coisa. Quem você imagina que entrou?

— Stendhal?

— Minnie Devlin com um bando de amigas. É claro que ela nos viu imediatamente. Veio direto à nossa mesa, abraçou e beijou Joe. Quis saber por onde ele andava, como estava Martha, e as crianças, como estavam, se ele estava trabalhando, disse que Charlie e ela estavam *morrendo de vontade* de vê-los, e...

— É isso que a está preocupando? Porque se for isso...

— Espere! — interrompeu ela. — Ela nem se dirigiu a mim! Você pode imaginar uma coisa dessas? Ela apenas me lançou um olhar que pareceu me fuzilar... pois é... foi assim que ela olhou para mim.

— Minnie jamais teria um fuzil. Isso poderia suscitar alguma idéia em Trevor — disse ele. George ainda estava de pé diante de Lila. Ela nem se lembrara de pedir que o irmão se sentasse. Certamente só pensava em representar o próprio drama. Em que papel se via ela? O da pobre menina abandonada ou o da grande dama sofredora? George sentou na ponta de um sofá-cama mas logo em seguida, dando-se conta da escuridão em que estavam imersos, se levantou e foi até a janela para abrir a cortina.

— Não! — exclamou Lila. — Ainda não!

— Parece noite aqui.

— Por favor!

Ele fechou novamente a cortina.

— Por que você se importa com Minnie? — perguntou ele. — Ela é uma analfabeta que só faz se meter na vida dos outros.

— O que tem o analfabetismo dela a ver com isso?

— O que quero dizer é que ela não *sabe* nada. Por que se importar com o que ela pensa ou deixa de pensar?

— Não é o que ela pensa que me preocupa.

— Isso aqui não parece noite, parece um ambiente escuro de bar...

— Ah, George... preste atenção... ela telefonou para Martha naquela manhã e contou a ela que nos tinha visto juntos. Quando Joe chegou em casa naquela noite, encontrou Martha caída no chão da cozinha, com a cabeça em uma travessa. Estava tão bêbada que não conseguiu ficar de pé. E aquelas pobres crianças!

Foi por esse motivo, pensou George, que Minnie tinha ido ver Martha na véspera; para consolidar sua vitória.

— Não há nada demais em você tomar um drinque com um homem — disse George.

— Só estou pensando em Joe — disse ela. Mas ele sabia que não era verdade.

Quando ainda eram crianças, certa vez Lila o trancou no quarto dela. Ao ver a chave, longa e plana, na mão da irmã, ele tentou tomá-la, mas na verdade ele não queria sair de lá. Ficou ouvindo, interessado, as coisas que ela dizia em agitado sussurro. Lila lhe contou das tramas que havia contra ela, das meninas que zombavam de suas roupas, que bisbilhotavam tudo que ela fazia, até no banheiro, porque tinham inveja dela. Inveja de quê?, perguntara ele. A resposta fora um sorriso enigmático e um vago gesto das mãos. Ah... certas coisas. Em seguida, com seu hálito morno no rosto dele, ela lhe dissera que não podia suportar mais aquilo. Não podia mais suportar todo mundo espionando sua vida, se ocupando dela!

Quando ficou mais velho e mais distanciado, ele observou que Lila, ao mesmo tempo que dizia não gostar de ser o centro de atenções, provocava tais atenções. Quando jovem, ela se vestia de maneira extravagante e sempre tivera, como ainda tinha, aquele sorriso enigmático no rosto, um sorriso de quem sabe alguma coisa que os outros ignoram. Para quem sorria ela? E de quê?

Havia uma menina por quem ele fora apaixonado nos últimos três anos da escola. Era uma loura forte mas atraente, com dentes muito brancos e um jeito nobre e agradável de ser que sugeriam a George a imagem de cavalos. Ele era tímido demais para convidá-la para sair com ele. Mas certa vez, no ano em que Lila se formou no ensino médio, a tal menina perguntou a ele se Lila era sua irmã. Quando ele disse que sim, ela sacudiu a cabeça loura em sinal de desaprovação e disse, como quem tem pena dele: "Muito estranha." Ele não levou adiante a conversa. Ela não precisava dizer o que mais achava de Lila. Ele já sabia.

Ao lembrar-se dessas coisas agora, da chave comprida, da porta trancada, ele olhou para Lila, impaciente.

— Você sempre se importou muito com o que as pessoas pensam a seu respeito — disse ele.

Ela olhou para ele, pensativa.

— Sabe de uma coisa, George? Você não tem expressão alguma no rosto. Mamãe costumava dizer que você era como uma abóbora de Halloween, à espera de que alguém lhe fizesse uma cara. Ah... Você às vezes até franze a testa ou ri um pouco, mas quando está com raiva, nada no seu rosto sai do lugar. Seu rosto não transmite informação alguma. Afinal, em que está pensando?

— Eu estava me perguntando se você me pediu que viesse à cidade só para me dizer que Minnie a tinha visto — disse ele calmamente. Dentro dele, porém, uma voz exclamava "Elas me traíam!" As duas, mamãe e Lila, em algum lugar daquela casa malcuidada, a porta fechada, falando dele. De repente ele riu.

— Estou vendo algo no seu rosto — disse ela, enigmática.

George se levantou. Sentia-se sufocado. O ar abafado daquela sala cheirava a estagnação, a chá velho, a poeira, a escova de cabelo suja, a mulher, pensou ele.

— Aonde você vai?

— Um belo motivo para me fazer vir até aqui! — disse ele.
— Espere! Por favor... eu ainda não disse tudo. É claro que não. Olhe, eu estou em apuros. Terríveis. A coisa não está nada boa.

— Que "coisa"? — perguntou ele, irônico.

— Joe e eu. É uma "coisa" mesmo. — Lila parecia não mais poder se conter; enterrou o rosto nas mãos e pôs-se a balançar o tronco para a frente e para trás. — Ele pode viver sem mim! — murmurou ela. — Pode viver sem coisa alguma a não ser aquele casamento insano! — Ela ergueu os olhos para George. Como parecia acabada! — Eu fui usada — disse ela —, e não amada. Agora nada mais me interessa. E essa é a primeira vez que me sinto...

— Ah, Cristo! A primeira vez! É isso o que todo mundo diz. Não existe uma primeira vez.

— Você não entende dessas coisas — gemeu ela.

Lila se levantou, e ele, para irritá-la, sentou.

— Quem quiser que fique com ele! — exclamou ela. — Aquilo é um poço de vaidade! Pelo amor de Deus, ele nem é bom de cama! É um trambolho... um trambolho! Sabe qual é a idéia que ele tem de intimidade? É mijar com a porta do banheiro aberta! Eu devo estar maluca! Como é que eu fui gostar de um homem assim? Aí está uma coisa que você pode me perguntar... — disse ela. — Não faz o menor sentido. E sabe o que mais? Ele sente repulsa por mim! Não tem a mínima atração por mim. Mas... sabe como é... ele é vaidoso demais. Não consegue acabar com o relacionamento de uma vez por todas. O que me diz disso, irmãozinho? É nojento, não? E agora? O que é que eu vou fazer? Dedicar o resto da minha vida a Claude? — Ela se curvou para George como se fosse revelar um segredo: — Ouça bem, George, Claude é louco!

George não pôde conter uma risada. Lila ergueu a mão como se fosse lhe dar um tapa. Mas sua cara de raiva se transformou. Os lábios se abriram e subitamente ela se pôs a rir também. Com os braços ao redor das costelas, curvava-se de tanto rir. George jogou o corpo para trás, sem parar de rir, e apoiou as costas na parede. Nenhum dos dois conseguia controlar o riso convulso.

— Agora basta... — disse ele respirando fundo. Ela deu um grito e caiu sentada na cadeira. Parecia uma boneca de pano ali jogada, meio de banda, respirando com dificuldade. Os dois ficaram parados a se olhar, sem forças de tanto rir, com lágrimas escorrendo pelo rosto.

— Ah, o que foi que aconteceu conosco? — gemeu ela.

Ficaram em silêncio. Tentaram sorrir, mas só conseguiram torcer os lábios. Por um instante George se perguntou se teria sido assim que Lila e a mãe riam *dele*.

— Bem... — começou ele a falar — a situação não parece nada boa.

— Por que você riu? — perguntou ela.
— Não sei — disse ele com sinceridade.
— Pensando bem, isso é mesmo muito engraçado...
— Não... não tem graça nenhuma.
Ele forçou um sorriso. Era difícil acreditar que ela tivesse 40 anos. Pouco mais velha do que ele, pensou, alguns anos.
— Por que você não deixa de se encontrar com ele? — perguntou.
Ela deu um suspiro de exasperação.
— Não consigo.
— O que foi que Martha disse quando Minnie telefonou para ela? — perguntou ele, agora curioso.
— Nada. Ela nunca diz coisa alguma. Quando está bêbada, ri dele. Quando está sóbria, fica em silêncio.
— Não foi isso que eu ouvi dizer — disse ele.
— O quê?
— Nada. Bisbilhotices.
— Eu gostaria de saber.
Ele sacudiu a cabeça.
— Afinal de contas — disse ele —, tomar um drinque com um homem não...
— Com *aquele* homem? Ele não faz outra coisa na vida a não ser seduzir.
— Lila, não me fale dele. Preste atenção. Quero lhe dizer uma coisa sobre Claude.
— Na primeira vez em que fizemos amor... — Ela lançou um rápido olhar para ele. Ele virou a cabeça para o outro lado. — Na primeira vez ele disse que estava feliz por não ser homossexual. Por que teria me dito isso? Acho que ele sente repulsa por mulheres. Acho que cada vez que ele faz

amor se sente um pouco mais seguro. Por isso cada vez tem que ser diferente...

— Pare de me contar essas coisas! Parece até a Minnie falando.

— Você precisa admitir que as coisas não são o que parecem.

— Talvez sejam. Isso mesmo. — George mudou de assunto abruptamente. — Por que você não leva Claude a um psicanalista? Alguma coisa não está certa com ele.

— É o que o pai dele diz. Só que ele diz que alguma coisa não está certa *comigo* — respondeu ela pensativa. — E é caro demais, como você sabe.

— E se você procurar uma clínica?

— Philip consideraria uma vitória dele.

— E é isso o que conta para você?

— Vou parar de me encontrar com Joe — disse ela como quem acaba de tomar uma decisão. — Na próxima vez em que ele vier aqui, não vou abrir a porta. — Deu uma risada. — E na vez seguinte, se ele ainda voltar, vou me atirar nos braços dele e abraçar muito aquele homem!

George se levantou para sair. Fingiu que consultava o relógio, mas nem sequer viu que horas eram.

— Você não vai tomar um café? Um drinque?

— Não. Preciso voltar para casa.

— Desculpe-me — disse ela. — Eu precisava muito falar com alguém. Com você mesmo, acho.

— Não há nada que eu possa lhe dizer, não é? Nada mesmo. — Ele estava aflito para se ver fora daquela sala escura. Não agüentava mais sequer vê-la naquele seu roupão de banho decadente.

Ela se despediu dele com um olhar triste.

— Bem, foi bom rir um pouco.
— É — disse ele. — Foi bom.

Ao deixar a casa dela, George foi a um cinema. Era um cinema onde exibiam lançamentos, e ele sentiu um pouco de culpa ao entregar 2 dólares à bilheteira. A sala estava quase vazia. Antes mesmo de sentar, viu uma legenda na tela do que estava sendo dito em italiano: "Não consigo viver sem você." As costas nuas de um homem ocupavam quase toda a tela. Quando George sentou, o homem já havia se virado e o que se via na tela eram os ombros e o belo rosto lânguido de uma mulher abraçada a ele, também nua. "De novo?" — pensou ele.

Será que ninguém pensa em outra coisa? Ele ficou observando, atento, o abraço agitado dos dois e se perguntou o que estariam fazendo. Estavam ou não estavam? Não, conversavam, apenas. A câmara deve ter se metido debaixo da cama enquanto a outra coisa se passava. Em que estariam pensando os outros telespectadores do filme? Por que as pessoas gostavam de observar outras? Certa vez tinha visto um filme pornô na Inglaterra e sentira-se indigno e porco. Com crescente terror, assistira a uma jovem empregada da mansão ser possuída, em uma rápida seqüência, pelo lorde, pela lady e pelos filho deles. Pornografia... a influência dominante das prostitutas.

Emma tinha curiosidade de saber o que ele e Dina tinham feito. Será que ele tinha imaginado secretamente Joe e sua irmã em um abraço romântico? Aqueles ombros esplendorosos, olhos semicerrados, bocas abertas? E as conexões que estariam ocorrendo por baixo dos lençóis? E o que mais?

O jovem protagonista do filme acabou se matando com um tiro. Não tinha mais por que viver. Os amigos lhe propuseram heroína, religião, uma vida pacata. Ele podia comer e fazer sexo à vontade. Mas isso não lhe bastava. A vida era um tédio.

Tinha gastado 2 dólares para ver aquilo, pensou George, e o tempo todo só conseguira pensar em Joe Palladino com a porta do banheiro aberta enquanto Lila, no sofá-cama, com seus longos e volumosos cabelos soltos, ouvia amargurada o ruído da urina dele caindo.

Quando George chegou em casa, já estava decidido a comprar para Ernest o bilhete de ônibus para a Califórnia. Descontaria um cheque e, se Emma o inquirisse diretamente, diria que era um empréstimo a Walling. Ela nem se lembraria mais de Ernest tão logo ele se fosse da casa.

O bilhete seria seu último presente para Ernest, talvez o único, do ponto de vista do rapaz. George havia feito o possível. Que diferença fazia se Ernest não soubesse o que era o Reino Intermediário? Ele havia divisado algum sentido para sua vida, não é? Não haviam ambos divisado isso? Ele sabia que George gostava dele. Era bem pouco provável que alguém tivesse gostado dele antes, ou que ao menos tivesse se importado com ele.

Emma pareceu-lhe agitada. Evitava seu olhar e ocupava-se freneticamente da costura que tinha nas mãos.

— Perdi meu tempo — disse ele. — Minnie encontrou-se por acaso com Lila e Joe em um bar onde estavam. Lila está dando importância ao fato. Minnie contou a Martha.

— Talvez seja mesmo importante.

— Por quê? Pode me dizer?

— Nunca se sabe, com gente como Martha.

O jeito como ela respondeu o irritou.

— E o que significa isso?

— Como é que eu vou saber? Ela pode dar um tiro nele.

— Quem pode dar um tiro em quem?

— Tem gente que reage de maneira irracional. Talvez você não saiba disso.

— O que há com você, Emma?

— E com você, George? O que você quer?

Ele deu um suspiro. A pergunta dela tinha outro sentido, mas ele respondeu:

— Alguma coisa para beber.

— Você não perguntou pelo Ernest.

— Perguntar o quê?

— Ele está emburrado lá no pomar. Foi para lá porque eu atirei um prato nele. — Ela fez uma pausa. Como George não dissesse coisa alguma, ela prosseguiu. — Eu podia ter chamado a polícia. Ele tentou me agarrar. — A voz dela tornou-se mais aguda, como se ela tivesse se espetado com a agulha. — O que me diz disso agora?

— Você está muito nervosa.

Ela se pôs de pé de um salto, deixando cair o carretel de linha no chão.

— Meu Deus! É só isso que você tem a dizer?

Foi só o que ele pôde dizer. Ficou parado, segurando a cabeça com ambas as mãos, absolutamente aturdido.

— O que foi que ele fez? — conseguiu perguntar finalmente, olhando para ela. O rosto dela estava inchado, como se o ódio o fizesse inflar. George não sabia o que fazer com ela nem consigo mesmo.

— Ele esbarrou em mim... de um modo estranho. Eu estava descendo a escada e bem ali, no meio daqueles malditos degraus, ele jogou o corpo dele de encontro ao meu. Cheguei a pensar que tivesse sido um acidente... por alguns minutos. Mas, quando cheguei à cozinha, me dei conta de como tinha sido realmente. Ele tinha se apertado contra meus seios. Aí peguei um prato e subi novamente. Ele estava deitado, lendo. Quando entrei no quarto dele, ele sorriu. Foi então que atirei o prato nele. Não consegui acertar. O prato rolou da cama e se quebrou no chão.

— Foi só isso?

— Qualquer outro homem que não você já teria saído porta afora a essa altura. Qualquer outro já teria ido atrás dele.

— Ouça bem — disse ele, dando um passo em direção a ela. Ela recuou instantaneamente. — Você pode ter se enganado. Os meninos dessa idade são estabanados.

Ela deu uma risada raivosa.

— Ernest é encantador. É uma baita de uma sílfide.

— Ernest não faria uma coisa dessas — insistiu George.

— Ele tentou me agarrar.

— Pelo que você disse, não me parece que tenha sido por mal.

— Pense o que bem quiser. O fato é que ele botou as mãos em mim.

George olhou para a blusa dela. Mal se podiam perceber as formas dos seios dela. Ela os cobriu com as mãos.

— Seja como for, vou levá-lo daqui agora. Ele já ia embora mesmo. Ontem me disse isso.

— Você não vai falar com ele sobre isso?

— Vou. Vou falar com ele.

— Você não se importa, não é mesmo?

— Sim... eu me importo. — Subitamente se sentiu muito cansado.

Pegou um saco de papel na cozinha e nele colocou alguns livros para Ernest. Não havia praticamente mais nada dele ali, a não ser a escova de dentes, o barbeador que ele mesmo havia comprado para o rapaz e umas duas ou três peças de roupa muito surradas. Emma foi atrás para ver o que ele fazia. Será que ela pensava que ele ia roubar alguma coisa? Olhou-a cheio de raiva e ela se afastou assustada. Uma gota luminosa de lágrima escorria lentamente pelo rosto de Emma. George ficou parado, vendo a lágrima desaparecer sob o queixo da mulher. Talvez estivesse ficando louco, pensou ele. O peso... o peso de todas as coisas era incrível!

Foi até o carro e encontrou Ernest na garagem.

— Vamos — disse George.

Ernest entrou no carro sem dizer uma só palavra. Nenhum dos dois falou até que George fez a volta para pegar a estrada. Só então Ernest perguntou aonde estavam indo.

— Estou levando você para Peekskill. Amanhã vou comprar um bilhete para Los Angeles. Ainda posso dar mais 50 dólares para a viagem. É para você se manter enquanto não conseguir trabalho.

— Eu não vou mais para Los Angeles.

George mal ouviu o que ele disse.

— O que foi que aconteceu lá na escada? — perguntou ele.

— Ela jogou um prato em cima de mim.

— Por quê?

— Porque dei um esbarrão nela. Eu estava distraído e nem vi que ela descia. Um minuto depois ela subiu e jogou um prato em mim.

George queria tanto que a resposta fosse aquela que chegou a duvidar de Ernest por um breve instante. Naquele momento, George só conseguia sentir uma enorme dúvida acerca de Emma, de Ernest, dele mesmo e de todo mundo. Teria acabado de se dar conta, finalmente, de que não poderia confiar em pessoa alguma?

— Foi só isso? Você não pôs as mãos nela?

Ernest ficou em silêncio. A verdade, pensou George, estaria contida naquele silêncio. Que diferença faria o que Ernest dissesse agora?

Ernest disse então:

— Pus, sim. Eu empurrei a mulher porque ela vinha caindo por cima de mim.

— E isso foi tudo? — perguntou George novamente.

— Você se aborreceu também?

— Já estou farto de você — disse George.

— Eu não quero droga de bilhete nenhum.

— O banco está fechado agora. Amanhã de manhã venho tirar o dinheiro. E você, trate de arrumar suas coisas. Suponho que deva dizer a seu pai para onde está indo. Amanhã à tarde vou comprar o bilhete e no fim da tarde me encontro com você em algum lugar.

— Você não ouviu o que eu disse? Não quero droga de bilhete nenhum.

— Mudou de idéia quanto a sua viagem?

— Eu vou do jeito que quiser — hesitou Ernest. — Me dê o dinheiro — disse ele. — Eu mesmo compro o bilhete.

— Ah, essa não! Isso eu não faço. Você pode resolver usar o dinheiro em outra coisa. Olhe, se você estiver mesmo querendo ir, eu o ajudo. À minha maneira.

— Eu posso trocar o bilhete de volta por dinheiro... Por que insiste? Por que está fazendo isso?

— Para provar que tenho confiança em você. — Ao ouvir as próprias palavras, George ficou chocado com sua insinceridade. Suas palavras... Ele se escondia por trás das palavras. — Eu sei que você não trocaria o bilhete por dinheiro — disse ele friamente.

— Está se exibindo? — perguntou Ernest mansamente.

— Quero fazer alguma coisa por você. — Isso era verdade e George sabia que era.

— Você pode me dar 5 dólares para comprar outro chapéu como aquele que você acabou com ele. E pode me deixar em frente ao cinema.

Ernest sorria, já com a mão na maçaneta do carro.

— Você acabou com o rádio e eu acabei com o chapéu. Estamos quites — George fez então um pausa, observando os dedos de Ernest na maçaneta. — Eu me encontro com você às dez em frente ao banco — disse ele. — E você pode fazer o que quiser com o dinheiro. — Ernest parecia prestes a dizer alguma coisa, mas não disse. No instante seguinte, já havia saído de carro. Ernest encostou a testa no vidro da janela. Alguém atrás dele buzinou.

— Adeus Sr. Mecklin. — Ernest subiu à calçada e seguiu rapidamente rua abaixo.

O longo anoitecer terminava quando George chegou em casa. Nenhuma luz havia sido acesa. Emma estava sentada na sala de estar.

— Pronto. Ele já se foi — disse George. — Acabou. Você não vai mais ter que aturá-lo.

Ele acendeu um abajur.

— Quer beber alguma coisa?

Ela sacudiu a cabeça. Não queria.

Ele se serviu de um pouco de uísque em um copo pequeno.

— Ele me contou o que aconteceu — disse George. — Tenho a impressão de que ele não faz a menor idéia do motivo da sua agressão.

Ela deu uma risada.

— Agora ficou engraçado?

— Você passou o dia todo fora — disse ela. Ele sentiu um arrepio de terror, como se uma pata de gato arranhasse a superfície de sua mente.

— E daí?

— Depois que o prato se quebrou, ele disse que deveríamos catar os pedaços. Estava tudo tão tranqüilo aqui... O campo é mesmo muito silencioso. Não há cortina naquele quarto. O sol brilhava muito e eu pude *ver* tudo tão claramente..

— De que você está falando? — perguntou ele, a voz chegando fraca das profundezas de sua alma.

— Foi você que me forçou a isso! — disse ela desvairada. — Foi tão rápido. Eu não sabia que podia ser tão rápido. Ora... afinal, não tem importância alguma mesmo. Ele disse que você é um idiota filho-da-puta. Disse que você é um nojento querendo se passar por Jesus Cristo.

Ele saltou sobre ela e suas mãos apertaram o pescoço da mulher. Os dois lutaram violentamente. A certa altura, ela o acertou no estômago e ele a soltou. Os dois ficaram se olhando em silêncio.

— Você inventou isso tudo. Queria um pretexto. O que você tem é ciúme dele — disse George, erguendo a voz, triunfal.

— Seu idiota filho-da-puta! — disse ela. Chorava agora, mas sua voz era cheia de rancor.

Emma passou por ele e subiu para o quarto. Ele a ouviu abrir gavetas e fechar a mala com um ruído seco. Depois ela desceu, com os cabelos presos atrás, carregando a mala. Parou diante da mesa, pegou seu amuleto de pedra e o enfiou na bolsa. Sem sequer olhar para ele, telefonou para uma companhia de táxis de Peekskill. Ele ouviu a porta dos fundos se fechar. Fez-se um profundo silêncio.

Pouco depois um táxi parou diante da casa. Ele ouviu a porta do táxi bater com força e, em seguida, o som do motor cada vez mais distante.

George bebeu o resto do uísque, sentado em sua poltrona, esperando como alguém que aguardasse no porão que a última viga da casa viesse abaixo.

Capítulo Cinco

Escureceu. Na sala, os contornos dos objetos foram engolidos pela escuridão, desapareceram. George já não ouvia sequer a própria respiração. Deve ser assim, pensou, quando uma árvore cai na floresta e ninguém está lá para ver.

Seu corpo físico, a parte terminal de uma intrincada cadeia de acontecimentos que acabava de se romper, continuava sentado ali, inerte. Se não fosse por uma pontada fina na bexiga, pensou ele ao subir a escada, certamente continuaria sentado ali até o dia amanhecer.

Não precisou acender a luz do banheiro. A descarga do vaso sanitário, depois de sua rápida convulsão, logo silenciou também. Pela janela ele viu uma lua fria pintada no céu.

A cozinha cheirava a chá e a queijo rançoso. Ele abriu uma lata de sardinhas e as comeu com os dedos, sem se importar com óleo escorrendo pelo queixo e caindo na camisa. Depois bebeu uísque diretamente da garrafa e a deixou aberta, na bancada da pia.

Sem pensar — apenas com a sensação de que nada o prendia àquela casa — ele se dirigiu para o carro. Teria Emma se voltado para olhar a casa? Provavelmente não, pensou. A raiva sempre fazia com que ela enterrasse a cabeça nos ombros e pusesse os braços esticados de cada lado do corpo como se estivesse toda amarrada por uma corda. Cabisbaixa, com a mala batendo nos joelhos, ela deve ter se enfiado no táxi sem olhar para coisa alguma e ter dado instruções ao taxista com uma voz ríspida, como se ele, também, fosse parte da conspiração do mundo contra ela.

Onde ela passaria aquela noite? Com amigos? Que amigos? Vez por outra ela lhe falava das mulheres que trabalhavam na biblioteca; uma delas vivia às voltas com um interminável divórcio litigioso, outra, com um câncer. Quase todas viviam sós. Emma detestava hotéis. Sentia-se sufocada, dizia. Além do mais, os preços eram um absurdo. De quem Emma gostava? De Ernest, pensou ele com ironia e riu baixinho. Afastou de si esse pensamento como se fosse algo concreto que surgisse à sua frente. Pôs-se então a descer rapidamente a ladeira em direção à casa dos Palladino.

Uma luz vinda da cozinha atravessava, difusa, a vidraça suja da janela. A Sra. Palladino estava sentada diante de uma mesa atulhada de louça e restos de comida. A fatia de torradas que ela mordiscava, indiferente, parecia de papelão. George bateu à porta. Passados alguns segundos, ele olhou pela janela; a Sra. Palladino continuava na mesma posição de antes, embora tivesse agora o olhar fixo na porta e a torrada parada a meio caminho da boca. Ele bateu novamente e correu para espiar pela janela e ver o que ela faria. Ela pôs a torrada sobre um saleiro, tentando, em vão, equilibrá-la. Depois ficou olhando, surpresa, para a torrada. Ela estava louca.

George não sabia mesmo por que tinha ido vê-la e já ia se afastando, irritado com aquela ausência, quando ela abriu a porta e enfiou a cabeça para fora.

— Desculpe incomodá-la — disse George.

A Sra. Palladino deu uma risada.

— Você estava fazendo xixi nas minhas rosas? — perguntou ela. Não havia rosa alguma ali, apenas cacos de garrafas de leite. Ela se agarrava à esquadria da porta.

George ficou parado, perguntando-se o que fazia ali.

— Ah, é você — disse ela. — Você quer entrar? Pode entrar, se quiser.

O cheiro da cozinha quase o fez desistir. Era um cheiro azedo, insuportável, de leite podre, uísque, cigarro apagado, comida estragada, tudo isso misturado ao odor adocicado do detergente derramado no chão. Ele conseguiria conter a vontade de chorar?

— Sente-se — disse ela, indicando um banco junto à mesa. — Estou comendo. Tentando me segurar. — E riu novamente.

— Emma acaba de me deixar... de sair de casa — disse ele. — Minha mulher...

Ela ficou um minuto pensativa, olhando fixamente para a mesa. Depois perguntou:

— Que mais você podia esperar?

Aquilo seria uma acusação? Será que Emma teria vindo lhe contar histórias?

— Espere aí... — começou ele a falar.

— Não, não... — murmurou ela, pegando novamente a torrada abandonada. Martha mordeu um pedaço e pôs-se a mastigá-lo como se fizesse um grande esforço de concentração. — O que eu quis dizer foi só que você não devia estar surpreso. — Uma migalha de pão caiu de seus lábios. — Você me pareceu surpreso. Por que todo mundo fica tão perplexo com o que acontece neste maldito lugar?

— Pare de se fazer de tola — disse ele. — Como acha que eu estou me sentindo?

— Se você tomar uma bebida comigo, prometo que só tomo uma também. — Ela ergueu os olhos para ele. — Jesus! Uma cara humana! — O resto da torrada queimada, provavelmente feita algum outro dia, caiu no chão. — Por favor — disse ela.

Ele concordou em silêncio e ela se pôs de pé rapidamente, foi buscar a bebida e logo estava de volta com uma garrafa de uísque e dois copos de geléia vazios. Encheu-os até a boca. Ele a observou quando ela tomou um pequeno gole, com os lábios apertados. Depois de descansar o copo na mesa, estendeu os braços e pegou uma das mãos dele entre as suas. Dedos roliços e curtos cingidos por longos dedos finos.

— Querido — disse ela com ternura. O coração dele teve a sensação de que ela o abraçava. — Eu não sei se você consegue sentir mesmo muita coisa.

Ele ficou quieto, com a mão entre as dela, desejando permanecer assim. Mas ela o soltou e tomou outro gole.

— Você não sabe o que aconteceu — disse ele.

— Toda história depende do ponto de vista de quem a conta.

— Você está bêbada demais...

— E essa é a pura verdade — disse ela.

Ela o chamaria de "querido" novamente? Foi tão surpreendente, tão bom... Gratidão só porque ele estava bebendo com ela... Poderia ter sido qualquer outra pessoa ali. Não, ela não o chamaria novamente de querido. George pensou em Lila. Sua irmã a havia feito sofrer, e ele sabia disso. E o sofrimento sempre chega em forma de surpresa.

Cabisbaixa, ela então perguntou:

— Bem, o que foi que aconteceu?

— Trouxe para dentro de casa um menino que achei que podia ajudar. Ernest Jenkins. Ernest. Ele trepou com minha mulher hoje à tarde.

Ela o olhou pensativa e depois tomou de uma só vez o resto do uísque.

— Aquele menino... eu o vi. Você teve medo dele?

— Que diabo de pergunta é essa? Você está de porre mesmo.

— Vamos tomar só mais um pouquinho.

— Fui eu que o trouxe para dentro da minha casa.

— Eu não sei do que você está falando — disse ela, servindo-se de outra dose de uísque e fazendo uma careta de riso.

— Ora, pare com isso! — gritou ele.

— É mentira sua.

— Foi ela quem me disse.

— Escute aqui. Não era disso que eu estava falando. Eu estava dizendo que o fato em si não teve importância para você. Foi só a idéia... a ofensa, a coisa feia e suja que eles fizeram. Quer saber com o que você se parece? Com um móvel de escritório. E quer saber mais? Você padece de um sentimento de injustiça. Paixão é outra coisa, completamente diferente.

Ele se levantou. Ela se encolheu rapidamente, como se temesse alguma coisa, com os olhos fixos nele. Ele também ficou olhando para aquela mulher de ombros estreitos, pele de cor doentia, inchada e flácida, com uma mancha no rosto perto de um dos olhos. Um rosto cuja beleza de outrora agonizava. Voltou a sentar-se. Ela encheu o copo dele e bebeu humildemente do seu. George teve a impressão de ouvir um choro de criança, mas quando a olhou para ver se ela ouvira também, ela sacudiu a cabeça.

— Um sonho... — disse ela, e em seguida perguntou: — Você gosta do que faz?

— Agora já não sei mais — disse ele.

Ela fez um movimento com a cabeça indicando que compreendia, e ele se sentiu vagamente lisonjeado. Tudo bem, então. Se ela queria que ele ignorasse tudo, ele ignoraria tudo. Talvez fosse aquele o seu conceito de verdade: as coisas não podem ser ditas. Dessa maneira não existem. George decidiu participar do jogo dela e sentiu-se melhor.

— Joe está em casa?

— Está com aquela idiota da sua irmã.

— Sinto muito.

— Você sente muito — zombou ela.

— A coisa não é assim tão simples, não é? — perguntou ele, recuperando um pouco de sua dignidade.

— Não, não é.

— Isso a incomoda? — perguntou ele. Em seguida, já num outro tom de voz, indagou: — Por que você faz que eu me sinta um sujeito indigno?

Ela mexeu em uma pilha de papéis que estavam em um canto da mesa, pegou dois pedaços de papel e os entregou a ele.

— Ela manda essas coisas para o escritório da associação dos atores e ele as deixa pela casa. Antes eu achava que ele fazia isso de propósito, para que eu achasse as cartas, os bilhetes e até pequenos desenhos. Mas agora já acho que ele não tem sequer noção do que está fazendo.

George reconheceu a caligrafia apressada de Lila. "Como são ricas as vidas das outras pessoas, sempre pensei, e como a minha até hoje foi triste, sem graça e inútil."

Ele deixou o papel cair na mesa. Lila, sempre com seus pequenos truques tão óbvios para se fazer de vítima. No outro pedaço de papel havia apenas duas palavras: "Ah, Joe..." Ele ergueu os olhos do papel e viu que a Sra. Palladino o olhava com atenção.

— Foi este aí — sussurrou ela. — O outro é uma bobagem. Mas este aí me deixou doente. Eu sei o que uma pessoa sente ao escrever isso, ao receber isso. Na verdade, ele nem gosta muito dela, sabe? Mas isso aí foi um punhal enterrado no meu peito. A força do desejo... a força que ser desejado confere a alguém...

— Mas por que você não o deixa? — perguntou ele, já não mais curioso. Uma tristeza monumental havia se instalado nele.

— Nós aperfeiçoamos nossa dança — disse ela.

Mas ele já não mais prestava atenção ao que ela dizia. Estava prestes a descobrir algo da maior importância. Ainda assim se sentiu irritado com o que ela acabava de dizer. Era uma irritação pequena, como uma picada de inseto.

— Uma dança... isso é apenas o nome dado à maneira de agir — disse ele.

— Eu nomeio tudo. Assim transformo acidentes em planos. Você também acaba de fazer isso. Você não estava lá com ela e com o menino, com Jenkins, mas está dando um nome ao que fizeram, não é?

— Há muitos nomes para aquilo — disse ele, rindo subitamente e curvando-se sobre a mesa em que as xícaras, pratos e pires davam conta de uma semana da vida dela. — *Mea culpa* é um deles.

— Chega uma hora em que esse nome já não explica — disse ela. Ele se deu conta de que jamais havia escrito uma carta apaixonada evocando o nome de uma pessoa. Nunca lhe ocorrera fazer isso.

— Eu deveria ter pensado nisso — disse ele.

— Eu já nem gosto mais de Joe — disse ela. — Mas cada dia fica mais difícil pensar em mudar as coisas.

— Eles fizeram aquilo para me agredir — disse ele. — Crianças malvadas.

— Crianças — repetiu ela. — As crianças estão aí, a nos lembrar de outros tempos.

— Ela agiu como se tivesse sido eu o agressor. Como é possível que se sintam tão ultrajados quando eles é que foram tão sórdidos?

— *Eles*! — desdenhou ela. — Veja quem fala!

— Alguns — disse ele — não conseguem suportar a vida a não ser que estejam convencidos de serem absolutamente inocentes. De possuírem uma inocência fundamental.

— Você está é com inveja — disse ela, dando uma risada. — Inocência fundamental! Vai ver o idiota é mesmo inocente.

George virou seu copo de boca para baixo.

— Você bebe o tempo todo?

— Não. Mas *sinto* como se estivesse bêbada o tempo todo. Ontem eu chamei o Joe de vaca mocha. Era uma coisa tão sem sentido quando juntei as palavras, mas quando nós dois ouvimos o que eu disse, foi horrível. Eu nem sei por que disse aquilo. — Ela deu um violento tapa na mesa. — Já não agüento mais isso! Já não agüento mais ficar pensando em mim! É repugnante! Até mesmo quando estou cuidando das meninas, estou pensando "aqui estou eu, mãe dessas meninas, cuidando delas".

Ele estremeceu.

— Eu queria me preocupar com Ernest. Era só isso.
— Era? — perguntou ela, irônica.
— Um guru... um mestre...
— Isso é como pássaros que voam para trás, não é? — perguntou ela, sorrindo.

George se levantou com uma súbita vontade de ir embora dali, de ir para bem longe daquele lugar silencioso, afastado da cidade. Percebeu que ela o olhava com muita atenção, da maneira como um inválido observa alguém que parte, sem se dar conta de que está sendo observado.

— Para onde você vai? — perguntou ela.
— Para Nova York. Vou visitar um amigo, Walling, pintor. — Até aquele momento, ele nunca havia pensado em Walling como amigo e tampouco como pintor.
— Você vai posar para um retrato? — perguntou ela, distraída.
— Na verdade, ele é professor — disse ele, um pouco pedante. — Ele ensina matemática. — George tentou imaginar como seria um quadro que o retratasse. Não conseguiu imaginar seu rosto. Pensou então na roupa que usaria: seria um retrato de terno. Um terno de professor. Riu, irritado consigo mesmo por pensar naquelas tolices.
— Professor... — disse ela, perdida nos próprios pensamentos.
— Bem... preciso ir agora. — Tocou levemente o rosto de Martha com a ponta de um dedo. A pele dela era úmida, como se ela estivesse suada. Desajeitada, ela beijou a mão dele.
— Você precisa engordar um pouco — disse ele.
— Eu vivo apavorada com tudo — disse ela. — O silêncio me apavora e os ruídos também. Janelas abertas, janelas

fechadas... — Em seguida, repreendeu a si mesma. — Como se todo mundo não vivesse apavorado — murmurou.

George percebeu que ela travava um diálogo consigo mesma. Um diálogo certamente já muitas vezes repetido, solitário, sem fim.

— Boa noite — disse ela dando um profundo suspiro que ele sabia nada ter a ver com ele.

— Boa noite...

Viajar à noite por estradas vazias é como assistir a um filme de mistério. Surgem aqui e ali sinais de habitações humanas — uma luz amarelada que sai de uma janela, uma cerca branca que surge na escuridão —, coisas que no instante seguinte já desapareceram.

Como uma enorme plataforma deserta, a estrada àquela hora já não tinha quase movimento. Só de tempos em tempos um carro indo para o norte passava por George, ou então um farol distante surgia no espelho retrovisor.

Em vez da profunda tristeza que esperava sentir ao pensar em Emma, em Ernest e na sua solidão, George surpreendeu-se com a agradável sensação de dirigir à noite em uma estrada vazia. Então a coisa seria simples assim? Talvez ele nem se desse ao trabalho de procurar Walling. Provavelmente o colega não estaria mesmo na cidade. Mas a idéia do retrato voltou-lhe à mente e ele se olhou de relance no espelho do carro. Nada viu além de contornos difusos de um rosto visto à noite como que por uma janela.

A sensação de liberdade, originada, talvez, do fato de ele não saber para onde estaria indo, afluía e refluía como ondas na praia. Seu próprio rosto, que ele não podia ver, zombava dele. Móvel de escritório.

As mulheres desejam sangue e morte no rosto — e perdão no coração. Que cara teria ele? Lila o deixara chocado ao dizer aquilo, e ele a havia enganado com sua cara de abóbora. Cara de nada. De quem não entende o que está acontecendo. Ele entendia? Haveria uma seqüência lógica em tudo aquilo? Os acontecimentos eram terríveis porque lhe pareciam aleatórios, inexplicáveis.

Subitamente ele visualizou Joe Palladino, com seus cabelos sem vida como os pêlos de um cão. "Ah, Joe...", tinha escrito Lila. O pé de George pressionou com força o acelerador. Era aquilo que o deixava louco, aquele apelo profundo do sexo! Será que Martha estaria lendo o bilhete novamente, tocando nele com as pontas dos dedos?

Por que se importar com Emma e sua fornicação furtiva — fria, nervosa e cheia de rancor? Ao perceber que estava a mais de 100 quilômetros por hora, ele diminuiu a velocidade. Não, não morreria por aquilo, pensou, sem saber ao certo a que se referia. Seus pensamentos se expressavam em uma outra língua que ele não conseguia decodificar.

Chegou ao Hawthorne Circle e viu um carro de polícia escondido por umas árvores. Será que os Devlin se julgavam pessoas honestas? Será que o mais próximo que se podia chegar da felicidade era um vago sentimento de auto-aceitação? Se isso fosse verdade, então os Devlin tinham atingido a bem-aventurança. Fez a curva lentamente para entrar na Saw Mill River Parkway; os policiais não o tinham visto, mas mesmo assim... George se perguntou que horas seriam. Tinha deixado o relógio em algum lugar. Fosse como fosse, era hora de ir para a cozinha, de comer e depois lavar a louça.

Desejou ter tomado o rumo norte e não estar indo na direção de Nova York, o centro do mundo.

Na ponte Henry Hudson, ele errou o alvo ao jogar uma moeda de dez centavos na caixa coletora do pedágio, e teve que sair do carro para procurá-la. Com o canto do olho viu o guarda que caminhava pesadamente em sua direção. Achou a moeda, jogou-a na máquina, que a engoliu; a luz verde acendeu. Salvo novamente!

Brilhante na bruma noturna da cidade, a ponte George Washington surgiu pontilhada de luzes em toda a sua extensão, ligando Nova York ao continente.

Por que não atravessá-la? Vagas lembranças evocadas pelos odores de Jersey assumiram cores vivas. Ele, Lila e a mãe haviam viajado de carro para a Filadélfia. Tinham ido visitar um parente? Ou teria sido um enterro? Ele não se lembrava do motivo da viagem, apenas do banco de trás do carro, cinza e desconfortável. Ele, encolhido em um canto, era prisioneiro *delas*, de Lila e da mãe, que nem uma única vez se voltaram para vê-lo. Iam empertigadas, vez por outra iluminadas pela luz assustadora dos gases incandescentes saídos dos pântanos que estavam atravessando. A grande corcova de uma ponte ergueu-se à frente do carro. Seria o Pulaski Highway? O Skyway? O que teria sido aquilo? O medo o fez dar uma risada. "Quieto, menino!", dissera sua mãe, e em seguida exclamara: "Que horror!". Será que ela se referia a ele? Àquele horrível lugar por onde passavam? A quê?

Supôs que ela estivesse com medo também, aquela mulher envelhecida e estranha que agarrava o volante ao subir pela ponte íngreme, sentindo nas costas o peso, que só Deus sabe, de criar sozinha um par de filhos que cresciam como inimigos.

Será que Ernest sabia que ele já sabia do que havia se passado no quarto de hóspedes? Mas, ah Deus, ele *não* sabia. Imaginou-o agora, com as mãos enfiadas nos bolsos da calça, o rosto branco, uma camisa escura, encostado em um lugar qualquer. Uma cobra. Com medo de que o carro reagisse novamente à sua cólera, ele reduziu exageradamente a velocidade. Uma buzina soou atrás dele. Certamente Emma teria deixado que Ernest ficasse por cima dela para provar que ele era homem. George deu uma gargalhada que soou como um grito.

Um carro muito maltratado com três jovens negros emparelhou-se ao dele. Os três riram também, apontando para ele e sacudindo as cabeças. George baixou o vidro.

— Fodam-se! — gritou ele, sem parar de rir.

— É isso aí, seu filho-da-puta! — gritou o que estava junto à janela — Tem mais é que rir mesmo!

À sua direita ficava a saída para a Ninety-sixth Street. Ele acenou para os rapazes e deixou a estrada, tomando primeiramente a direção norte, em seguida a leste até chegar à sua escola. O prédio feio, de linhas pesadas, dominava a parte sul do quarteirão. Deixou o motor em ponto morto e ficou ali parado, a olhar para as janelas escuras da escola.

Era ali que ele ganhava a vida. Na última semana de cada mês, um cheque cor de salmão era deixado em sua caixa de correspondência, e a cada mês ele levava o cheque até o banco, preenchia um talão de depósito, tocava a vida, descontava cheques.

Lembrou-se de Freddie Maas, que havia conhecido na universidade. Freddie vendera todos os seus livros para, com o dinheiro apurado, mandar raspar e pintar o chão de seu quarto. Faltava pouco para Maas terminar sua tese de doutorado. George, ao passar para vê-lo, havia encontrado Maas no meio do quarto, olhando para o chão pintado de preto.

— O que me diz disso? — perguntara Maas. E George, achando que Maas tivesse sofrido um colapso nervoso, ou que tivesse enlouquecido, indagara timidamente.

— E o que me diz de sua tese sobre Thomas Hardy? — A resposta de Maas veio rápida:

— Quero mais é que Hardy se foda. Não quero mais saber dessas coisas. Não quero ter nada mais a ver com isso.

Tempos depois George ficara sabendo que Maas tinha conseguido um emprego administrativo qualquer em uma companhia de petróleo na Arábia Saudita. No deserto. Quem pode entender uma coisa dessas?

Nas terras do noroeste do Canadá havia escolinhas de uma só sala de aula para as quais o governo daquele país levava professores pagando 10 mil dólares por ano. Índios. Lobos. Ele poderia lecionar sentado em uma manta. Teria uma cama simples junto a uma lareira. Bastaria abrir a porta e já estaria na sala de aula. Não tomaria banho todos os dias e comeria caça de vez em quando. Por que não? E, no ano seguinte, iria para o Afeganistão. Lá havia escolas americanas, não é? Esquiaria no inverno, nadaria em piscinas, faria amor no campo, teria dinheiro de sobra sem ter que pagar impostos. E depois?

Um carro de polícia parou ao lado do seu; um dos policiais comia um ovo cozido. Dois rostos se voltaram para ele, impassíveis, um deles mastigando. George se deu conta de que tinha fome. Seguiu adiante. Dali a seis semanas a escola reabriria suas portas. Mecklin subiria os degraus da escada levado pelo compromisso que assumira consigo mesmo alguns anos antes.

Dirigiu-se ao West Side, lembrando-se de que Walling lhe dera um endereço na Tenth Street. Poderiam comer juntos em algum lugar. Ele não queria comer sozinho. Todas as vezes que ele e Emma iam a restaurantes, ele observava, com certo constrangimento, as pessoas que comiam sozinhas. Não se sentiriam incomodadas? Solitárias? Não lhe havia ocorrido até então que elas pudessem estar sozinhas por opção, ou por toda uma seqüência de opções que as levara a uma mesa com um prato, um copo, um jornal aberto ou um livro.

Bem, ele ainda não estava pronto para comer sozinho. Haveria tempo suficiente para que ele aprendesse. Pediria divórcio por adultério praticado com menor e deixaria que ela ficasse com o carro. Aproveitaria o impulso e se divorciaria da irmã também. Seria um alívio despojar-se da casa, de tudo que possuía, dos livros. Principalmente dos livros. Seu conceito de liberdade seria uma biblioteca pública.

Percebeu que já estava na Twenty-third Street e surpreendeu-se de haver feito um percurso tão longo sem se dar conta de que estava dirigindo. Como chegara até ali? Olhou rapidamente para o medidor de gasolina. O tanque estava pela metade; ele tinha sido mais cuidadoso do que pensara. Sempre era cuidadoso com as coisas de pequena importância. Alguém buzinava furiosamente. Ele desviou para o lado. Mas não era para ele que estavam buzinando. Um ônibus havia parado; outros carros hesitaram, apesar da luz verde do semáforo. Ele percebeu uma agitação na esquina. Um carro da polícia estava parado ao lado de um outro que havia batido de frente em um hidrante. Um policial, fora do carro, segurava uma trena. Junto à porta do carro batido, com os braços cruzados contra o peito, uma mulher observava. George chegou com o carro um pouco mais à frente para ver melhor. O policial começou a medir o ângulo entre o carro e o meio-fio. Um farol quebrado jazia no chão. A mulher certamente danificara um bem público; a comoção, o pouco que havia dela, era de natureza administrativa, não médica. Por um instante de desvario, George pensou que fosse Emma. Mas a mulher que estava ali era bem mais velha. Talvez tivesse sido a expressão alarmada de seu rosto que o fizera pensar em Emma. Uma pequena multidão se formou; todos devoravam a mulher com os olhos. Estranhos em situações difíceis são misteriosos, divertem.

Poderia ter sido ele o causador daquele acidente ou de outro pior — ter matado uma criança, atropelado um velho morador da área.

Agora ele desejava desesperadamente encontrar-se com Walling. Tão intenso era seu desejo que se convenceu de que Walling não estaria na cidade. O endereço dele estava em um pedacinho de papel que ele encontrara em sua cadeira. Seus dedos tocaram o couro ressecado da velha carteira. Ao ler o endereço à luz cambiante que entrava pelo pára-brisa, George sentiu-se vagamente furtivo. Era a letra de um estranho. Aqueles números e palavras pareciam cabalísticos, algo cujo sentido não conseguia captar. Walling lhe dera o endereço naquela tarde em que a menina entrara na sala onde os dois conversavam. Lembrou-se da aparência desagradável da menina, lembrou-se de Emma, de Lila e de outras pessoas e sentiu-se enfraquecido. Aquelas pessoas pareciam haver sugado porções vitais suas que ele não poderia mais recuperar.

Próximo a St. Mark's Place ele encontrou uma vaga para estacionar. Ao sair do carro, dois homens cambaleantes passaram por ele, apoiando-se um no outro com braços cujas mãos pareciam inexistir. Paletós de outras pessoas, certamente.

O ateliê de Walling ficava em uma casa de cômodos. O painel com as caixas de correio, sem os nomes dos inquilinos, parecia ter sido explodido recentemente. Apesar da aparência triste e mal-cuidada do lugar, George sentiu, ao subir os lances de escada, uma presença humana por trás das paredes imundas. Não cruzou com ninguém; a escada era em espiral, fazendo pensar em espirais de conchas. No último piso, no final do corredor, havia uma porta vermelha com o nome de Walling escrito em letras negras. George bateu à porta. Ninguém respondeu, apesar de ele ouvir vozes lá dentro, vozes de crianças. Nada aconteceu. Ele empurrou a porta e ela se abriu.

A sala era iluminada por uma luz estranha, doentia, que parecia pulsar. Os vários tons de cinza emanavam aleatoriamente da grande superfície curva de uma tela de televisão em que criaturas gelatinosas falavam com vozes infantis quase humanas. A luz, ao bruxulear iluminando uma poltrona de couro quebrada, o chão cheio de objetos e a cabeça de um homem, expressava um pânico menos humano do que eletrônico.

— Walling?

— Sim?

— Sou eu, George Mecklin.

— Estou assistindo a *Reunion*, com Jean Hersholt e os quíntuplos Dionne. Um belo filme. — O colega não se surpreendeu com sua presença ali àquela hora.

De camiseta, o rosto escurecido pela barba por fazer, os bigodes maltratados caindo pelos cantos da boca, Walling olhou atentamente para George sem o reconhecer.

— Já está quase acabando — disse ele rispidamente, voltando-se novamente para a tela com as mãos entre os joelhos. — Sente-se aí — disse ele. — Aproveite para ver também...

George puxou um banquinho para perto da poltrona e se sentou, sentindo um cheiro forte de uísque. Todo mundo estava bêbado. Todo mundo que *ele conhecia* estava bêbado. Ele se sentia inválido e perguntava-se quando seria alimentado.

A imagem na tela foi se desfazendo e se transformando em riscos nervosos.

— Porra! — exclamou Walling. — Este aparelho... Ele se lançou contra o aparelho de TV e pôs-se a sacudi-lo, grunhindo a cada movimento. — Essa droga tinha que enguiçar logo agora.... Ah, não vou chamar aquele ladrão de novo aqui para fingir que consertou toda vez que essa coisa... — Com o joelho, ele deu um forte golpe no lado do aparelho e este voltou a funcionar.

— Escute aqui... — George tentou falar.

— Tudo bem — disse Walling. — Agora veja! Perdemos justamente a tal reunião. Merda! Desculpe... Não posso desligar o aparelho. Estamos sem luz aqui. Sempre me esqueço de comprar a porra da lâmpada. Mas basta tirar o som. Veja só essa porcaria que estão anunciando. Está vendo aquela mulher? Ela não tem orifícios. É toda tampada. Este país está a ponto de explodir. Eu conheci um homem que, sempre que alguém morria, ele dizia: "Lá se foi o Charlie! Explodiu!" Você me faz um favorzinho? Pode ir até a esquina e me trazer uma garrafa de uísque? Tome aqui... — Walling já ia entregando algumas notas a George. Este se pôs de pé.

— Ora, George! — exclamou Walling. — Pelo amor de Deus, é você que está aí! — Ele agarrou George pelos ombros e pôs-se a balançá-lo para a frente e para trás, abraçou e ergueu o colega a mais de um palmo do chão e o soltou, caindo de volta na poltrona de couro.

— Não tinha certeza de que você estaria na cidade. Pensei que tivesse viajado.

— Eu nunca viajo. Nunca...

A luz fantasmagórica da televisão clareou subitamente a sala. O pequeno cômodo estava abarrotado de coisas, dentre as quais se destacavam a poltrona de couro e o aparelho de televisão. Havia telas apoiadas na paredes; um cavalete parecia prestes a cair sobre George com suas pernas de madeira; enfileiradas sobre a mesa viam-se dezenas de latinhas de suco de *grapefruit* cheias de pincéis que pareciam minúsculos espectadores de desenho animado. Uma placa elétrica com um bule de café em cima encontrava-se sobre uma mala, junto a uma cama onde um paletó havia sido jogado.

— Muito bem. Você veio ver o meu trabalho? — Walling levantou-se com dificuldade, foi até onde havia várias telas e pegou algumas. Segurou uma delas diante da tela da televisão por alguns segundos.

— Se você quiser ver, precisa vir até aqui... é a melhor maneira de vê-los... pintura abstrata, por que não? É do meu próprio inconsciente coletivo. Mas não é tão bonita quanto esta caixa aqui, concorda? Eu tenho uma certa implicância com o roxo. É uma cor muito deprimente. Este aqui é um retrato da minha mulher. Não, na verdade é um abajur. Comprei o abajur por 25 centavos de uma bicha que mora aqui perto...

As pinturas eram de uma semelhança enfadonha. Todas as telas eram cobertas por uma tinta espessa colocada com espátula, sobre as quais se agitavam círculos grossos que pareciam câmaras de pneus deformadas. Walling as atirou de volta ao canto, uma por uma.

— Se formos tomar uma bebida, é você quem paga, não?

— Eu estou com fome.

— Ótimo. Então vamos ao Ticino. Vitela ao limão. Você quer ir ao Ticino? É logo adiante. Não fica longe daqui.

— Qualquer lugar serve.

— Isso é uma coisa triste de se dizer. Coisa de perdedor. Seja homem, vamos, escolha um restaurante.

— Eu não sabia que você era casado.

— Já não sou mais. Quer tomar o restinho? Já não tem mais quase nada na garrafa... Então tomo eu. Foi bom você ter vindo.

— Minha mulher saiu de casa... para sempre. — George ia dizer que ela o havia abandonado, mas sentiu vergonha. Talvez ele devesse ter dito alguma coisa sobre a escolha do restaurante.

Walling estava tendo um acesso de riso. Engasgava, tossia e voltava a rir novamente.

— Nunca se deve levar as mulheres para longe da cidade — disse ele. — Depois de assarem meia dúzia de pães e de pendurarem todas as cortinas, elas começam a ficar azedas.

— Eu não disse que ela estava azeda.

— Elas estão sempre azedas. Como é que você me diz que a sua não estava? Que piada é essa? Eu não vou nem discutir uma coisa dessas. Ou será que ela pirou de vez? — Walling franziu o cenho e arrancou uma longa faixa de couro da cadeira, arremessando-a, em seguida, no aparelho de televisão.

— Olha lá! O que é aquilo que estão anunciando? Veja que gracinha! Ah, Gladys querida... venha vender essas suas coisinhas aqui com esse seu cabelinho... esses seus dentinhos... basta conectar, apertar o botão e pronto!

— Por que você riu?

— Não ligue para o que eu faço. É tudo reflexo. A única mulher que amei em toda a minha vida foi uma católica virgem de 30 anos. Aquela sim, era uma mulher. A loucura dela me entusiasmava.

— Eu gostava de Emma — Ao dizer isso, George teve plena consciência de que mentia. Não, ele não gostava nem um pouco dela.

Walling, de pé, pendia ora para um lado, ora para o outro.

— Detesto desligar a televisão — disse ele, acenando para a tela. Mas desligou, e os dois ficaram em silêncio no escuro. Walling deu um profundo suspiro. — Apesar de isso ser algo que se possa desligar — completou ele. Caminharam na direção oeste e depois na sul, passando por prédios diante dos quais homens dormiam. Acima deles, muitas das janelas estavam marcadas com gigantescos "X" que pareciam feitos por crianças. De vez em quando Walling caía por cima de George, mas logo se empertigava, lançava a cabeça para a frente e punha-se a caminhar com a apaixonada decisão dos bêbados. A certa altura, segurou com força o braço de George e pôs-se a falar de Alicia.

— Eu estava enlouquecido, tentando terminar o mestrado e o doutorado logo para me livrar deles de uma vez por todas. Sabe como são essas coisas, não? Queria ter logo um emprego, conta no banco, definir logo minha situação na vida. Além do mais, tio Sol não me dava trégua. Eu já fui judeu... sim, é claro, se não fosse, não teria um tio Sol, certo? Era ele quem pagava tudo, porque meu pai tinha morrido...

Ele se sentia na obrigação de pagar meus estudos. Sol, o rinoceronte, a bufar e a dar patadas no chão... mas pagava. Alicia, estava escrevendo uma tese sobre *Orlando furioso*, cheia de simbolismo de pássaros... Ela falava italiano. A facilidade que Alicia tinha para aprender línguas era algo inacreditável. Agora viramos à direita.

— Onde estamos?

— Não se importe com isso. Eu sei chegar lá. Certa vez ela me acordou às 3 horas da madrugada para cantar para mim uma ópera chinesa. Não, não era chinês de verdade, era só imitação do som, mas tão perfeita que parecia de verdade. Eu ri tanto que pensei que fosse morrer de tanto rir. Ela era muito doida. Sabia imitar à perfeição esses pássaros que são treinados para produzir sons humanos. Conseguia aprender qualquer língua em seis semanas. Naqueles tempos eu vivia fora de mim, ora exaltado, ora deprimido.... Ela era muito clara, pálida, tinhas pernas muito longas. Encontrávamo-nos sempre em um bar, à tarde. Eu parava à entrada e ficava olhando para ela por alguns instantes. Era de perder o fôlego. Aqueles cotovelos finos de protestante apoiados na mesa... os tornozelos magros e nus cruzados sob a mesa... E sempre me recebia com uma frase em russo, francês, italiano, espanhol, português, tudo junto como num trem de circo.

Os dedos de Walling apertaram com mais força o braço de George e este se perguntou se teria feito algum movimento para se soltar dele.

— Ouça — insistiu Walling. — Ouça bem! Ela não era... — subitamente ele parou de falar e olhou para cima. Estavam diante de um novo edifício de apartamentos recém-construído naquela área de casas de cômodos decadentes. — Consumidores — murmurou e repetiu, agora gritando: — Consumidores!

George, infeliz, permaneceu parado ao lado dele, temendo que chamassem a polícia ou jogassem um pote de planta em sua cabeça.

— O que eu queria dizer — Walling continuou a falar e a andar como se não tivesse havido a interrupção — era que ela não se encaixava nos padrões da classe média. Tampouco era boêmia. Era estranha, não se encaixava em coisa alguma.

— Falta muito?

— Estamos quase chegando — respondeu Walling.

— Eu não estou prestando atenção a essa sua história — exclamou George subitamente. — Não consigo. A fome não me deixa pensar em mais nada.

Walling não gostou.

— Ora, George! Como é que você quer que eu ouça sua história se você não quer ouvir a minha? Merda! Eu irritei você, não foi? Alicia dizia que essa era a minha única maneira de me relacionar com as pessoas. Isso ela dizia em inglês, naturalmente. Relacionar! Que palavra horrível. Quando eu não agüentava mais ir para a cama com ela, ela se instalava numa poltrona e começava a falar sobre a necessidade de *contato de pele*. Céus! Eu ficava ouvindo aquilo. Agora vem a parte engraçada. Eu tinha um amigo gordão chamado Billy, companheiro antigo de muitas farras. Quando Alicia e eu nos casamos, ele foi testemunha. Na verdade, casamo-nos os três. Foi ele quem nos arranjou o apartamento, escolheu os móveis e passou a cozinhar para nós. Tudo se transformou em um inferno rapidamente. Ela odiava levantar-se da cama de manhã. Ele me disse que o motivo era não sermos compatíveis. Essa tinha sempre sido a opinião dele, disse. Depois de sete anos de suco de laranja enlatado e de frituras brutalmente preparadas, meu estômago não agüentou mais. Quando Billy não preparava o jantar, comíamos qualquer porcaria na própria embalagem. Muitas vezes, no meio de uma briga, eu tinha que correr para o banheiro. Quando eu voltava para a sala, lá estava ele tomando chá de ervas com ela. Pelo menos era isso que dizia estar fazendo. Como eu poderia saber o que realmente era? Ele falava um pouco de francês também, aquele filho-da-puta! Quando nosso idílio psicótico já estava se aproximando do fim, ela passou a chamar tudo de Senhor e Senhora. "Ah, veja! Lá está um Senhor Esquilo!" ou "o Senhor Guarda". Aquilo me deixava louco de raiva. Era como se ela me ofendesse pessoalmente com aquela sua fala infantil. Às vezes eu tentava fazer com que ela parasse com aquilo, perguntando como se dizia uma palavra ou outra em outras línguas. Nessa época eu passava o dia lecionando, meu primeiro emprego, e depois voltava para casa. Para eles. Quando chegava lá, ele estava na cozinha, com um dos minúsculos aventais dela naquele corpanzil, falando, com sua voz gorda, sobre algo que tinha lido na revista *Gourmet*. Ela então dizia que, naturalmente, não seria uma comida *kosher* como eu gostava...

De repente Walling deu um salto de lado e postou-se diante de George.

— Espere um minuto. Já estamos quase chegando e não posso parar agora. Certa noite saí para comprar um antiácido na farmácia e acabei saindo com uma garota que encontrei lá. Voltei para casa já de madrugada. Encontrei os dois na cozinha, xícaras de café espalhadas por todo lado, fumando meus cigarros e falando sobre dinheiro. Em inglês! Iam abrir uma escola. Um curso de línguas. Quando entrei, os dois caíram na gargalhada. Quebrei tudo que havia na cozinha.

— Tudo bem — disse George. — É uma história terrível. Agora vamos.

— Você acha mesmo que é terrível? — perguntou Walling, quase esperançoso.

— Acho.

— Depois disso ela começou a falar de um primo que tinha em Chicago que ameaçava suicidar-se. Ela precisava ir lá ajudá-lo a sair da crise. Acho que o gordo Billy foi com ela. Enquanto eles estiveram fora, a tal garota ficou comigo. Era uma pessoa repousante, que quase não falava língua alguma. Eu não fui cuidadoso. Ficaram coisas dela espalhadas pela casa toda. Acho que eu queria mesmo que Alicia soubesse. E acho que ela foi a Chicago para que isso acontecesse mesmo. Bem... ela me disse que eu havia desrespeitado o quinto mandamento. Eu lhe disse que ela precisava reler o Antigo Testamento. Ela disse que os judeus é que têm que saber dessas coisas. Billy disse que eu não merecia uma mulher bonita e pura como Alicia.

Eles tinham atravessado a Washington Square e caminhavam pela Thompson Street.

— O restaurante é aquele? — perguntou George.

— Foi isso, então, o que aconteceu comigo. Sim. É ali.

— Vocês se divorciaram?

— Há muito tempo.

Eles desceram alguns degraus e entraram em um salão com várias mesas, um monstruoso aparelho de ar-condicionado e uma fotografia da *padrona* desbotada em tons de marrom acima do bar.

— Estamos fechados — disse o garçom. — A porta já devia estar fechada.

— É só um prato de massa para meu amigo aqui — insistiu Walling.

— A cozinha já fechou — disse o velho mal-humorado.

— Deve ter algum lugar aberto aqui por perto. Nós estamos cansados.

— Detesto essa gentinha que se julga grande coisa — disse Walling. O garçom ergueu uma cadeira e a colocou de pernas para cima sobre uma mesa sem sequer olhar mais para os dois homens.

Subiram pela Bleecker Street. A rua estava cheia de desocupados perambulando pelas calçadas. Vez por outra um grupinho parava diante das portas abertas dos bares para olhar para dentro; olhos perdidos, inquietos, seus corpos pareciam mutilados pela exaustão. Um negro homossexual vestindo um suéter amarelo de gola *rulê* passou esvoaçante por eles junto ao meio-fio, em passos pequeninos com suas botinhas pretas. Tinha algo de refinado e assustado. Andando apressado e cabisbaixo, trazia no rosto um sorriso misterioso como se estivesse lendo uma mensagem deixada para ele na calçada.

Walling continuava a falar sem parar sobre sua vida, sua família. Seu pai, disse ele, morrera subitamente de um ataque cardíaco aos 40 e poucos anos.

— A relação dos judeus com os estudos é algo muito mais complicado do que você possa imaginar — disse ele.

— Imagino...

— Não. Você não imagina. Aprender para saber das coisas e pelo prazer que isso dá é completamente diferente de armar-se para uma batalha.

George segurou Walling pelo braço e puxou-o para dentro de um bar que anunciava pizzas. Passaram por entre mesas ligeiramente gordurosas e chegaram a uma que lhes pareceu tranqüila.

— Desde que eu comecei a estudar e até que terminei o ensino médio — disse Walling —, ele só pensava na universidade. Durante todo o meu curso na universidade ele só pensava em mestrado e doutorado. E aí tudo acabou. Onde estava a guerra? Onde estavam os inimigos? Não havia nada disso. Nada? É por isso que eu odeio o Rubin.

Walling pediu uma bebida ao garçom e, quando ela foi trazida, ele a bebeu rapidamente e pediu outra.

— No fundo, no fundo, o que Rubin quer é matar todo mundo.

— Por que mesmo você o detesta? Acho que perdi alguma coisa do que você disse. Você não acha que deve comer alguma coisa?

— Você perde muito do que os outros dizem, George — disse Walling com certa impaciência. — Quer saber por que detesto meus alunos? Por causa do meu pai. Por causa daquele pobre homem sempre tão cônscio de suas responsabilidades. Eles ficam lá, sentados, com toda a sua insolência, que não passa de uma recusa a aprender. E eu sei que eles não vão morrer de um ataque cardíaco porque haverá sempre alguma coisa para eles no mundo. Suponho que tenham razão quanto a isso. Eles têm razão, George?

— Não sei. Eu não os detesto.

— Mas eles o deixam entediado. Isso é pior. Ainda assim, o tédio é privilégio dos góis. Os judeus não têm tempo para se entediar.

— Você até parece o Rubin falando. Fala por todo mundo.

Walling deu um soluço.

— Isso me faz lembrar — disse ele — de como foi que passei a jogar paciência todas as noites. Alicia detestava jogar paciência. Certa vez ela me disse: "É um jogo idiota. Quando você perde uma partida significa que ganhou!" — Walling deu uma risada, curvando-se para a frente e cobrindo o rosto com as mãos. Depois olhou para George e perguntou: — E aí? O que me diz dessa?

George ocupava-se em engolir uma fatia de pizza que havia sido colocada entre eles. À medida que seu estômago se enchia, ele ia sentindo uma paz que lhe anestesiava os sentidos.

— Você se lembra de coisas demais — disse ele.

— Veja só estas meninas — disse Walling empertigando-se e apontando para a janela. Da rua, duas jovens espiavam para dentro pela vidraça. Uma delas apertava os olhos agressivamente; os olhos da outra estavam arregalados como se o que ela visse ali dentro fosse o que mais desejasse na vida. Os lábios dela faziam um pequeno bico de amuo. George observou o desenho daqueles lábios como se os estivesse contornado com a ponta de um dedo. Era uma boca comum, como milhões de outras, um pouco mais carnuda no centro do lábio inferior. Ela usava um batom de cor neurótica. Foi essa a palavra que lhe ocorreu. Um estranho tom de vermelho. Mas era uma boca bonitinha. Não seria nada especial, mas seria bom beijar aqueles lábios macios, indiferentes aos seus. George sentiu uma vontade imensa de beijar aquela jovem com a roupa toda arrumadinha, pronta para ser arrancada de seu corpo.

Um pouco encabulado, ele olhou para Walling, mas este tinha os olhos voltados para o bar, onde um grupo ria e dava gritos.

— Eu conheço este jogo — disse Walling.

Meu jogo?, indagou-se George. A jovem ainda estava lá, com o olhar perdido. Sua amiga a puxou pelo braço. George resmungou, aflito. Desejava possuí-las.

— É da Sicília — disse Walling. — Você sabia disso? Pedra, papel e tesoura. Nós brincávamos muito disso. Todos esses jogos são italianos.

— Mais de leve, querido! — gritou a mulher. Ao lado dela, com dedos de uma mão erguida imitando uma tesoura, estava um homem que a segurava pelo braço. De repente ele baixou a mão e bateu com força na dela. — Seu filho-da-puta! — exclamou ela. O grupo ficou em silêncio e as pessoas foram se afastando do bar, uma a uma.

— Vou levar você a uma festa — disse Walling. — Vamos embora daqui.

George pagou a conta de ambos, enquanto Walling enfiava a mão no bolso fingindo que ia pagar.

— A noite é sua — murmurou.

Mais ruas, mais rostos que pareciam a George ainda mais estranhos que os que havia visto mais cedo, nem humanos nem animalescos. Todos, porém, com a marca de antigos sofrimentos. Talvez aquelas pessoas já soubessem, pensou George, que os prazeres da noite que eles procuravam tão desesperadamente jamais se materializariam.

O primeiro andar da casa de cômodos à qual Walling o levou tinha um piso de losangos de cerâmica como os que se viam nos mictórios públicos. Subiram devagar os cinco lances de escada. Um cão latiu por trás de uma porta verde.

Sons de festas atravessavam as paredes em ondas incoerentes. A porta estava escancarada. Entraram por uma cozinha cujas paredes eram recobertas com pinturas de setas em todas as direções. Um grande cadeado caiu no chão. Desenhada na porta havia a figura de um homem cujas pernas grossas se abriam justamente no lugar de onde caiu o cadeado.

Um homem gorducho de cabelos avermelhados trinchava um presunto com grande desenvoltura. Tinha uma expressão teatral de impaciência contida enquanto várias mulheres tagarelavam ao seu redor, tocando-lhe as costas, os ombros, dando gritinhos diante dos movimentos decididos da faca. O gorducho usava um minúsculo avental de organdi. A todo instante ele parava de trinchar e lançava às mulheres a seu redor um olhar de espanto.

— A linha que separa o chique do vulgar está muito difícil de distinguir ultimamente — disse ele a George e Walling.

Nos três outros pequenos aposentos, homens e mulheres conversavam, alguns sentados no chão. Uma mulher de meia-idade procurava, afoita, alguma coisa em uma estante de livros. Walling deixou George sozinho e dirigiu-se ao quarto mais afastado. George trocou algumas palavras com um jovem advogado bêbado que a todo instante consultava um relógio de bolso que tinha na mão; com um casal negro, ele, assistente social e ela, esguia e de expressão tranqüila, era atriz; com uma mulher de cabelos escuros e pernas grossas que o agarrou pelo braço e pôs-se a lhe dizer que havia pouco tempo deixara de fumar porque queria saborear melhor cada minuto de sua vida. Ela se apertou contra ele, esperançosa, mas ele não estava a fim de ser saboreado.

Walling surgiu de repente a seu lado.

— Preciso comer comida chinesa — disse ele, arrastando George para a cozinha. — Eles estão começando a tocar Vivaldi....

O homem de cabelos avermelhados estava reduzindo a pedacinhos um repolho chinês.

— Obrigado — disse Walling.

— Como é que você tem andado? — perguntou-lhe o homem com um olhar lacrimejante. Cebolas? Álcool? Tristeza?

— Impecável! — disse Walling.

— E você continua o mesmo velho mentiroso de sempre, não, Harve? A vida civilizada é um atenuante. É o meu atenuante. — Ele deixou o repolho cair em uma tigela, voltou-se e deu uma forte palmada na bunda de uma jovem de vestido azul. Quando George e Walling já iam saindo, o homem exclamou: — Ouvi dizer que Alicia está morando na Iugoslávia.

— Ah, Cristo... — disse Walling.

Tomaram um táxi até o carro de George. De lá, Walling foi orientando o trajeto até a One Hundred and Twenty-fifth Street.

— Já deve estar fechado — disse George.

— Lá nunca fecham....

George sentia náuseas. Tinha bebido várias taças de vinho branco; as fatias de pizza pareciam ter se juntado novamente logo abaixo de suas costelas.

Ele estacionou sob uma passagem elevada de metrô de superfície. Logo que saíram do carro, um trem passou acima deles em alta velocidade. Quando o terrível barulho desapareceu, a rua ficou em um silêncio ameaçador. Ouvia-se apenas o clicar dos semáforos quando mudavam de cor. Um vento leve soprava na One Hundred and Twenty-fifth Street vindo do rio, onde se via o que ainda restava do cais da Hudson River Day Line, agora abandonado. O restaurante chinês estava fechado.

— Ele nunca fecha — disse Walling com tristeza, olhando para o interior escuro pelas janelas fechadas.

Um menino surgiu de um prédio decadente ao lado do restaurante e correu para George.

— Ei, moço, quer ver um homem morto?

Surpreso, George deu uma risada.

— Não, obrigado. Já vi o suficiente hoje — disse ele. O menino não desviou os olhos de George, intrigado, apontando para a porta de onde acabara de sair.

— Não. É um defunto que morreu mesmo....

George e Walling voltaram para o carro. Quando George olhou para trás, o menino havia desaparecido.

— Um bêbado qualquer...

— Talvez devêssemos ter chamado a polícia — disse George.

— Deixa pra lá — disse Walling. Vamos voltar para a Tenth Street. Você pode ficar com a cama. Eu fico com a poltrona. Talvez passem algum filme de madrugada com um bocado de defuntos. Tudo é tão frustrante. Vou ter que dormir com fome.

— Por que você não come um ovo com presunto e sossega?

— Não tenho a menor intenção de sossegar.

— Tem certeza de que não quer procurar outro lugar?

Walling estava afundado no banco do carro, com os joelhos encostados no painel. Se George não estivesse olhando para ele, não teria visto que ele assentia com a cabeça. Muito presunçoso mesmo, aquele sujeito, para achar que as pessoas devem procurar captar suas lânguidas manifestações.

— Eu não sabia que você morava lá.

Walling resmungou qualquer coisa incompreensível.

— Você parece tão... tão *tenso*, George. Aquilo lá é a caverna dos meus sonhos! Com uma televisão de 27 polegadas! Meu refúgio de verão... Quando setembro chega, eu sou um homem diferente. Eu tenho um apartamento de dois quartos, George, bem no centro do realismo capitalista, Lincoln Square. Uma senhora vai uma vez por semana passar o aspirador no meu tapete verde e lavar a louça de uma semana acumulada na pia. Tenho até armário embutido com minhas roupas penduradinhas e um cinzeiro ao lado da cama. — Fez uma pausa e depois prosseguiu, petulante. — Já o meu ateliê... O princípio que me orienta é o da sobrevivência. Foi por isso que eu deixei que Billy ficasse com ela. Mas, apesar do que as pessoas sempre dizem quando se separam, que se odiaram durante anos etc. a separação é *sempre* terrível. Isso não fica tão aparente. A princípio eu me senti aliviado. Tinha a sensação de flutuar com tanta liberdade naquele ar rarefeito. Fui tocando a vida por algumas semanas e depois corri de volta para ela, me atirando a seus pés. Ela disse que eu precisava de apoio e que ela conhecia um analistazinho encantador. Ou era Billy quem conhecia, não me recordo. Aí eu fui, cheio de segundas intenções. Eu pensei, sabe, que ela estivesse marcando um encontro furtivo comigo. Disse a mim mesmo que ela havia se tornado prisioneira e que planejara um modo de nos encontrarmos secretamente.

— E você gostou do analista?

— Se eu gostei dele? George, você é um pateta mesmo.

— Se você acha que eu tenho alguma idéia sobre o que você está falando...

— Freqüentei o consultório dele durante um ano — continuou Walling. — Foi por causa dele que eu aluguei aquele pardieiro na Tenth Street. Ele me disse para mudar de casa e começar a fazer alguma coisa nova, qualquer coisa. Levei vários meses achando que ela iria se encontrar comigo no consultório dele. Eu sempre chegava cedo para não me desencontrar dela. Ela me telefonava toda semana... para saber como eu estava. Iugoslávia. Meu Deus, o que ela foi fazer lá?

Será que Walling estava sendo irônico? Que história louca era aquela que George não entendia? Se A não era igual a B, devia ser igual a C. Quando algo não ficava claro, era apenas porque a pessoa não havia entendido a seqüência. Mas esse não era o caso. Como descobrir o que era A? A podia ser um pensamento, uma coisa, ou a sombra de um ou outro. A voz de Walling, ora chorosa ora exaltada, já começava a irritar George.

— Aluguei meu apartamento a um sujeito durante o verão para poder pagar o aluguel do ateliê. Há meses Alicia não telefona. Estou pensando em me casar com a tal mulher católica. Mas não por enquanto.

Walling se voltou para George e pôs-se a olhá-lo em silêncio. A expectativa parecia evidente; agora era sua vez de falar sobre si, mas já àquela altura ele não conseguia. Poucas horas antes ele havia conseguido contar alguma coisa a Martha Palladino. Não se lembrava do que dissera. Agora era tarde demais. A verdade se estilhaçara em uma infinidade de fragmentos. Sua cabeça doía; ele sentia o sofrimento em alguma parte obscura de seu corpo, porém a natureza da dor, o lugar mesmo onde lhe doía, ele não sabia identificar.

— Eu não consigo saber! — gritou ele de repente.

E Walling, como se George tivesse enunciado um princípio universal, deu um gemido e cobriu o rosto com as mãos. Não falou mais até George estacionar o carro.

— Eu vou me casar com ela e deixar o ateliê — disse ele quando George se curvava para trancar o carro.

Mal entraram no ateliê, Walling ligou o aparelho de televisão, deixou-se cair na poltrona de couro, com a cabeça afundada nos ombros e os olhos fixos na tela silenciosa.

George se deitou na cama. Havia um pequeno objeto bem na base da sua coluna. Ele não se deu ao trabalho de tirá-lo de lá. Um livro, talvez. Começou a se sentir estranhamente pequeno, como se tivesse perdido grande parte de sua massa física de adulto. Foi tomado por um sentimento angustiante de solidão, de uma solidão inconsolável de criança. Olhou para Walling, mas este já estava dormindo com o rosto iluminado pelas luzes fantasmagóricas da televisão. Um murmúrio abafado de vozes emanava do aparelho como uma conversa em outra sala. Que consolo ele poderia encontrar em algum lugar? Ele havia levado seu sofrimento a duas pessoas e só conseguira fazê-las recordar seus próprios sofrimentos.

Algo estava tomando corpo na escuridão à sua volta, algo inimaginável, terrível. George se sentou na cama. Precisava voltar para casa. Não havia ali papel e lápis para ele escrever um bilhete, e tampouco palavras para explicar sua urgência. Esgueirou-se em silêncio para o corredor escuro.

As ruas da cidade ficaram para trás e ele pegou a estrada, onde apenas os postos de gasolina, de tempos em tempos, lançavam suas luzes ácidas. No mais, a escuridão da zona rural. Àquela altura ele já tentava planejar o que faria: teria uma semana para desocupar a casa e voltar para Nova York e depois precisaria preparar-se para o reinício das aulas. Que sentido faria continuar a morar no campo? Por que tanto esforço por uma paisagem cinzenta de inverno e uma casinha esquálida? Precisaria encontrar-se com Emma em algum momento; alguém precisaria encontrar-se com ela. Dinheiro, advogados, documentos, contas bancárias.

Horas antes ele havia dirigido no sentido sul daquela mesma estrada que agora percorria no sentido inverso, já não mais dominado pelo desespero. A estrada agora parecia ter algo de pessoal, como se o conduzisse a um destino exclusivamente seu.

Dirigir à noite era, para ele, uma experiência fundamental, arquetípica, essencial. Não fora essa sua sensação na primeira vez em que dirigira por uma velha estrada secundária até Provincetown, no verão, 14 anos antes? Naquela ocasião, como agora, o carro o aliviara de suas aflições. Do início ao fim da viagem ele havia se sentido um componente do carro, a própria alma daquela máquina. Fora uma experiência nova para ele. Uma espécie de posse. Ouvira dizer que em Milão, num domingo, era possível contar uns sessenta acidentes de automóvel num perímetro de 25 quilômetros da cidade.

Muito tempo havia passado desde aquela viagem a Provincetown. E a viagem de trem quando ainda era menino? Que idade tinha quando viu pela janela embaçada do trem aquela cidadezinha às escuras, como que à deriva em meio à nevasca? Essas eram experiências gravadas em sua memória, e não simples recordações. Ele vivia suas emoções de novo todas as vezes em que se lembrava delas. Se passasse a noite dirigindo, talvez todas lhe voltassem à mente, todas aquelas sensações fundamentais de sua vida. Quase tudo o mais era apenas informação. Como todas as pessoas que conhecia, ele tinha se tornado mais informação do que qualquer outra coisa.

Como todas as pessoas que conhecia? Mas o que dizer de Martha, para quem a camada protetora do bom senso comum havia se desgastado completamente? Que situação infernal a dela, prisioneira de dois absolutos: da vida e da dissolução, abominando e zombando de ambos. Era como uma pessoa encontrada logo após um acidente, alguém em permanente estado de perplexidade e dor. Ele se lembrou dos braços dela, ainda belos.

Ao pensar nos dela, lembrou-se dos braços de sua mãe. Um dia ele os havia olhado com atenção. Ela usava uma blusa de algodão sem mangas e de gola alta. Entre as axilas e os cotovelos, ele viu os arcos brancos, flácidos e sardentos dos braços. Naquele instante ele se deu conta de que a mãe já estava velha. De alguma forma ela percebeu o que ele estava pensando e, irritada, mandou que ele fosse fazer alguma coisa. A partir daquele dia, ela nunca mais usou roupas sem mangas. Mas a inexorabilidade do envelhecimento em direção à morte já estava incorporada à sua alma. Tudo morria; só a morte era eterna.

George atravessou a ponte sobre a represa de Croton e reduziu a velocidade para sair da estrada. Pela primeira vez viu um outro carro, que também diminuiu a velocidade. À luz do farol, viu que um grupo de rapazes lotava o carro. Um deles ergueu uma garrafa e bebeu diretamente do gargalo. Não viu mais nada. Ouviu apenas o ronco do carro velho que se afastava. Talvez Ernest estivesse naquele carro. Mas era mais provável que não, pensou George. Ernest não bebia; precisava estar sempre alerta.

Chegou a uma encruzilhada. A estrada à direita o levaria à sua casa. E se Ernest estivesse lá esperando por ele? E se nunca mais conseguisse se livrar de Ernest? Tomado de súbita repulsa por aqueles cômodos vazios (sabia muito bem que Ernest não voltaria agora), ele tomou o caminho à esquerda, que levava à casa dos Devlin. Sem nenhum propósito em mente, estacionou o carro a poucos metros da entrada.

As luzes estavam todas acesas, à exceção de um cômodo cuja janela dava para o sul. Sem fazer esforço para esconder-se, George atravessou o gramado em frente à casa e se dirigiu às janelas da sala de estar. Sentiu o voejar desagradável de insetos. Mariposas agarravam-se às telas das janelas em atitude de súplica. Não havia um único sopro de brisa, apenas uma estranha suspensão de movimento que ocorre no final do verão, quando tudo parece suspenso, à beira de uma grande transformação. A lua havia desaparecido, mas as estrelas continuavam a brilhar; nas distâncias inimagináveis a que se encontravam, suas luzes pareciam as de uma cidade de cabeça para baixo.

O ruído dos insetos diminuiu. George parou a poucas passadas de uma janela da sala de estar. Desabotoou a gola da camisa, sentindo-se sufocado naquela roupa. Sentia-se sujo também, como se as ruas da cidade por onde andara, o quarto de Walling, a pizzaria o tivessem contaminado.

Ah, se ao menos pudesse livrar-se daquela roupa! Essa idéia o deixou extremamente nervoso. Tinha o olhar fixo na sala de estar.

Um enorme jarro com flores amarelas murchas encontrava-se dentro da lareira onde no inverno a lenha ardia. Na mesinha em frente à janela ele viu uma caixa de onde saíam espirais de palha de madeira usada para acondicionar objetos. Ao lado da caixa, como para explicá-la, havia um copo multifacetado para vinho ainda com um pouco de palha de madeira.

— O que foi que você disse a ele? — George deu um pulo para trás ao ouvir a voz de Minnie. Ela caminhava em direção à janela enrolada em uma grande quantidade de seda verde, o rosto sem expressão alguma. Curvou-se sobre a caixa dentro da qual suas mãos procuraram algo com tal avidez que era como se todo o seu ser se houvesse concentrado nas pontas dos dedos. Ela resmungou alguma coisa e depois tirou da caixa outro copo de vinho, apertou os lábios para soprar a palha e o colocou ao lado do primeiro. Em seguida recuou um pouco para apreciá-los. Voltou-se, então, como se tentasse ouvir alguma coisa.

— Eu perguntei o que foi que você disse a ele — repetiu ela, olhando para os seios e dando um piparote para tirar alguma coisa que havia grudado ali. Depois sorriu. George sorriu também. Ele tremia; tinha vontade de dar uma gargalhada. Tapou a boca com as mãos e afastou-se um pouco mais da janela. Minnie continuou onde estava, olhando para os copos de vinho e para seus seios. Um som distante de água correndo chegou até George, que correu até o lado oposto da casa e descobriu Charlie Devlin escovando os dentes em um pequeno banheiro.

Charlie escovava com firmeza, para cima e para baixo, como manda a técnica. Não tinha expressão alguma no rosto, a não ser uma careta ritualística a intervalos. Eram dentes grandes e fortes, dentes de lobo. Ele continuava a escovar, com a espuma escorrendo pelos cantos da boca e salpicando no espelho. Escovava, escovava... aqueles dentes que eram também os dentes do mundo, sempre prontos para dilacerar, triturar. Um fiapinho rosado de sangue escorreu pelo queixo de Charlie. Ele se aproximou do espelho, franziu a testa, massageou a gengiva com a ponta de uma toalha e em seguida limpou com ela o espelho. Depois lavou a escova e deu um suspiro bem audível.

— Eu disse a eles — aproximou-se do espelho novamente e fez uma careta escondendo os dentes — que, se eles contratassem um bosta metido a sebo para me seguir por toda parte com uma enciclopédia na cabeça, eu largava aquela droga. Com ou sem os fatos, Charlie Devlin pode falar sobre qualquer assunto para qualquer público. Aí eu disse a eles que com uma rápida leitura de Kirkegaard eu já tinha sacado tudo que o cara tinha para dizer. Para mim basta aprender a primeira e a última letras de qualquer alfabeto. A primeira e a última. — Ele jogou a toalha em um cesto. — Aí eles surgiram com aquela bichinha nojenta com roupas de veado e disseram que ela ia trabalhar para mim. Era Ph.D., disseram. Eu disse a eles que já tinha problemas suficientes para ter que me preocupar com minha bunda também.

Minnie surgiu à porta do banheiro.

— Você disse isso na frente dele? — perguntou ela.

— Eu não sou um cara grosso — disse Charlie. Em seguida pôs as mãos nas cadeiras, deu umas voltas se requebrando com os olhos semicerrados. — Ui, ui, ui — exclamou ele.

— Bem... você tem mesmo que lidar com gente horrível, querido.

A mão de Charlie subitamente se lançou na direção de Minnie e agarrou seu seio direito. Ela deu um grito, riu e se afastou. Os dois desapareceram.

George se deitou no chão e apertou o rosto contra a grama úmida. Podia ouvir seu coração bater; um inseto caminhou por cima de seu nariz. Ele se levantou com dificuldade: pôs-se a rir, sacudindo todo o corpo. Cautelosamente, foi até a frente da casa. Os Devlin estavam apreciando os copos de vinho.

— Eu sei do que você gosta — disse Minnie enquanto Charlie pegava os dois copos. — Não é verdade que eu sempre sei do que você gosta?

— É verdade — disse Charlie com uma expressão distraída no rosto. — Seja como for, eles despediram o cara e contrataram a garota. Não vou nem precisar ter contato com ela. É assistente de pesquisa.

— Uma garota?

Charlie deu uma risada e começou a dar voltas pela sala. Minnie foi atrás dele. Deram voltas e mais voltas por entre sofás, pufes, abajures, cestos de revistas e tudo o mais que havia pelo caminho. Quem seguia quem? A certa altura, Charlie parou.

— Sabe de uma coisa?... Estou ouvindo ruídos.

Minnie parou logo atrás dele e olhou pela janela.

— É... Eu também ouvi alguma coisa. Já tinha ouvido antes.

— Um cachorro.

— Um cachorro?

Ficaram em silêncio. Minnie acariciou o braço do sofá bem de leve. George ficou parado, ouvindo também.

— Talvez seja Trevor — disse ela.

— Trevor está dormindo a uma hora dessas. — Charlie se voltou para a janela, de costas para Minnie. A mão dela parou de se mexer e seu rosto assumiu uma expressão terrível como se ela estivesse sufocada. Seus olhos pareciam a ponto de sair das órbitas enquanto olhava para a nuca do marido. Se ele a tivesse visto naquele momento, teria ficado apavorado, pensou George.

Mas ele se voltou para ela, e imediatamente sorriu.

— É um cãozinho solto por aí — disse ela. — Deve ter saído para se distrair e brincar.

Charles continuava preocupado.

— Estas bandas andam cheias de desocupados.

— Vamos para a cama.

— Assassinos... Você ainda não viu as estatísticas. — Charlie apertou os olhos. A certeza de ter inimigos dá ao rosto do ser humano sua expressão menos ambígua. Como Charles parecia amedrontado! Ao ver a sensação de medo crescente no rosto de Charlie, George se lembrou do que havia sentido no primeiro encontro com Ernest: aquela descarga de puro terror que o manteve pregado à porta. Então Ernest surgiu à sua frente. Como tinha sido fácil esquecer aquele terror! Diluí-lo em caridade! Ele achara que nada impediria o entendimento. Que idiotice a sua! Na verdade ele tentara abraçar Ernest apenas para manter as mãos do rapaz longe de seu pescoço. Não havia sentido coisa alguma por Ernest a não ser medo.

Minnie começara a apagar os abajures, curvando-se delicadamente sobre eles, parecendo acariciá-los com suas mãozinhas gorduchas e possessivas. Ela sorria ao apagar as luzes.

— Para a cama, para a cama... — cantarolava ela. A sala ficou imersa na escuridão.

Eles deveriam estar subindo para o quarto. Mas George não podia se perder de novo na noite. Não ainda. Não se sentia em condições para voltar a sua casa, as suas coisas, suas responsabilidades. Era como se o estranhamento que sentia não fosse uma emoção, e sim um lugar que ele precisava conhecer completamente antes de retornar à própria vida.

A luz do corredor se apagou. George foi rapidamente para os fundos da casa, voltou a contorná-la, tropeçando, correndo em círculos, à procura do raio de luz que revelasse para onde tinham ido.

Ele não ouviu o barulho. Tudo foi tão rápido que ele não se deu conta do que estava acontecendo. Viu-se sentado no chão com a luz que saía da porta aberta lançando-se sobre ele. Os Devlin correram em sua direção. Charlie segurava um revólver e Minnie, com as mãos enfiadas nos cabelos, gritava.

— Cale essa boca! — berrava Charlie, mas ela continuava gritando. — Ele está tentando desamarrar o laço do sapato! Ele está tentando... — Charlie deu-lhe um tapa na cara com a mão que estava livre.

George, intrigado com o próprio soluço, mexia no laço do sapato; algo doía em seu peito. Ele havia posto os pés dos sapatos trocados novamente, e Lila e a mãe comentavam: "Ele nem *sente* que está com os sapatos trocados. Nem seus próprios pés são capazes de dizer-lhe como é idiota!"

— Mecklin — gemeu Minnie. Ela se voltou subitamente e George caiu para trás no gramado. — Trevor está ali! — exclamou ela. — Seu idiota! Você deixou que ele visse!

— Chame uma ambulância! — disse Charlie debruçando-se sobre George. Ciente, agora, de que sangrava, George ergueu os olhos para ele. Charlie, com a arma escondida atrás de si, ficava cada vez mais alto, como uma árvore lançando suas raízes no peito de George no lugar onde havia dor.

Capítulo Seis

Um deles sumiu num foco de luz; o outro ficou; surgiram então outras figuras. As folhas de grama já não mais lançavam sombras em suas pernas.

— Ele está consciente? — perguntou uma voz vinda de longe.

— Tanto quanto você, Barney Google — respondeu outra voz, esta junto à cabeça de George.

— Pergunte onde ele mora — disse a primeira.

Um grito: a voz de Charlie:

— Eu sei onde ele mora!

Uma voz suave, quase um gemido, como se viesse de dentro de sua cabeça.

— O que é que ele está fazendo aqui?

Os tornozelos gordos de Minnie, tingidos de vermelho pela lanterna traseira da ambulância, tremiam; um mosquito pousou em um deles.

O rosto de Charlie surgiu à sua frente.

— *Onde está Emma?* — indagou ele, como se falasse com um estranho.

— Foi embora — sussurrou George.

Um braço passou por trás de seus ombros.

— Preciso vedar isso aqui... Você está com furo nos dois lados.

— Me ajudem! — gritou George ao ser virado de costas.

Minnie deu um grito abafado.

— O estrago é sempre maior no lado por onde ela sai, senhora.

Dois rostos desconhecidos se aproximaram. Um deles era de um negro que perguntou:

— Dói muito?

— Ele disse que Emma *foi embora*?

— *Cale a boca, Minnie*! Escutem aqui, eu vou com ele para o hospital. Ele é amigo nosso.

— O senhor sempre trata seus amigos dessa maneira? — perguntou o negro ainda debruçado sobre George.

— O senhor é médico? — perguntou George, sem ouvir a própria voz.

— Talvez — disse o negro. George não entendeu a resposta e continuou a olhar, inquisitivo, para o rosto do jovem. Mas o negro olhava para o peito de George. — Agora vamos colocar o senhor em uma maca, carregar o senhor. Logo não sentirá mais nada.

— Vamos logo, Barney Google — disse alguém.

— Seu nome é esse? — murmurou George.

— Pelo amor de Deus! O que é que ele está dizendo? — gritou Minnie, frenética. — Alguém pode me dizer?

— Meu nome não é esse — disse o negro, ainda ajoelhado mas já se pondo de pé. — Isso é uma brincadeira do meu colega aqui.

— Então acabe com ele — disse George. Um torvelinho. Escuridão. Sentiu-se transportado a uma velocidade terrível e depois se viu em um lugar iluminado, com um cheiro desagradável, consciente de que havia uma almofada sob sua cabeça e que Charlie Devlin estava agachado a seu lado.

— Que diabo você foi fazer lá em casa àquela hora? Sabe que horas são? Como é que eu podia adivinhar que era você?

— Não fale com ele.

— Por que não? Ele está consciente.

— Porque eu disse que não.

A mão do negro estava perto da de George. George segurou-a, sem força, e não a soltou.

— Cristo!... — exclamou Devlin.

— Não fale — disse o negro a George. — Chegaremos lá num instante. Lá vão dar ao senhor uma medicação e o senhor vai se sentir bem. — Ele apertou a mão de George, retirou a sua e deu as costas a Devlin.

Luzes passavam rapidamente pelo rosto de George e logo desapareciam. Ele ouviu o ruído de outros carros e viu telhados de prédios passarem. A sirene da ambulância foi ligada.

— Vai cair — disse George. O negro se voltou para ele. George disse:

— O prédio...

— Não, não vai cair.

— Posso fumar? — perguntou Charlie Devlin.

— Ora, que pergunta!

— Qual é o problema em perguntar?

— Se o senhor não consegue perceber o problema, não sou eu que vou lhe dizer.

— Esses regulamentos de merda...

— Bote ele para fora daqui — disse George com uma voz chiada que lhe soou muito diferente da sua.

O negro olhou para Devlin, que encolheu os ombros.

Chegaram. Uma rampa, portas duplas com molduras de borracha que se abriam ao meio, um corredor, cheiro de hospital, um quarto, duas camas, uma delas com um homem que gemia com o rosto coberto de ataduras, uma cortina entre as camas que só escondia as pernas do homem. George foi transportado para a cama como se fosse uma peça de louça rachada.

— O que aconteceu? — perguntou um homem com uma touca branca, tocos de barba malfeita no queixo e no rosto.

— Pensei que ele fosse um ladrão — disse Charlie Devlin. — Deus do Céu! Sabe que horas eram? Como é que eu ia saber que ele vinha me visitar às 3 horas da madrugada?

— E o senhor já saiu atirando, não? — Essa era a voz do negro.

— Por que você não pára de encher o meu saco? — disse Devlin.

— Calma! — disse o médico, curvando-se sobre George. — Preciso ver como está isso — disse-lhe ele.

— É grave? — perguntou Devlin com uma voz estranha, gutural.

— Não sei ainda...
— O senhor não sabe?
— Se o pulmão falhar, pode levar o coração junto. Pneumotórax. Se sangue ou ar entrarem na parede... — A voz do médico era impaciente. Não era um homem jovem. George não desviou os olhos do rosto do médico. Talvez sua expressão revelasse o que aconteceria com ele.

— Mas ele está bem, não é? — suplicou Devlin.

O médico deu uma risada nada amistosa.

— É... — disse ele. Um policial apareceu por trás do médico.

— Qual é o problema aí, Sam?

— Estou acabando de chegar — disse o médico irritado.

Devlin agarrou o braço do policial.

— Ele é amigo meu — disse. — Muito amigo. Mas tem uns hábitos esquisitos. Eu não reconheci o Mecklin. Eram 3 horas da madrugada... — O policial se livrou da mão de Devlin e o empurrou para o corredor.

— Ai... ai... ai, meu Deus... gemia o homem da outra cama.

— O que aconteceu com ele? — perguntou George.

— O senhor vai querer um quarto particular? — perguntou o médico.

— Não. Agora está começando a doer muito.

— Vamos fazer uma medicação em você — disse o médico.

— Vão me dar o quê?

O médico fez um gesto impaciente e se afastou dando ordens a uma enfermeira que estava encostada na porta.

— Eu tenho seguro da Blue Cross — disse George, surpreso com a própria voz que saía chiada, infantil.

— Parabéns — disse o médico. — Leve o paciente para o 206 — disse ele à enfermeira. Depois se debruçou sobre George e sorriu com estranha timidez, como se o visse pela primeira vez. — O senhor vai ficar bom — disse ele. — Vamos ter que colocar um tubo... para o ar sair. Não, não precisa fazer essa cara. O senhor teve sorte. Ele podia ter atirado no outro lado.

— Sr. Mecklin — disse o negro surgindo ao lado da cama. — Há alguém que o senhor quer que eu avise?

George sacudiu a cabeça. Não. Jamais se sentira tão cansado em toda sua vida. Ele queria agradecer ao negro por saber seu nome. Depois de tudo aquilo, tinha sido bom ouvir seu nome. Ele continuava ali. Sr. Mecklin. Esperava estar sorrindo para o homem, mas não tinha certeza de como estava sua cara.

A doença transforma um adulto em criança novamente. O presente deu lugar ao passado, e ali estava um menino sozinho no meio da noite. Olhou à sua volta, fraco, aflito por encontrar algum consolo, alguém que o tocasse sem ser por motivos médicos. Lembrou-se da mão do negro segurando a sua na ambulância. Como não a encontrou, procurou ser muito agradável com o residente que anotou seu histórico de saúde, sorriu além da conta para a enfermeira que tomou sua pressão, fez caretas de sorriso para todos quando colocaram um tubo dentro do seu peito com a outra ponta em um jarro de glicose. Suas perguntas foram ignoradas; sua alegre aceitação da dor não foi devidamente apreciada.

Talvez eles pudessem ver o que ia em seu íntimo. O tremor de sua voz não era apenas do choque, mas também do medo. O que surgira dentro dele era a noção da própria morte. Como poderiam eles aliviar aquele seu sofrimento? Era um saber que compartilhavam entre si. Por que então se dariam ao trabalho de tocá-lo mais do que o necessário? Ele era intocável. O residente até o olhou com desdém, como se o magro histórico médico de George o houvesse decepcionado: extração de amígdalas, isso lá é cirurgia? Um pouco de sinusite, uma leve infecção urinária. Nada de valor.

O efeito do remédio que a enfermeira lhe dera foi prejudicado por uma série de eventos: primeiro foram os raios X, depois o histórico, exames de sangue e instalação de aparelhos. Teria que esperar algum tempo para tomar Demerol, disse a enfermeira com severidade, como que para adverti-lo de que não adiantaria se queixar.

Depois todos saíram do quarto, justamente quando a luz pálida e prateada da manhã começava a entrar pela janela. Fosse como fosse, um novo dia raiava para ele. George sentiu alívio por estar sozinho, mas teve medo do que veria quando as outras três camas do quarto fossem descortinadas. Procurou ouvir atentamente os sons à sua volta: uma respiração pesada, quase soturna, um ressonar tímido vindo do canto oposto ao seu, e, da última cama, abafado por uma divisória verde, vinha um gemido suave e regular emitido como se fosse uma palavra.

Mais terrível do que qualquer outra coisa que ele pudesse encontrar naquelas camas, porém era seu próprio ferimento. As bandagens, quando ele olhou em direção aos pés da cama, obstruíram-lhe a visão.

Seu corpo pareceu-lhe assustadoramente espalhado naquela cama, fora do seu controle, pouco tendo a ver com *ele*. Até então havia imaginado que seu "eu" fosse o centro de todas aquelas células que constituíam seu corpo, que *ele* era mais importante do que as células do seu pulmão, dos seus dedos suados. A autonomia do seu corpo em relação à mente era algo terrível de contemplar. Na verdade, ali ele era apenas um corpo desconectado da mente, à deriva.

O tubo que saía do seu pulmão e terminava em um recipiente de vidro embaixo de sua cama o deixava assustado. Temia mover-se involuntariamente. A cama, com suas pernas altas, sua indiferença branca, tubular e virginal, tinha engrenagens sujeitas a súbitas convulsões. E se alguma enfermeira estabanada desse um esbarrão na cama?

O dia agora chegava em toda a sua plenitude; era a luz amarela e quente do final de agosto. Os que antes dormiam agora começavam a acordar. George ouviu o som de um motor vindo lá de fora. Houve uma explosão de branco quando três enfermeiras entraram no quarto animadas. Logo, porém, se transformaram em uma milícia engomada.

George lembrou-se, de repente, de que tinha marcado um encontro com Ernest em frente ao banco. Uma exclamação de raiva escapou dos seus lábios e, ainda que contida, fez com que a atenção das enfermeiras se voltasse para ele. Elas o olharam, impassíveis. Então uma voz vinda de trás dele disse:

— Ele fala!

George virou a cabeça lentamente. Outra enfermeira estava de pé à cabeceira de sua cama. Era uma menina magrinha, com o rosto muito pálido e nada atraente. Seus lábios grossos abriram-se em um sorriso. Ele se deu conta de que ela estivera ali o tempo todo.

— Sou sua enfermeira — disse ela.

— Posso me movimentar? — sussurrou ele.

— Se pode? Por que não tenta?

Ele encolheu um pouco os joelhos e logo os baixou novamente. Já ia levantar a mão esquerda quando se lembrou do vidro pendurado acima da cama.

A enfermeira apontou para o vidro de soro.

— Isso vai ser café-da-manhã, almoço e jantar por algum tempo — disse ela.

— Meu Deus! A que mais estou conectado?

— Shhh! Não fale. O senhor precisa dormir.

— Você ficou aqui o tempo todo?

— Cuidando do senhor... — respondeu ela. O sorriso dela era simpático, mas parecia ter também outra característica. Um sorriso profissional.

As divisórias que escondiam as outras camas foram recolhidas. George começou a sentir uma dor que se instalava em seu peito. A anestesia parcial certamente perdia o efeito. Não estava acostumado a sentir dor e se perguntou por quanto tempo deixariam que ele sofresse. E se gritasse de dor? E se fizesse um escândalo?

Um negro já velho se curvou na cama dando as costas para George e pôs-se a gemer, entregue à dor. Na cama em frente à dele estava a de um homem tão magro que suas rótulas se destacavam por baixo da coberta. Ele tinha os olhos fixos nos aros de aço do mecanismo que o mantinha suspenso. Na cama à direita de George, um rapaz estava reclinado de maneira um tanto lânguida, com um cotovelo apoiado e a mão no queixo afilado. O rapaz observava George de maneira amistosa.

— Bom dia — disse ele.

George não respondeu. A enfermeira tocou os lábios com o dedo pedindo silêncio. George fechou os olhos.

Nos dias que se seguiram, George quase não prestou atenção aos rostos das pessoas; só os procedimentos médicos realizados nele o interessavam. Pulso, pressão arterial, respiração, antibióticos, sedativos, todas essas coisas tinham grande importância para ele. Ele aguardava ansioso a hora dos exames, das perguntas, das injeções hipodérmicas. Até mesmo os misteriosos cuidados da Srta. Hyslop, sua enfermeira, ao procurar todas as conexões onde os tubos entravam no seu corpo, enchiam-no de uma espécie de júbilo.

Mas as coisas que lhe eram ditas e perguntadas fora do tema imediato da sua saúde, ele não as entendia. A Srta. Hyslop o deixava cansado, mas, quando ela se afastava por alguns instantes, ele desejava que ela voltasse. Alguma tendência a conversar a levava a falar com ele constantemente. A perguntar, por exemplo, se ele já havia estado em Porto Rico, se gostava de esportes e o que ele ensinava, ele respondia com pedidos: queria um travesseiro limpo, porque o seu estava úmido... queria que ela fechasse a janela porque o sol batia nos seus olhos... queria saber quando lhe dariam alimentos sólidos. Ela começou a ficar confusa, como se não soubesse mais o que fazer. George se perguntou se seria muito diferente de outros pacientes.

Ao acordar no terceiro dia, viu que o paciente negro havia desaparecido. Ninguém lhe informava o que havia acontecido ao negro. O rapaz de queixo pontudo sacudiu a cabeça em silêncio quando George lhe perguntou sobre o negro. O outro paciente do quarto nunca falava. George continuou insistindo até que a Srta. Hyslop sussurrou "Faleceu", com tanta má vontade que George percebeu que a morte não devia ser mencionada ali. As pessoas não morriam naturalmente. Não se podia falar sobre elas com naturalidade.

Na tarde daquele dia ele foi desconectado do vidro de glicose e fizeram com que se sentasse na beirada da cama. Estavam tentando matá-lo, pensou. O chão pareceu subir ao seu encontro. A Srta. Hyslop segurou-o pelo braço e riu.

— Seu medroso! — disse ela.

— Não me chateie! — disse ele, mal-humorado.

Os lábios dela tremeram e os olhos se entristeceram.

— Desculpe — disse ele. — É que estou apavorado. Mas, veja bem, estou me sentindo melhor.

— Não se canse falando tanto — disse ela.
— Como é que vocês agüentam a gente?
— Não seja sentimental — disse ela com inesperada severidade. — Economize suas forças, Sr. Mecklin. O senhor quer urinar?
— Não.
— Amanhã o senhor não precisará mais de mim.
— Ah, Deus! — exclamou ele, infeliz. — Eu ainda estou me sentindo muito mal.

Ela se curvou aproximando-se dele.
— Se o senhor acha que está mal, dê uma olhada à sua volta.
— Eu não quero olhar à minha volta.
— O senhor está estressado. Muitos ficam estressados quando as enfermeiras vão embora. Daqui a 24 horas o senhor não se lembrará mais de mim. — O olhar dela era inquieto, mas a expressão de sua boca revelava determinação, como se ela tivesse dito uma verdade básica acerca de seu trabalho, uma verdade aprendida a duras custas, sem sentimentalismo.

Ele estava a ponto de chorar. A Srta. Hyslop fez algo extraordinário. Escondeu-se embaixo da cama e pôs-se a socar o colchão. Ele começou a rir sem parar. O rosto dela então surgiu à altura do colchão. O rapaz que se apoiava no cotovelo também riu.

— Está bem, está bem, Srta. Hyslop — disse George.
— Eu só estou preparando o senhor para receber a polícia — disse ela, sorrindo agora. — Um detetive está vindo aí.
— De baixo da cama?

Ela riu, ajeitando os cabelos e a gola. Imaginou-a sem o uniforme, fora do hospital, caminhando pela rua e emitindo sinais sexuais extremamente sutis. Ela era um pouco como Emma, pensou ele.

— Então isso significa que já estou melhor mesmo?

— Bem melhor — disse ela. — Em pouco mais de uma semana o senhor estará andando por aí.

O detetive, que só chegou bem mais tarde, evitou olhar para o rosto de George. Talvez suspeitasse de que seu rosto contradissesse a história relatada. Sim, George sabia que 3 horas da madrugada era tarde demais para visitar alguém. Mas ele estava muito aflito. Sua mulher o havia abandonado. Estava desesperado, à procura de companhia. Mas, ao chegar à casa dos Devlin, hesitou em bater à porta. Por que deixara o carro na estrada? Bem... porque achou que pudessem estar dormindo.

— Eu não estava raciocinando bem — disse George. O detetive disse que ele era um homem de sorte. Sim, todos, afinal, tiveram sorte, disse ele.

A Srta. Hyslop chegou com seu antibiótico. Depois, quando o detetive já havia saído, e confirmando o que ele mais temia, ela parou em frente ao pé da cama e começou a fazer funcionar o mecanismo que erguia a cabeceira.

— Não me levante! — suplicou ele, alheio aos outros pacientes, alheio a tudo exceto ao pavor que lhe dava mudar de posição. Temia que o ferimento se abrisse, que seu pulmão saísse peito afora, que ficasse sobre os lençóis como um peixe moribundo. O mundo se transformou a um ângulo de trinta graus. A Srta. Hyslop sorria.

— Bom garoto — disse ela.

Ela disse que tudo daria certo. Como podia lhe dizer isso? Ele estava sendo ameaçado por todos os lados: pela pneumonia, pela polícia, por seus intestinos que não funcionavam, pela certeza absoluta de que tudo havia mudado para ele e de que sua vida jamais seria a mesma.

A Srta. Hyslop pôs uma carta no seu colo.

Era de Emma. "Que coisa terrível lhe aconteceu", escrevera ela. "Se você quiser que eu vá visitá-lo, peça a alguém para me telefonar. Estou na casa de Sarah Friedricks. Telefonei para Lila uma centena de vezes, mas ela não estava em casa. Telefonei também para o Sr. Ballot, em Westport. Onde está o carro? Afetuosamente..."

— Aquele projétil não se destinava a mim, Srta. Hyslop — disse George.

A Srta. Hyslop passou as pontas dos dedos pelo rosto de George.

— O senhor precisa fazer a barba — disse ela.

Na manhã seguinte ela já não voltou mais e, como havia dito, ele logo se esqueceu dela. Os Devlin o ajudaram a esquecê-la. Chegaram por volta do meio-dia, esforçando-se ruidosamente para não fazer barulho.

— Você não está com a cara muito boa — Charlie foi logo dizendo.

— Ele está com um aspecto maravilhoso, considerando-se que... — disse Minnie.

A palavra "maravilhoso" saiu voando pelo quarto do hospital batendo suas asas molhadas. Ali estavam, maravilhosos, ela com suas exclamações, ele capaz de silenciá-lo com um tiro, ambos capazes de engoli-lo inteiro como sapos, à beira de sua cama.

— Maravilhoso... — repetiu ela, lançando um olhar sem expressão para as bandagens dele, para os tubos amarelos e recipientes de vidro.

— Vou logo ao que interessa — disse Charlie. — Espero que você esteja recebendo um bom atendimento... Bem, espero... Falei com algumas pessoas. George, você reconhece que foi bem esquisito aquilo de você estar em frente lá de casa às 3 horas da madrugada. Isto é... quando ninguém anda por ali a não ser gente da pior espécie. Digamos que estivesse bêbado. Eu não tenho nada contra isso. Nada mesmo.

— Charlie, cale essa boca! — exclamou Minnie. — Charlie se vira de costas e ainda se curva para que as pessoas chutem a bunda dele. Eu não! O nosso Trevor viu o pai dele atirar em um homem. Eu preferia que você morresse com um coice de cavalo a Trevor ver uma cena daquelas. — A voz dela, a essa altura, era grave e firme, cheia de rancor. — Eu não sei o que você estava tramando, George — prosseguiu ela. — Não sei que coisa imunda planejava fazer. Quando sua mulher me telefonou, eu disse a ela que você é asqueroso, e que fica espiando pelas janelas dos outros. Ah, sim... ela está triste. Eu lhe disse para não desperdiçar tristeza com um sujeito como você. Não me interessa saber se você gosta de bunda de menino ou de espiar os outros pelas janelas. Charlie, tire as mãos de mim! Não me interessa. Isso é problema seu. Mas, se você pretende nos processar, levar o caso para a justiça ou fazer qualquer coisa contra nós, experimente para ver. Experimente! — Minnie deu um inesperado sorriso.

— Minnie está aborrecida por causa do menino — disse Charlie. — Agora calma, Min. Olha aqui, George, nós vamos pagar a enfermeira particular e todos os extras. Você quer um rádio? Mas nós só vamos até aí. O caso só deu uma noticiazinha no jornal. Uma coisinha de nada, sabe, sobre um tiro acidental. Eu não posso ser envolvido... Ora, você sabe que foi um acidente, não é?

— Saiam daqui! — disse George. — Saiam já daqui ou eu começo a gritar! — Deu uma risada olhando para Minnie; depois fechou os olhos, sentindo-se fraco. Pensou que poderia morrer ali, diante deles. Não seria uma morte notável. George sentiu que não devia explicações a pessoa alguma.

Quando abriu novamente os olhos, os Devlin não estavam mais lá. Uma enfermeira tomava seu pulso, aquelas insignificantes batidinhas do sangue contra coisa nenhuma.

Pouco a pouco, cada vez mais, o mundo lá fora voltou a ocupar espaço em seus pensamentos. Ballot escreveu e mandou flores. Martha Palladino passou a telefonar todos os dias. Mas ele não soube mais dos Devlin nem de Emma. O fato de Lila não o procurar não chegou a ser uma grande surpresa para ele. Joe certamente lhe teria contado algo. Entretanto George não se sentiu de fato magoado com ela. Parecia-lhe agora que seu relacionamento com a irmã sempre havia sido tênue, sustentado apenas pelo hábito. Talvez ele fosse apenas mais cuidadoso na manutenção daquele relacionamento do que ela. Mas, no fundo, será que se importava mesmo mais com ela do que ela com ele?

A cada dia que passava ele se afastava um pouco mais de sua cama. Os tubos e os recipientes foram removidos. Ele começou a comer novamente. O desconforto ainda era constante, mas já não era mais acometido por longos períodos de dores terríveis, ocasiões em que ficava deitado, imóvel e em silêncio, com o olhar fixo na porta, à espera de que a enfermeira chegasse com o Demerol.

Vez por outra pensava em Ernest, ou melhor, visualizava o rapaz. Via a expressão dissimulada do seu rosto, com toda a sua banalidade e todo o seu mistério. Via-o sentado à vontade no sofá, lendo, ou à mesa da cozinha, fumando os cigarros de Emma.

Algumas semanas depois da noite do tiro, quando George caminhava com cuidado pelo corredor para ver se havia alguma revista nova na sala de espera das visitas, a porta do elevador se abriu, exatamente à sua passagem. Martha e Walling saíram do elevador ao mesmo tempo, um sem saber que o outro também ia visitar George. Ele os apresentou e os levou para a sala de espera vazia. Walling havia raspado o bigode, parecia mais velho. Sentou-se empertigado na cadeira, olhando muito sério para George, mas sem conseguir disfarçar sua impaciência. As mãos de Martha tremiam; ela segurou com força seu casaquinho para disfarçar. Como era estranha sua roupa! Parecia não estar bem certa do que as pessoas usavam no mundo. Havia algo estranho também com seus cabelos. Dois longos cachos em espiral caíam como madeixas de anjos sobre grumos de cabelo liso. Ao olhar para os cachos, George notou que se desfaziam aos poucos. Ela deve ter tentado prender os cabelos, pensou ele. Certamente teria feito caretas diante do espelho. Desajeitada, ela lhe entregou dois livros. Um deles era uma brochura com uma história de suspense; o outro, a autobiografia de Edwin Muir.

— Onde conseguiu isto? — perguntou ele, pegando o livro de Muir. — É difícil encontrar.

— Já tinha este livro há muitos anos — disse ela. — Não sabia do que você gostava. — A voz dela saía com dificuldade e ela, empertigada na cadeira, parecia esforçar-se para que a voz não sumisse de vez. Walling enfiou a mão no bolso e de lá tirou um quebra-cabeça cujo objetivo é conseguir, inclinando-o cuidadosamente, colocar as bolinhas nos furos. Ele o pôs no colo de George.

— Eu não sabia de que tipo de passatempo você gostaria — disse ele.

Os olhos de George se encheram de lágrimas. Martha abotoou seu casaquinho até a gola. Walling permaneceu imóvel, abatido. George não conseguia parar de chorar. Enxugava o rosto com o dorso das mãos.

— Quando a enfermeira particular foi embora, eu fiz isso também. Já até me esqueci do nome dela. Em um minuto vai parar. Desculpem.

— É que você se comoveu com os presentes — disse Walling.

— Como você se sente? — perguntou Martha.

— Bem — disse George. As lágrimas haviam cessado; ele tinha uma sensação fresca e agradável no rosto. — Acho que vou poder ir para casa na semana que vem. Eu me canso facilmente. Mas já vou deixar isto aqui talvez na quarta-feira.

— Andei pensando, sabe, que... talvez você quisesse ficar algum tempo na cidade — disse Walling. — Eu posso vir buscá-lo e levá-lo lá para casa. Já devolveram seu carro. Bem... você pode ir ficando por lá pelo menos até decidir o que quer fazer. No dia 15 haverá uma reunião de professores. A distância é grande para você viajar. Tenho um quarto lá no apartamento. Não, não é naquele outro lugar. Eu subloquei aquele para um marceneiro. Talvez ele compre uma lâmpada. O aparelho de TV finalmente se quebrou de vez. Teve uma convulsão, lançando luzes para todos os lados. Parecia o fim do mundo. Bem, eu poderia ir à sua casa pegar algumas coisas para você. Assim você não teria pressa em decidir o que fazer.

George concordou com um aceno de cabeça. Na situação em que se encontrava, não conseguiria mesmo decidir coisa alguma.

— Minnie está uma fera — disse Martha. — Os dois estão apavorados. Ela não pára de falar do prestígio de Charlie junto às autoridades. Todas as autoridades.

— Eles vieram aqui...

— Ela fala como se você tivesse tentado incendiar a casa dela.

— É... suponho que tenha dito umas coisas bem elogiosas a meu respeito.

Martha forçou um sorriso.

— Pois é, disse mesmo. — Martha enfiou a mão no bolso, de lá tirou um par de luvas de couro marrom e pôs-se a alisá-las. — Tentei falar com sua irmã — disse ela.

A salinha ficou em profundo silêncio. Walling passou as pontas dos dedos acima dos lábios, onde antes havia um bigode. Martha tinha os olhos fixos nas velhas luvas em seu colo.

— Foi muita bondade sua — disse George.

— Mas não consegui encontrá-la — disse Martha. — Creio que ela não está na cidade. — Ela ergueu as luvas, mostrando-as a George. — Mãos de múmia...

— Como soube que eu estava aqui? — perguntou George a Walling.

— Ballot me escreveu. Achava que talvez eu tivesse me encontrado com você nessas férias... Não sei por quê. Ele sugeriu que eu viesse ver se você precisava de alguma coisa... dinheiro, acho eu. Você precisa de alguma coisa?

— Não preciso de nada, a não ser que você vá mesmo lá em casa algum dia e pegue uma pasta que está em algum lugar do quarto. Nela há talões de cheque e uma apólice de seguro. Se puder pegar isso e a correspondência...

— O que Ballot queria realmente saber era se você estaria em condições de voltar ao trabalho. Ele gosta de manter as coisas como estão. Ele até voltou atrás em relação a Rubin.

— Rubin vai ficar?

— Não sem um contrato definitivo. E isso ele não conseguiu.

Fez-se um silêncio de hospital; as visitas e o paciente se entreolharam como que separadas por um golfo.

— Tudo o que aconteceu foi por minha culpa — disse George subitamente.

Martha discordou, sacudindo a cabeça.

— Não diga isso — disse ela. — Isso não importa agora.

— Importa, sim.

Walling se levantou.

— Preciso ir agora — disse ele. — O trem sai daqui a meia hora. Eu tenho essa mania de tomar o trem que planejei tomar.

— Há trens a toda hora — disse Martha.

— É esse o problema — disse Walling. — Quando eu perco o trem que planejei tomar, fico desorientado, entende?

Martha jogou as luvas na lixeira.

— Imagine só carregar essas luvas para toda parte esses anos todos! — disse ela. — George, você virá me visitar, não? Depois, quando estiver melhor?

— Vou — disse ele.

Walling entregou a ele um pedacinho de papel.

— É o meu telefone. Peça a alguém para me telefonar quando você puder sair.

George levantou-se lentamente, sentindo que seus joelhos fraquejavam. Sentia um enorme cansaço.

— Até a vista, então... Até a vista.

Os dias passaram. Em pensamento, George já não estava mais no hospital. Os problemas dos outros pacientes interessavam-no cada vez menos. A natureza mesma do seu interesse mudou; tornou-se impessoal, perdeu a avidez. Sua cama, que de início fora indiferente e depois passara a ser refúgio, agora voltava a lhe ser indiferente. Deitava-se nela despreocupado. Sentia-se mais magro e de fato estava. Ao se barbear à luz fluorescente do banheiro, notou a palidez do seu rosto. Seu nariz parecia ter se alongado; seus olhos olharam com deferência a imagem que viram.

Ninguém lhe prestava mais muita atenção. Um médico lhe disse que ele sentiria desconforto por algum tempo ainda, e que até mesmo depois de totalmente curado sentiria uma tensão no lugar do ferimento quando o tempo mudasse. Às vezes George colocava a mão espalmada de leve sobre o lugar onde o projétil havia entrado, como se estivesse fazendo um juramento solene.

Vários professores de sua escola enviaram cartões lhe desejando pronta recuperação. Ballot escreveu outro bilhete no qual dizia que lhe dera uma carga horária leve para começar, e tecendo comentários sobre a terrível experiência pela qual George havia passado. Ah, como é difícil viver neste mundo moderno!

Um dia chegou um envelope com o nome e o endereço de Martha como remetente. Dentro havia um recorte de jornal com duas palavras em uma tinta borrada: "Sinto muito." Ele não o leu de imediato, mas segurou-o pela ponta como se o pedacinho de jornal estivesse pegando fogo e ameaçasse queimar seus dedos. Depois o segurou com ambas as mãos e leu.

JOVEM LOCAL IDENTIFICADO

Peekskill — O corpo de um jovem encontrado no dia 25 de agosto atrás do estacionamento da Grand Union foi identificado pelo Sr. Jenkins, da 3rd Street, nº 2113, como sendo de seu filho, Ernest, de 18 anos. A polícia disse que o jovem pertencia a uma gangue local de adolescentes. Um membro da gangue, Roy Kinsman, mecânico desempregado, foi preso como suspeito. Jenkins morreu por espancamento.

George foi até o banheiro. Via as mãos de Ernest esticadas como que a pedir socorro, cobertas de sangue seco. Sentou no vaso e apoiou os braços na pia ao lado. Depois abaixou a cabeça. Ele não tinha conseguido fazer coisa alguma por Ernest. Nada. Como se olhasse pela janela de um trem à noite, George viu por alguns segundos o rosto de Ernest, quase irreconhecível, agora perdido para sempre.

No dia anterior ao de sua saída do hospital, chegou uma carta de Lila.

"Querido George", dizia ela, "fiquei chocada ao saber do seu acidente (você não imagina o que foi encontrar o bilhete de Joe enfiado por baixo da porta, atitude *típica* daquele homem que podia ter me telefonado para dar a notícia, mas que não suporta falar do sofrimento alheio), porém fiquei aliviada ao saber que você vai ficar curado. Emma finalmente me telefonou e disse que você está se recuperando bem. Disse também que vocês se separaram. Pobre George! Acho que você tem tantos problemas quanto qualquer um de nós."

A essa altura ele pôs a carta de lado, deu um sorriso triste e foi para a sala de espera onde ficou sentado por algum tempo com um *Saturday Evening Post* no colo. A enfermeira foi buscá-lo; havia papéis para assinar e um detetive o aguardava.

Voltou para o quarto, onde encontrou o mesmo detetive que estivera lá antes. O homem forçou um sorriso.

— Pois é... quem diria? Já está andando por aí tudo, não?

— É... — disse George. — Já não tínhamos terminado toda essa história legal?

— Ainda não. Veja bem, precisamos ter certeza de que foi mesmo um acidente, não um ato criminoso.

Discutiram tudo novamente. Com hábil espontaneidade, George confessou que estava embriagado e confuso naquela noite, falou de seu desespero e de sua falta total de bom senso. Sim, tudo aquilo era verdade. Ele e Devlin não tinham acertos a fazer. Na verdade, ele nem conhecia os Devlin muito bem. Tudo aquilo era, de fato, responsabilidade sua. Ao ver as contas espalhadas sobre a cama, ele as mostrou para o detetive.

— Está vendo? Devlin pagou tudo. Imagine o que é pagar a hospitalização de um homem em quem você atirou com toda a razão!

O detetive não pareceu muito convencido.

— Quer saber de uma coisa? Eu não sou idiota.

— Pois eu sou — disse George.

— Bem... veremos — disse ele e se foi. George acabou de ler a carta de Lila.

"Agora tenho notícias surpreendentes para você. Claude e eu vamos ficar morando nesta cidade. É bem bonitinha, fica a menos de 100 quilômetros de Boston e há aqui uma colônia de artistas, por isso deve ficar bem interessante no verão. Aqui há uma taberna com o jeito bem antigo, como aquelas tabernas inglesas com uma placa de madeira pendurada do lado de fora. É assim que eu imagino os *pubs* ingleses. Mas é claro que você sabe como eles são, já que esteve lá. E, George, eu estou trabalhando como caixa nessa taberna. Pagam muito pouco, mas desde que eu disse a Philip que havia me mudado para cá, ele tem mandado a pensão com mais regularidade. *Isso eu não entendo!*

"Cheguei finalmente à conclusão de que Joe era uma causa perdida. É claro, porém, que essa conclusão *nunca* me serve para nada. Não quando se é assediada como eu fui. Mas tudo ficou bastante claro para mim. Ah, como dói! Por isso vi que a única coisa a fazer seria ir para longe. Uma amiga me falou deste lugar e a princípio eu ia ficar aqui só uma semana para *pensar*. (Foi por esse motivo que não fui visitá-lo.) Bem, mal chegamos aqui, vi logo que não deveríamos voltar para Nova York. Pelo menos por um bom tempo. Eu poderia escrever páginas e mais páginas sobre as despedidas. Mas certamente você não se interessaria por isso agora.

"Estamos morando em uma casinha agradável com uma cozinha que dá para um quintal. Temos duas macieiras que dão maçãs de verdade! A luz do sol está entrando pelas janelas neste instante e estou tomando uma xícara de café. Ontem Claude passou o dia todo sentado à porta da cozinha. Desde que chegamos aqui, ele fica grudado em mim o tempo todo. Mas hoje ele quase chegou perto da pequena cerca que fica por trás das macieiras. Do outro lado da cerca, há duas crianças brincando. Talvez você não se lembre tanto da sua infância como eu me lembro da minha. Eu *sei* que será preciso um esforço enorme para ele chegar até aquelas crianças. Há alguma coisa que eu possa fazer por você? Que homem abominável! Tão logo fui apresentada a ele naquela noite da festa, percebi que ele estava a fim de atirar em alguém, não estava?"

George guardou o pedaço do envelope que tinha o endereço dela e jogou a carta no lixo. Às dez horas da manhã seguinte, ele deixou o hospital.

Walling tinha ido buscar roupas para ele. Ao se vestir, perguntou-se onde estavam as roupas que vestia ao chegar ao hospital. O que teriam feito com elas? Ele já nem se lembrava mais do que usava naquela noite. Despediu-se do rapaz do queixo comprido, que àquela altura já andava de muletas pelo corredor. Depois foi despedir-se de Howard, que só tinha podido ver George quando giravam o mecanismo que o mantinha suspenso da cama. O rosto emaciado de Howard, surgindo em meio a toda aquela parafernália, se abria sempre em um sorriso para George, na cama em frente à sua, antes de ser posto de bruços para que uma enfermeira tratasse da imensa escara que ele tinha nas costas. Aquele não teria cura. Howard só conseguia mover os olhos e o dedo mínimo da mão direita. George se curvou sobre ele e olhou bem para aqueles olhos de um azul muito pálido.

— Aproveite bem — sussurrou Howard.

O hospital dera por terminado o tratamento de George; ele já estava praticamente curado. Para o pessoal de lá, ele já era obsoleto.

Pela porta de vidro, ele viu o dia lá fora. Quando Walling a abriu, George passou do ar incubado do hospital para o ar livre. Era setembro. O céu estava claro, prismático, muito azul. O ar tinha o sabor de uma melancia recém-aberta. Ele viu seu carro no estacionamento.

— Sua amiga Martha me ajudou a pegar as coisas — disse Walling quando entravam no carro.

— Como está ela?

— Tomamos um drinque juntos. Às 9h da manhã.

— Ela estava bem?

Walling olhou para ele.

— Meio doida — disse ele. — Mas parece ser uma boa pessoa. E você, como está?

— Estou bem — respondeu George. — Meio doido.

George cochilou a caminho de Hawthorne Circle, sem deixar de perceber, de maneira remota, que seguiam por uma estrada em uma manhã ensolarada.

— E com você, como vão as coisas? — perguntou ele a Walling algum tempo depois, quando passavam pelo pedágio da Henry Hudson Bridge.

— Eu nunca sei até o dia seguinte como eu estive. O início das aulas sempre me deprime.

— Você não gosta de lecionar?

— Acho que gosto quando já estou no fogo. Mas aquelas reuniões do início do ano letivo eu detesto. Este ano um educador negro vai dar uma palestra para nós. Vai nos dizer que somos um bando de incompetentes.

— Como é que você sabe que ele vai dizer isso?
— Porque somos mesmo.

Walling parou diante de um prédio de apartamentos na Sixty-eighth Street.

— Você desce aqui — disse ele. — Vou levar algum tempo até achar uma vaga para estacionar. Tome a chave.

George entrou na portaria e decidiu que aguardaria ali que Walling chegasse. Sentou-se em um banco vermelho de plástico ao lado de uma planta também de plástico cujas folhas estavam cobertas de poeira.

Um número acendeu acima da porta do elevador e logo saíram de dentro dele dois passageiros, um homem e uma mulher, de óculos escuros. A porta se fechou atrás deles. George ficou ali sentado, sentindo um profundo silêncio interior, como se sua cabeça tivesse sido esvaziada de todo e qualquer pensamento. Walling surgiu à porta e George se levantou para abri-la.

— A questão é saber — disse Walling quando o elevador começou a subir — qual dos dois lugares é mais repugnante. Este ou o outro, da Tenth Street. Deve haver algum jeito.

Ele pegou a chave da mão de George e curvou-se para abrir a porta. Depois apontou para um rabisco de tinta vermelha na parede oposta.

— Betsy ama Paul — leu George.

— É sempre assim entre meninos e meninas — disse Walling. — Uns vadios.

George se aproximou. A lápis, depois dos nomes, alguém havia acrescentado "balofa" e "judeu". George riu.

— Foi você quem acrescentou isso?

Walling olhou.

— Isso não estava aí hoje cedo — disse ele.

Entraram no apartamento. Walling colocou a mala de George no chão.

— Este lugar é um luxo — disse ele. — Mas minha casa é sua casa. Você está com fome?

— Ainda não.

— Espero que você tenha percebido a delicadeza com que evitei perguntar que diabos você fazia naquele lugar para levar um tiro, George. O que um sujeito correto como você fazia junto daquela casa àquela hora da madrugada? — Walling acendeu um abajur e acrescentou, um pouco constrangido. — Se você quiser me contar...

George passou da minúscula salinha de entrada para a sala. Não havia muita coisa para se ver: livros, cadeiras, um abajur ou dois.

— Está bem — disse George. — Vou lhe contar.

Walling se sentou para ouvir.

Este livro foi composto na tipologia Class Garamond BT,
em corpo 11/15, impresso em papel off-white 80g/m²,
no Sistema Cameron da Divisão Gráfica
da Distribuidora Record.

Seja um Leitor Preferencial Record
e receba informações sobre nossos lançamentos.
Escreva para
RP Record
Caixa Postal 23.052
Rio de Janeiro, RJ – CEP 20922-970
dando seu nome e endereço
e tenha acesso a nossas ofertas especiais.

Válido somente no Brasil.

Ou visite a nossa *home page*:
http://www.record.com.br